몰록

몰록

MÓλOX

듀나 장편소설

래빗홀
RABBIT HOLE

어쩌면. 겪게 되리라, 아마도. 고함을 지르며 그들에게 돌진해 오는 엄청난 군중을 보게 되리라.

Perhaps. Perhaps, see the great crowd of people with its rush and roar, bearing down upon them, too.

* 번역문은 찰스 디킨스, 《두 도시 이야기》, 이은정 옮김, 펭귄클래식코리아, 2012, p. 150.

차례

프롤로그

1

1999년 4월 1일 22시 45분, 의천시립예술극장 앞의 시민 광장은 20여 분 전에 끝난 세르게이 프로코피예프의 오페라 〈폭군 이반 제2부〉를 보고 나오는 사람들로 북적거리고 있었다. 광장과 거리는 한 시간 전부터 내리기 시작한 가랑비에 흠뻑 젖어 있었다. 미처 우산을 준비 못 한 관객들은 노변을 가득 채운 많은 택시와 인력거, 우산 장수 틈에 끼어 버둥거렸다.

선견지명을 자랑하듯 화려한 색의 접이식 우산을 각각 펼치고 군중을 노려보는 키 작은 두 사람이 그 속에 섞여 있었다. 여자는 30대 후반쯤으로 보이는 한국인으로, 의천시(義天市)의 행정 관료들이 제복처럼 입고 다니는 갈색 트렌치코트 차림이었다. 동그란 얼굴은 지쳐 보였고, 억지로 짓고 다니는 외교적 미소 때문에 입가에는 어울리지도 않는 주름이 새겨져 있었다. 남자는 좀 더 융통성 있어 보이는 얼굴을 한 60대 초반의 러시아인으로, 깡마른 체격과 섬세하고 오밀조밀한 외모 때문에 어딘지 모르게 작은 새처럼 보였다.

광장으로 들어온 전차가 사람들을 맞은편으로 몰아가자, 그들은 느릿느릿한 걸음걸이로 러시아구를 향해 걷기 시작했다. 거리의 이름이 복잡해지고 표지판이 새것이 될수록 주변은 점차 한산해졌고 건물들은 낡고 초라해졌다. 여자가 말없이 듣는 동안, 남자는 세련되면서도 여전히 고집스러운 러시아어 문법이 남아 있는 외교관 영어로 계속 지껄였다.

남자는 갑자기 걸음을 멈추었다. 여자는 얼굴을 찡그리며 주변을 돌아보았다. 특별한 것은 없었다. 벗겨진 페인트 사이로 멋없는 회색 피부를 드러낸 낡은 콘크리트 건물들이 줄지어 서 있는 또 하나의 흔한 골목에 불과했다.

"저기가 예전에는 무엇이었는지 압니까?"

남자가 가리키는 6층 건물은 군데군데 검게 그을린 자국들을 빼면 특별할 게 없었다. 여자는 고개를 저었다.

"러시아구 구립정신병원이었습니다. 3년 전에 화재로 저렇게 되었지요. 그 뒤로 병원은 넵스키 거리의 새 건물로 이사 갔어요. 허물려고 해도 예산이 모자라는 모양입니다."

"왜 불이 났는데요?"

"제가 질렀지요."

남자는 다시 발걸음을 옮겼다. 여자는 다시 한번 건물을 올려다보고 다시 그 뒤를 따랐다.

"옛날이야기를 하나 해드리겠습니다."

남자가 입을 열었다.

"옛날에 이무혁이라는 사람이 살았습니다. 헬키온 사의 화학 공장 운송부에서 일하다가 누출 사고로 뇌가 오염된 사람이었지요. 보상비로 간신히 살아가고 있었지만 결코 편한 삶은 아니었어요.

당시 누출 사고 희생자들의 기본 증상은 피해망상이었습니다. 이무혁은 툭하면 온 세상이 자기를 덮치기라도 하는 것처럼 난리를 쳤습니다. 덕택에 주변 사람들과 이웃들의 골칫거리가 되었고 악순환이 되풀이될 수밖에 없었지요.

이 남자는 무영이라는 여동생과 함께 살고 있었습니다. 동생은 마음 좋은 사람이었지만 정신 나간 오빠를 보살피는 건 결코 쉽지 않았습니다. 오빠가 마지막 사고를 치자, 동생은 오랫동안 마음속에 묻어두었던 계획을 실천할 수밖에 없었습니다. 미국의 일곱 번째 유인 화성 탐사선 스키아파렐리 9호가 화성에 착륙했던 1996년 4월 2일, 동생은 이 병원에 오빠를 넘겨주었습니다."

남자는 여자가 움찔하는 걸 느끼고 즐거워했지만 티를 내진 않았다.

"이무혁은 그곳에서 알렉세이 부닌이라는 남자와 같은 방을 쓰게 되었습니다. 그는 이 이야기에서 이무혁만큼이나 중요한 인물입니다.

부닌은 아주 독특한 인물이었습니다. 입원한 이유는 분열성광증(分裂性狂症)이었습니다. 운이 좋은 부류였지요. '환상을 보지만 폭력적이지 않고 다른 사람들을 귀찮게 하지도 않는' 병증이라고 하니까요.

부닌에겐 특별한 힘이 있었습니다. 마음만 먹는다면 말 한마디, 눈빛 하나만으로 다른 사람을 제압할 수 있었습니다. 이 사람이 방 안에 들어서기만 해도 환자들은 조용해졌습니다. 병원에서는 정식 직원으로 고용이라도 해야 한다는 소리까지 돌았습니다.

그렇다고 해서 부닌이 환자들의 왕 노릇을 했다는 것은 아닙니다. 반대로 예의 바르고 친절하며 모든 일에 쉽게 행복해하는 사람이었습니다.

그런 사람의 룸메이트가 되다니 이무혁은 운이 좋았습니다. 그는 병원에서도 늘 문제를 일으켰지만 부닌이 보호자가 되어주었으니까요. 둘 사이는 상당히 가까웠습니다.

심지어 이무영도 부닌에게 상당한 관심을 보였습니다. 부닌은 거칠고 둔한 외모에 어울리지 않게 가끔 상당한 수준의 박학함을 드러내며 사람들을 놀라게 했습니다. 특히 영문학에 밝았습니다. 크리스토퍼 말로의 명성 아래 가려져 있는 수많은 엘리자베스 왕조 시인들에 대해 모르는 것이 없었지요. 가장 좋아했던 시인은 윌리엄 셰익스피어라는 사람이었습니다. 우연히도 이무영 역시 이 시인에 대해 특별한 관심이 있었습니다. 둘은 종종 대기실 벤치에 앉아서 왜 이 흥미로운 시인이 그렇게 무시당하고 있는지, 왜 가장 형편없는 작품인《타이터스 안드로니커스》만이 그나마 아직도 인기를 유지하고 있는지 따위에 대해 토론했다고 합니다."

어느새 두 사람은 다시 번화가로 나와 있었다. 남자는 넵스키 거리로 가는 트롤리 버스가 울려대는 종소리가 사라질 때까지 잠시 이야기를 멈추었다.

"생체 실험이 필요할 때 이곳 제약회사가 주로 어디를 찾아가는지 압니까?"

남자는 말을 이었다.

"정신병원입니다. 정신병자들은 피험자로 삼기 여러모로 편한 사람들입니다. 요새 입법자들 사이에서 유행처럼 번져가고 있는 '박애' 개념도 정신병원까지는 닿지 못하지요. 이미 버린 사람들이니까요.

병원 환자들 역시 그걸 복권 추첨쯤으로 여깁니다. 주사 몇 방만 맞고 나오면 상당한 현금이 손에 쥐어지니까요. 물론 대부분의 돈은 병원 운영진과 의사들에게 넘어가지요.

용돈이 부족했던 이무혁도 실험할 때마다 자원하려고 했던 모양입니다. 하지만 언제나 부닌이 막았습니다. 그러면서도 자기는 실험에 꽤 자주 참가했는데 억울해하는 이무혁을 달래려고 번 돈 전부를 넘겨주었다고 합니다. 그러나 이무혁은 그것으로 만족할 수 없었습니다. 생체 실험에 뭔가 더 굉장한 것이 있다고 믿었던 겁니다.

1996년 7월 19일, 이무혁은 부닌을 따돌리고 자원자 명단에 서명했습니다. 부닌의 감시가 느슨해진 틈을 타, 방을 몰래 빠져나갔지요.

하지만 이무혁은 끝끝내 실험실을 찾을 수 없었습니다. 노출 사고 때문에 방향 감각이 아주 나빠져 있었으니까요. 결국 미로 안에 갇힌 생쥐처럼 병원 안을 빙빙 맴돌다가 그만 약속 시간을 놓쳐버리고 말았습니다.

이무혁은 간신히 뒤뜰로 연결된 샛길로 빠져나올 수 있었습니다. 다시 병실로 돌아가는 길을 찾으려고 담을 따라 걸어가다 실험 담당 의사가 원장에게 뭐라고 시끄럽게 떠드는 소리를 엿듣고 말았습니다. 전문 용어가 잔뜩 섞여 있어서 한마디도 이해할 수 없었지만 그래도 알아들을 수 있는 것이 하나는 있었습니다. 의사는 한 사람의 이름을 끝도 없이 반복하고 있었습니다.

이무혁은 그 남자를 알고 있었습니다. 둘은 사이가 아주 나빴지요. 왜였는지는 모르겠습니다. 아마 강정환이 어린 시절 이무혁을 괴롭혔던 누군가와 닮았기 때문일지도 모릅니다. 그쪽도 역시 이무혁을 좋아한다고는 할 수 없었습니다.

그런데 의사 선생이 그 강정환이라는 남자에게 무슨 일이 생겼다고 떠들어댔던 겁니다. 괜히 기분이 좋아진 그는 의사들을 따라갔습니다.

의사들은 3층에 있는 수술실에서 바퀴 달린 침대를 끌고 나왔습니다. 그때 이무혁의 머릿속에 들어 있던 생각은 단 하나였습니다. 지금 아니면 그를 놀려댈 기회가 없을지도 모른다는 것이었지요. 그는 용수철처럼 침대 앞으로 휙 튀어나왔습니다. 의사들이 놀라 밀친 침대는 계단으로 떨어졌습니다. 그 통에 시트에 싸여 있던 시체가 침대 밖으로 떨어져 나갔습니다.

그리고 그 시체에는 머리가 없었답니다."

2

"의천이 제정신이 박힌 곳이었다면 저 같은 사람이 이런 난장판에 끼어들 일은 없었을 겁니다. 하지만 여긴 외교관들과 스파이들이 운영하는 곳이 아닙니까?

당시 저는 '머리 도둑'이라는 별명으로 알려진 연쇄살인마의 수사에 관여하고 있었습니다. 살인마의 정체는 상관할 바가 아니었습니다. 제가 했던 일은 수사 과정에 간섭하면서 '머리 도둑'한테 살해된 우리 외교관 두 명의 개인사로부터 통합 경찰의 시선을 돌리는 것이었습니다.

머리 도둑은 여러모로 신비스러운 인물이었습니다. 전쟁이 아니었다면 국제적인 명성을 얻었을 수도 있습니다. 그는 연관성이 없어 보이는 다양한 사람을 그만큼이나 다채로운 방식으로 살해하고 머리만 잘라 갔습니다. 그런데 그가 저지른 것이 분명한 살인이 정신병원처럼 폐쇄적인 공간에서 일어난 것입니다. 이처럼 수사하기가 유리한 상황도 없었지요.

특별 수사팀이 구성되었습니다. 당시 팀장은 세르게이 베네딕토프라는 야심 찬 친구였습니다. 그 친구의 지휘 아래 병원은 완전히 뒤집혔고 결국 소각장에서 반쯤 타버린 두개골의 잔해가 발견되었습니다. 두개골은 소각장에 들어가기 전부터 부서져 있었고 뇌는 한국 식당에서 주로 쓰는 납작한 숟가락 같은 것으로 박박 긁어낸 것 같았답니다.

베네딕토프는 의기양양해졌습니다. 지금까지 머리 도둑이 훔쳐 간 머리가 일부나마 발견된 적은 단 한 번도 없었으니까요.

가장 먼저 수사의 표적이 된 건 의사들이었습니다. 살인에 필요한 의학적 지식과 기회 모두 있었으니까요. 베네딕토프와 부하들은 그들의 알리바이를 확인하느라 바쁘게 돌아다녔고 덕택에 병원은 거의 마비될 판이었습니다.

병원에서 제가 해야 할 일 따위는 없었습니다. 따분하더군요. 베네딕토프가 내 일을 심하게 망치지 않을 거라는 확신이 들자, 전 생각 없이 복도 안을 거닐었습니다.

그 부닌이라는 남자와 마주친 곳은 병원 식당이었습니다. 그 사람의 모습이 내 눈에 뛰어들어 왔다고 해도 과언은 아닙니다. 정말로 눈에 뜨이는 남자였으니까요. 우선 세상에 그렇게 이상한 얼굴을 이제껏 본 적이 없었어요. 하지만 구체적으로 무엇이 잘못되었냐고 묻는다면 역시 대답할 수 없었을 겁니다. 그냥 이상했는데 그 이유를 알 수 없어 더 이상한 얼굴이라고 할까요.

부닌은 둔해 보이는 한국인 청년과 함께 딸기향을 낸 송아지뼈젤리를 먹고 있었습니다. 그 한국인 청년이 이무혁이었지요. 나른하고 행복해 보이는 부닌과는 달리 이무혁은 잔뜩 흥분해 있었습니다. 그는 계속 더듬거리면서 자기가 본 것을 이야기하고 있었습니다.

보통 때라면 신경도 쓰지 않았을 텐데, 막 나가려고 하는 그 순간 이무혁이 '소각장'이라고 말하는 게 갑자기 귀에 들어오더군요. 저는 자리에 계속 남아 대화를 엿들었습니다. 이무혁은 시체를 발견하기 직전에 침대 소각장에서 '이정'이라는 이름의 젊은 의사가 나오는 것을 봤다고 하더군요.

베네딕토프가 하는 짓이 워낙 못마땅했던 터라, 저는 이 정보를 알려줄까 말까 잠시 망설였습니다. 하지만 알려주는 게 더 재미있을 거라는 생각이 들더군요. 그때 그 친구의 표정은 기대만큼 웃겼습니다.

이정은 병원 어디에도 없었습니다. 통경의 눈을 피해 달아난 것일까? 그럴 가능성은 전무했습니다. 분명히 병원 안에는 있어야 할 사람이었지요. 감시 테이프를 수도 없이 돌려보고 나서야 그의 위치를 알 수 있었습니다. 알리바이 조사가 끝난 뒤 소각장으로 들어갔더군요. 그리고 그 뒤로 나오지 않았습니다. 소각장 재를 긁어내고 나니 산산조각이 난 이정 선생의 뼈가 발견되었습니다. 소각장에 들어가 프랑스제 수류탄을 입에 물고 핀을 뽑았던 모양입니다.

통경은 사건을 종결짓고 철수했습니다. 어떻게 보면 제 압력도 조금은 작용했지요. 이보다 사건이 더 커지면 제가 벌이는 일에 차질이 생길 수도 있었습니다.

하지만 이정이 범인이라는 주장에는 구멍이 많았습니다. 일단 알리바이가 여전히 유효했습니다. 몇몇 목격자에 따르면 범인은 꽤 장신이었는데, 이정은 160센티미터를 간신히 넘긴 키 작은 남자였습니다. 베네딕토프는 계속 투덜거렸지만 어쩔 수 없었지요. 이 도시에서 벌어지는 모든 일의 결정권은 외교관이 우선 가지고 있었으니 말입니다.

한 달 동안 저는 그 사건에 대해 거의 잊고 있었습니다. 저 역시 꽤 바빴으니까요.

8월 12일, 저는 다시 그 병원을 찾게 되었습니다. 이번엔 전혀 다른 이유 때문이었지요. 머리 도둑 사건으로 그 병원에 왔을 때, 저는 그곳에 있는 러시아인 의사 한 명을 포섭

했습니다. 정신과 의사들이란 꽤 쓸모가 많은 사람들이니까요. 그런데 한 달도 되기 전에 그 양반을 써먹을 때가 온 것입니다. 의천에 살고 있는 은퇴한 장성 한 명을 분열성광증 환자로 몰고 갈 서류 몇 장이 필요했습니다.

서류를 받아 챙기고 의사에게 현금을 건네주려는데, 문득 지난번 사건이 생각나더군요. 그래서 그 이무혁이라는 남자는 지금 어떻게 지내냐고 의사에게 물었습니다.

그에 따르면 이무혁의 피해망상증은 그 후로 굉장히 심해졌답니다. 심지어 룸메이트인 부닌의 존재마저 이제 더 이상 도움이 되지 않았다고 합니다. 병원 모든 사람이 자기를 공격한다고 믿었고 누구라도 그의 근처에 가까이 가면 주먹을 휘둘러댔습니다. 그럴 때마다 구립병원 특유의 과격한 약물치료가 따랐고요.

그는 이 이야기를 하는 동안 계속 왼손으로 피아노 치듯 책상을 두드려댔습니다. 무척 짜증이 나더군요. 하지만 이야기가 끝나자, 그의 손은 잽싸게 호주머니로 들어갔습니다.

호기심이 동했기 때문에 저는 서류를 비서에게 넘겨주고 이무혁의 병실을 찾아 나섰습니다. 친척 따위는 아니었지만 제 지위라면 그를 만나는 것 정도는 어려울 것 없었지요.

열린 문을 통해 이무혁이 구속복 차림으로 동생인 듯한 여자와 이야기를 나누고 있는 것을 보았습니다(앞에서 그 여자 이름이 무영이라는 건 이야기했지요?). 피해망상증은 병원 사람들에게만 국한된 모양인지 비교적 차분했습니다. 저는 멀찌감치 떨어진 벤치에 앉아 그들의 이야기를 엿들었습니다. 이무혁은 병원 사람들이 자기를 먹어치우려고 한다는 둥 헛소리를 계속 떠들어대고 있었습니다. 그런데 그 헛소리 중 한마디가 제 귀를 자극하더군요. '피아노 소리 때문에 머리가 깨질 것 같아.'

말을 끝내기가 무섭게 저는 그가 무슨 이야기를 하는지 알 수 있었습니다. 복도에는 한 스무 명쯤 되는 병원 환자들과 직원들이 돌아다니고 있었는데, 모두 왼손으로 피아노 치듯 벽을 두들기고 있었단 말입니다. 처음에는 제각각이었지만 점점 시간이 지나자, 그들은 하나의 리듬으로 통합되었습니다. 다라락, 다라락, 다닥, 다닥…….

조금 겁에 질린 저는 복도에서 빠져나왔습니다. 하지만 다른 곳도 사정은 다를 게 없더군요. 병원 전체가 미친 피아니스트들로 가득 차 있었습니다. 모두 보통 때와 다름없는 표정으로 일상적인 대화를 나누고 있었지만 피아노 치는 왼손만은 예외였습니다.

순식간에 가짜 피아노 콘서트의 소리는 절정에 이르렀습니다. 그리고 한 명이 고함을 지르며 저를 지목했습니다.

열대여섯 명의 환자들과 한두 명의 간호사들이 저에게 달려들었습니다. 순식간에 저는 빈 병실 안에 포위되고 말았습니다. 그들이 특별히 위협적이지는 않았습니다. 하지만 그 인간성이 다 빠져나간 것 같은 그 텅 빈 표정은…….

저는 라이터를 꺼내 켰습니다. 불로 그들을 쫓아내는 건 아주 자연스러운 해결책처럼 느껴졌습니다. 그들은 더 이상 사람처럼 보이지 않았으니까요. 제가 남자 간호사의 머리에서 모자를 빼앗아 불을 붙이자, 그들은 찍찍거리는 이상한 소리를 내면서 달아났습니다. 저는 그들에게 모자를 집어 던지고 반대 방향으로 뛰었습니다.

병원을 빠져나가는 것은 쉽지 않았습니다. 끊임없이 부속 건물을 늘려온 구식 건물이라 안은 미로 같았습니다. 심지어 계단을 찾는 것도 쉽지 않았어요.

그러는 동안 병원 건물은 불이 붙기 시작했습니다. 어떤 미치광이가 불 붙은 모자를 약품 창고에 집어 던졌거나 그랬던 모양입니다. 사람들은 이제 피아니스트 흉내도 내지 않았습니다. 간신히 규칙을 부여했던 그 흉내마저 사라지자, 그들은 이제 완전히 짐승이었습니다. 그들은 비명을 질러댔고 옆 사람들을 넘어뜨렸으며 마주친 사람의 목을 물었고 벽에 머리를 박았습니다.

간신히 현관에 도달했을 때, 저는 운 좋게 빠져나온 사람들 몇 명과 마주쳤습니다. 그들 중에는 간신히 구속복에서 벗어난 이무혁과 부닌이 있었습니다. 부닌은 잠옷 바람에 레인코트를 덧입은 차림이었는데, 왼손에 커다란 가방 같은 것을 들고 있었습니다.

환자 스물다섯 명과 의사 네 명이 목숨을 잃었습니다. 그 중 병원에서 발견된 시체 중 다섯 명이 머리가 없었습니다. 화재 때문에 소실된 게 아니라 누군가에 의해 잘려 나간 것입니다. 부닌이 들고 있던 가방 안에 무엇이 들어 있었는지 알 것 같았습니다.

일주일 뒤 이무혁의 시체가 중국구 하수도에서 발견되었습니다. 머리가 잘렸기 때문에 시체의 신원을 알아내는 데는 약간의 시간이 걸렸습니다. 베네딕토프는 다시 사건을 맡았고 머리 도둑 사건은 원점으로 돌아갔습니다.

저는 몰래 정보원들을 풀어, 부닌과 이무혁이 지난 일주일 동안 무슨 일을 하고 다녔는지 알아내게 했습니다. 일주일 동안 그들은 훔친 옷을 입고 시내를 싸돌아다녔다고 합니다. 목격자들에 따르면 친해 보였답니다. 탈출 이후 이무혁은 어떤 종류의 발작 증세도 보이지 않았던 모양이며 이상할 정도로 예절 바른 태도를 취했다고 합니다. 몇몇 뜨내기는 이무혁이 부닌의 품에 안겨 여자처럼 울고 있는 것을 목격하기도 했습니다.

제 수사는 중간에 막혔습니다. 베네딕토프가 저에게 점점 적대적이 되어갔고, 상부에서는 저를 그냥 내버려두었다가는 공작이 탄로 날지도 모른다고 생각했습니다. 게다가 사적인 문제도 있었습니다. 제가 몇 년 전 잠시 알고 지냈던 사관생도 한 명이 저와의 관계를 폭로하겠다고 협박해대고 있었으니까요. 요새야 러시아에서도 남색범들이 정식으로 처벌되는 경우는 없지만 그래도 아직까지 위법인 것은 사실이며 알려져서 좋을 이유도 없었습니다.

다행히도 툰구스카 우주개발단지의 감사국에 제가 잠시 숨어 있을 만한 일자리가 나 있었습니다. 저는 달아났습니다.

재미있게도 제가 의천에서 일어났던 그 모든 일의 해답을 얻은 곳은 바로 툰구스카였습니다. 거기서 저는 의천 머리 도둑에 대한 미스터리를 모두 설명할 수 있는 가설을 하나 찾아냈습니다. 제가 다시 의천으로 돌아온 것도 그 때문입니다. 가설을 증명해야지요."

이미 그들은 루블료프호텔 앞에 와 있었다. 남자는 지팡이로 작은 구두를 톡톡 두들기다가 다시 여자에게 말을 건넸다.

"호텔에서 남은 이야기를 계속할까요? 아니면 다음 주에 다시 만나서 〈보리스 고두노프〉 공연이 끝나고 남은 이야기를 해드릴까요?"

"그때 다시 만나죠. 오늘은 이미 늦었습니다."

여자가 대답했다.

"하긴 이런 이야기는 약간의 막간을 남겨두는 편이 좋습니다. 안녕히 가십시오!"

남자는 마치 퇴장하는 배우처럼 거창한 인사를 하고 호텔 회전문 너머로 사라졌다. 여자는 그녀가 머물고 있는 외교관

호텔로 발걸음을 옮겼다. 그녀는 자기가 앞으로 2년 뒤 이 결정을 얼마나 후회하게 될 것인지에 대해서는 전혀 알지 못했다.

하나

의천시립대학역 4번 출구로 나와 시청 쪽으로 쭉 걸어가다 보면 그을음으로 얼룩진 음침하고 거대한 구식 집단주의식 고층 건물이 나온다. 아직도 옥상에 '명조호텔'이라는 청동 글자들이 붙어 있는 이 콘크리트 덩어리는 예전에는 이 도시에서 가장 호사스럽고 큰 건물이었다.

지금의 명조호텔은 전혀 호사스럽지 않다. 외벽은 낡고 금이 갔으며 내부 역시 엉성한 부실시공의 흔적을 과시하며 툭하면 전선을 끊어먹는다. 지하로 깊이 내려갈수록 쥐를 만날 가능성이 커지며 높이 올라갈수록 수압이 낮아진다. 4년 전에 일어난 화재로 지하 4층에서부터 지하 6층까지 다 타버렸지만, 건물주는 그곳을 창고로 바꾸는 것 이외에는 아무런 보수도 하지 않았다.

그러나 명조호텔의 규모를 능가하는 건물은 아직도 없다. 건물은 호텔로서의 일생을 끝마친 뒤에도 나이테를 늘려가는 고목처럼 조금씩 그 규모를 늘려갔다. 지진으로 물에 잠긴 자바와 필리핀의 섬에서 탈출한 노동자들이 50입방미터당 1.3명씩 죽어가며 만든 호텔의 지하 구역에는 이제 그들의 자식들이 탁한 공기와 녹물을 마셔가며 살다가 죽는다.

그날 무영이 헤매고 돌아다녔던 호텔의 2층은 지하처럼 끔찍하지 않았다. 그러나 지하에서 스며 나오는 탁하고 무거운 냄새는 5분 단위로 천장에서 쏟아져 내려오는 방취제에도 불구하고 쉽게 지워지지 않았다. 냄새는 지령(地靈)처럼 음산한 손을 뻗어 사람들을 움켜쥐고 있었다.

1층부터 4층까지는 시장이었다. 유통 기한을 넘긴 통조림들과 솔기가 터진 옷들, 합중국 조차지에서 밀수입된 가전제품들이 새 상표를 붙인 채 일반 가격의 반의반 값에 거래되었다. 수십 가지의 언어들과 그만큼이나 다양한 얼굴들이 땀 냄새와 흐린 조명으로 범벅이 된 시장을 소음으로 채웠다.

무영은 코트에서 산소통을 꺼내 한 모금 빨아들였다. 의사들이 뭐라고 하건 언제나 흡입량을 최대로 해서 마셨다. 폐가 건조해져서 종이처럼 바삭바삭해지더라도 상관없었다. 그녀의 뇌는 산소가 필요했다.

그녀는 산소통을 다시 코트 안에 쑤셔 넣었다. 코트 안에는 산소통 외에도 현금 500여 원과 스마트카드, 강매당한 캔디바 한 묶음 그리고 열네 살쯤 된 여자아이를 찍은 사진 한 장이 들어 있었다.

무영은 뼈가 앙상한 양손을 비벼대며 천천히 가전제품 매장을 가로질러 갔다. 매장이 끝나는 입구에서 그녀는 잠시 길을 잃은 것처럼 망설이다 근처에서 빈둥거리는 점원에게 다가가 말을 걸었다.

"안녕, 안넬리제."

'안넬리제'는 190센티미터가 넘는 거구의 중국인 남자였다. 그는 죽은 생선처럼 흐리멍덩한 눈으로 말없이 무영을 내려다보았다. 따분해진 무영이 왼발로 바닥을 두드리기 시작할 즈음에야 그는 간신히 입을 열었다.

"오래간만이야. 그동안 왜 뜸했어?"

안넬리제가 말했다.

"바빴어."

"지금은?"

"역시 바빠."

무영은 주머니에서 사진을 꺼내 안넬리제의 코앞에 들이밀었다.

"이 아이를 본 적 있어?"

그는 잠시 사진을 곁눈질하다가 다시 무영에게 눈을 돌렸다.

"누군데?"

"사촌 동생."

"왜 찾는데?"

"어제 수정중급학교에서 무슨 일이 일어났는지 알고 있어?"

안넬리제의 둔한 얼굴에 희미한 미소가 떠올랐다.

"아하."

"들어가도 돼?"

무영이 잽싸게 물었다.

안넬리제는 정중하게 뒤로 물러섰다. 뒤에 숨어 있던 작은 녹색 문이 드러났다.

무영은 벽을 더듬으며 어두컴컴한 계단을 내려갔다. 손가락이 벽에 스칠 때마다 부스러진 횟가루가 떨어졌다. 창고의 문을 열었을 때, 왼쪽 소매는 검정색에서 우중충한 회색으로 변해 있었다.

목구멍을 울리는 구질구질한 음악에 맞추어 열 명쯤 되는 남자들이 흐느적거리는 위스커스를 추고 있었다. 나머지는 약기운에 취해 의자에 웅크리고 앉아 있었다. 무영이 들어가자 약간의 동요가 있었지만 곧 다시 조용해졌다. 그녀는 천천히 창고를 반 바퀴 돌았다.

미향은 벽 모서리 구석에 쪼그리고 앉아 무언가를 질겅질겅 씹고 있었다. 무영은 접는 의자를 하나 들고 와 아이 앞에 펼쳐놓고 앉았다. 아이는 귀찮은 듯한 표정으로 그녀를 올려다보았다.

"여긴 뭐 하러 왔어요?"

미향이 말했다.

"경찰보다 널 먼저 찾아서 자수시키려고."

무영이 말했다.

"그럼 난 어떻게 되는데요?"

"구속되지 않지. 네 할아버지도 망신당하지 않고."

아이는 얼굴을 찡그렸다.

"난 그 사람 혀를 자르지 않았어요."

"알아, 선생 혀를 자른 애는 이미 잡혔어. 하지만 학교에 불을 지르고 불타는 의자들을 길에 집어 던진 것도 쉽게 해결할 수 있는 문제는 아니야. 너네 할아버지 정도나 되니까 경찰과 이런 타협도 가능했던 거야."

"저처럼 잘난 할아버지를 두지 않은 다른 애들은 어떻게 돼요?"

"퇴학당하고 구속되어서 교정원으로 끌려가지."

미향은 씹고 있던 것을 재떨이에 탁 뱉었다. 무엇인지는 몰라도 껌이 아니란 사실은 분명했다. 아이의 표정은 여전히 몽롱했다.

"불 지를 때는 정말 기분이 좋았어요."

"그때도 약을 먹은 뒤였니?"

"아뇨. 약 먹고 뛰어든 애들도 있었겠죠. 하지만 그래서만은 아니었어요. 거기 있었어야 알 수 있을 텐데……. 정말 신났어요."

무영은 일어나서 두 팔로 미향의 허리를 잡아 일으켰다. 아이의 몸은 포대 자루처럼 아무런 저항 없이 쑥 올라왔다.

"뭐 하는 거예요?"

아이는 졸린 목소리로 물었다.

"경찰서로 데리고 가려는 거야."

"여기 좀 더 있고 싶어요."

"두 눈 똑바로 떠도 위태롭기 짝이 없는 세상이야. 열네 살밖에 안 된 애가 벌써부터 약에 절면 일이 잘도 풀리겠다."

"유리꽃은 괜찮아요. 그게 마약이라고 누가 그래요?"

"내가."

"유리꽃엔 중독성이 없어요. 이게 마약이면 알코올이나 니코틴은 독이게?"

"넌 아직 열네 살이야. 그리고 네 꼴을 봐라. 네가 제정신인지."

미향은 의심스럽다는 듯 코를 킁킁거렸다.

"언제부터 의지교 신자가 되었어요?"

무영은 대꾸하지 않았다. 그녀는 말없이 미향을 잡아끌고 입구 쪽으로 걸어갔다.

무영이 문을 반쯤 열자 안넬리제의 커다란 얼굴이 장난

감 가면처럼 쑥 튀어나왔다. 그는 무영을 밀치고 안으로 들어왔다.

“지금은 못 나가.”

그가 말했다.

“왜?”

“통경 패거리들이 밖에 와 있어.”

그는 문손잡이 안쪽에 달려 있는 작은 단추를 눌렀다. 음악이 멎고 조명이 꺼졌다. 사람들은 힘없는 다리를 질질 끌고 뒷문으로 빠져나가기 시작했다. 무영과 미향 역시 그들의 뒤를 따를 수밖에 없었다.

지하 2층의 주차장으로 연결된 엘리베이터는 고장 나 있었다. 무영은 미향의 팔을 잡아끌고 소방용 계단 쪽으로 걸어갔다. 출구가 서쪽 구석에 나 있어서 차를 세워놓은 곳까지는 한참 걸어야 했다. 한 발짝도 걸으려 하지 않는 미향을 짐처럼 끌고 와야 했기 때문에 아이를 뒷좌석에 앉혔을 때 무영의 몸은 땀으로 흠뻑 젖어 있었다. 무영이 축축한 손으로 시동을 걸려 애쓰는 동안 아이는 뒤에서 킥킥거리며 웃고 있었다.

차가 주차장 입구에서 반쯤 빠져나왔을 때, 호텔 건물에서 튀어나온 듯한 키 작은 남자가 갑자기 차를 가로막고 섰다. 무영은 브레이크를 밟아 간신히 차를 세웠지만 남자는 힘없이 차 앞창 위로 털썩 쓰러지고 말았다. 남자는 개구리처럼 창에 착 달라붙은 채 왼쪽 눈으로 무영을 쏘아보았다. 무영은 웃어야 할지 비명을 질러야 할지 알 수가 없었다.

고민은 곧 끝났다. 무영이 막 문손잡이를 돌리려고 하는 바로 그 순간 남자의 몸은 폭발해버렸다.

둘

무영은 차 앞창을 말없이 바라보고만 있었다. 아직도 남자의 공허한 한쪽 눈과 얼굴의 일부가 보였다. 하지만 차 유리의 대부분은 그의 몸에서 나온 액체로 덮여 있었다. 거대한 불가사리가 창문을 핥고 있는 것 같았다.

용기를 낸 무영이 문을 열고 밖으로 나갔다. 그녀는 양손으로 얼굴을 가리고 손가락 틈 사이로 남자를 바라보았다. 폭발은 남자의 몸을 거의 두 동강으로 찢어놓았다. 근육과 내장이 날아가버린 그의 상체와 하체는 아직까지 건들거리며 붙어 있는 척추에 의해 간신히 연결되어 있었다. 그녀는 허겁지겁 시선을 돌렸다.

그러다 무영의 눈이 나와 마주쳤다.

내 등장은 결코 아름답다고 할 수 없었다. 내 얼굴과 코트는 폭발로 튄 피와 배설물과 내장 조각들로 범벅이 되어 있었다. 나는 폭발 때 입안에 들어간 살덩어리를 뱉어대며 구역질을 해댔다.

주변에 숨어 있던 통경 패거리들이 몰려들었다. 다소 멍청해 보이는 풋내기 형사 한 명이 나에게 다가와 물었다.

"어떻게 된 일입니까?"

"눈앞에서 터져버렸어요. 막 윗선을 털어놓을 판이었는데. 누가 저기 붙은 불 좀 꺼요!"

내가 내뱉었다. 한동안 멎었던 구역질이 다시 올라왔다. 나는 구석에 쭈그리고 앉아 토하기 시작했다. 김진석의 마지막은 그의 졸렬한 인생에 어울리지 않게 거창했다. 살아 있는 인간이 그런 식으로 터질 줄은 상상도 하지 못했다. 나는 복용 폭탄이 터지는 광경을 오늘 처음 보았던 것이다.

무영은 나에게 손수건을 내밀었다. 나는 손수건을 받아 들고 더러워진 얼굴과 손을 닦았다.

"누구야?"

그녀가 물었다.

"인민의 적."

나는 퉁명스럽게 내뱉었다.

"무슨 일을 했길래?"

"애들에게 마약을 팔았어. 잡범이야. 안 좋을 때 죽은 거지. 막 진짜 거물들을 잡으려는 참이었는데."

"그게 당신 일과 무슨 상관인데?"

"그럴 일이 있어."

무영은 미심쩍다는 듯 양미간에 작은 11자 주름을 지으며 내 얼굴을 들여다보았다. 아마 내 어투가 지나치게 건실했던 모양이다. 나는 예의상 쑥스러운 표정을 지어주었다.

"그동안 잘 지냈어? 몸은 괜찮아?"

내가 물었다.

그녀는 어깨를 으쓱했다. 부정도 긍정도 아닌 특유의 어정쩡하고 우아한 동작.

"왜 여기 왔어?"

나는 다시 물었다.

"저 아이를 데려가려고."

그녀는 턱으로 차 안을 가리켰다. 나는 안에 축 늘어져 있는 여자아이를 들여다보았다. 작고 섬세한 갈색 얼굴 위로 굵게 매듭지은 갈래머리가 흘러 내려와 있었다.

"누구야?"

"사촌. 어제 학교에 불 지르고 달아난 애들 중 한 명이야. 기왕 일이 이렇게 된 것, 나 좀 도와주겠어? 이미 귀찮은 일은 그 애 할아버지가 다 처리했어. 자수 신청을 받고 훈방 조치했다는 확인서나 하나 끊어주면 돼."

"난 경찰이 아니야."

"그래도 경찰과 일하잖아."

나는 한숨을 내쉬며 내 무선 통신기를 꺼내 들고 정확히 손가락을 세 번 놀려 무영이 부탁한 일을 해주었다.

통경이 보고서를 접수했다는 확인 메시지가 떨어지는 것을 기다리는 동안, 본부에서 우리 일행이 도착했다. 그들이 도착한 지 몇 분도 되지 않아 통경 패거리들도 더 몰려왔다. 조용했던 공터는 순식간에 시장처럼 북적거렸다.

차에서 맨 처음에 내린 사람은 내 직속상관인 강문혁 지역장이었다. 4년 전까지만 하더라도 외무부에서 고속으로 출세를 거듭하던 사람이었다. 그러나 일제 검거에 말려든 신디케이트 졸개 하나가 그와의 친분관계를 털어놓는 바람에 승진에 브레이크가 걸렸다. 의천으로 좌천된 그는 아랫사람들을 들볶는 것으로 분노를 해소하고 있었다.

"어떻게 죽었나?"

그는 주머니에서 꺼낸 마스크를 쓰며 말했다.

"폭발했어요. 폭탄은 아마 위 속에 들어 있었던 것 같습니다. 누군가가 그 바보의 음식에 폭탄을 섞은 거예요."

내가 대답했다.

"또 '그 친구'의 짓이야?"

지역장이 '그 친구'라고 부르는 인물은 바로 우리가 몇 주 전부터 쫓고 있던 인물이었다. 지난 한 달 동안 이 도시의 마약 중개업자들 중 일곱 명이 살해되었다. 대부분 고급 마약을 살 능력이 없는 지하 계층을 대상으로 싸구려 싱커나 만나 따위를 팔아먹는 잡범들이었다. 세 명은 복용한 폭탄이 뱃속에서 터져서, 다른 넷은 유도 총탄에 맞아 죽었다. 사용된 무기만 해도 상당히 고급스러웠지만 뒤처리 역시 놀라울 정도로 깔끔했다. 누가 이 시시한 범죄자들을 제거하는 데에 이렇게 고급 인원과 자원을 동원하는가? 다들 궁금해했다. 그때 김진석이 우리에게 연락을 취했고 나를 협상 대상으로 지목했던 것이다.

지역장은 혐오스럽다는 듯이 주변을 둘러보더니 다시 나를 향해 돌아섰다.

“그 친구 짓이라면 이번에도 건질 게 별로 없을걸세. 적어도 자네는 지금 필요 없어. 씻고 쉬게. 나도 이만 가보겠어.”

지역장은 올 때만큼 신속하게 돌아갔다. 그와 함께 경찰차 세 대도 호위대라도 되는 양 사라졌다. 하긴 뒤처리와 기타 잡일들은 통경 친구들이 해줄 것이다. 지역장이 그렇게 빨리 떠난 이유는 통경과 귀찮은 트러블을 일으키고 싶지 않았기 때문이었다.

나는 아이의 할아버지에게 전화를 걸고 있는 무영을 지나쳐 차 쪽으로 걸어갔다. 아이는 여전히 멍한 표정으로 옆 차창에 얼굴을 기대고 밖을 내다보고 있었다. 나른하고 이국적인 외모였다. 미향의 사촌 동생이라면 엄마가 아마 자바인일 것이다.

아이의 입술이 움직였다. 유리에 막혀 무슨 말을 하는지 전혀 알아들을 수 없었다. 나는 문을 열었다.

“뭐라고 했니?”

아이는 힘없이 웃으며 코를 막았다.

“지독한 냄새가 나요, 아줌마.”

“피와 똥으로 목욕을 하면 이런 냄새가 난단다. 네가 미향이니?”

“네, 지금 경찰서에 가려는 중이에요.”

“그럴 필요 없어. 내가 지금 너를 훈방했으니까.”

미향은 눈을 가늘게 뜨고 물었다.

“언니랑 아는 사이세요?”

“그건 내 사생활이고, 난 너에게 그런 것까지 이야기할 만큼 널 몰라.”

“아하…….”

아이는 알겠다는 듯이 고개를 끄덕였다. 동공이 바짝 오그라들어 있었다. 역시 유리꽃이었다.

“너 지금까지 저 창고 안에 있었지?”

“그을쎄에요…….”

“그건 거기 있었다는 대답이다. 거기서 혹시 이 사람 보지 않았니?”

나는 지갑을 꺼내 김진석의 생쥐 같은 역겨운 얼굴 사진을 보여주었다. 미향은 한참 동안 눈에 초점을 잡으려고 기를 쓰더니 그럭저럭 정신이 든 표정으로 사진을 노려보았다.

"봤어요. 하지만 오늘 여기서는 아니에요."

"어디서 보았는데?"

"학교 앞에서요. 애들한테 약을 팔고 있었어요. 새로운 제품이라고 하면서 무지 싼 값에요. 나도 하나 사려고 했었는데 짜증 나는 지도부 선생들이 와서 판을 다 깼어요."

새로운 정보였다. 김진석은 시시한 악당이기는 하지만 애들을 상대로 직접 판촉을 할 만큼 하류는 아니었다. 적어도 그에게는 그런 일을 시킬 만한 부하들이 있었다. 그렇다면 그렇게 중요했던 그 약은 무엇이었을까?

"약을 산 애들도 있었니?"

"네, 서너 명. 하지만 누구인지는 몰라요."

싸늘한 작은 손이 내 목에 닿더니 거칠게 나를 뒤로 잡아끌었다. 무영의 가느다란 목소리가 뒤를 이었다.

"애 좀 괴롭히지 마. 그리고 제발 좀 당장 집에 가서 씻어. 당신한테 얼마나 지독한 냄새가 나는지 알아?"

나는 정중하게 허리를 굽혔다.

"알아모시겠나이다."

셋

무영은 반쯤 정신을 잃고 비틀거리는 미향을 부축해 엘리베이터에서 내렸다. 엘리베이터에서 미향이 사는 812호까지는 20미터도 되지 않았지만, 미향은 문 앞까지 걸어가는 동안 세 번이나 넘어졌다.

무영이 반쯤 닳은 황동 노커를 두드리기가 무섭게 문이 확 열렸다. 문을 열어준 사람은 이윤구 교수였다. 그의 깡마른 몸은 커다란 뿔테 안경과 입고 있는 낡은 목욕 가운 때문에 더욱 초라해 보였다. 그는 안경 렌즈에 의해 올빼미처럼 커다랗게 부푼 눈을 끔뻑거리면서 아이의 졸린 얼굴을 서글픈 표정으로 바라보았다.

"야단치지 마세요."

교수가 입을 떼기 전에 무영이 허겁지겁 선수를 쳤다. 교수는 말없이 무영과 미향을 번갈아 바라보다가 포기한 듯 고개를 절레절레 흔들었다.

"가서 재우렴."

교수가 거실로 돌아가자, 무영은 미향을 방에 밀어 넣고 잠옷으로 갈아입힌 뒤 침대에 눕혔다. 미향은 토끼 인형의 귀를 잠시 만지작거리며 웅얼거리다가 곧 잠들어버렸다. 무영은 잠시 잠든 아이의 머리칼을 쓸어주다가 방을 나왔다.

교수는 거실 소파에 앉아 서류 뭉치를 훑어보며 낡은 텔레비전 수상기에서 흘러나오는 국제 뉴스를 듣고 있었다. 멍하니 앉아 체펠린 사의 파산, 브라우닝 달 기지의 식수 부족 사태, 이탈리아 경찰이 체포한 국제적인 시체 밀매단의 뉴스를 흘려듣던 그는 무영이 외투를 입은 채 옆에 앉자 즉시 입을 열었다.

"무슨 약이냐?"

"별거 아니에요. 유리꽃이었어요."

무영이 대답했다.

"요새 사람들에게는 마약도 별게 아니냐?"

교수는 신음했다.

"알코올도 마약이잖아요. 유리꽃은 알코올보다 덜 유해한 약이에요. 적어도 중독성은 없으니까요. 요새 아이들은 다들 한 번씩 해요."

"넌 그런 애들이 학교를 불 지르고 선생 혀를 잘랐다는 걸 잊고 있는 모양이구나."

"적어도 유리꽃 때문은 아니겠지요. 그리고 미향이는 잘못 없어요. 요새 미향이처럼 사고 안 치는 애가 어디 있어요? 이번 일만 해도 흥분한 애들 사이에 끼어서 달아난 게 전부예요. 할아버지라면 어떻게 하시겠어요? 그런 상황 속에서는 아무도 어떻게 해야 할지 모른다고요."

"넌 요새 몸이 어떠냐?"

교수의 갑작스러운 반격에 무영은 잠시 움찔했다.

"괜찮아요. 하지만 약은 계속 먹어야 해요."

"고칠 수는 있대?"

"아뇨. 하지만 약만 먹으면 문제없어요. 이건 당뇨병 같은 거예요. 관리만 잘하고 약을 꾸준히 먹으면 더 이상 아플 일은 없어요."

반박할 거리가 떨어진 교수는 다탁(茶卓) 위에 산만하게 흩어져 있는 사진들로 시선을 돌렸다. 언제나처럼 마스 익스플로러 14호의 로봇 탐사체들이 찍은 사진들이었다. 교수는 은퇴한 뒤 화성학에 빠진 수많은 대학교수 중 한 명이었고 몇몇 친구와 함께 아마추어 학파를 결성하고 있었다. 이들의 주장은 한자가 제7화성어에 기원을 두고 있다는 것이었다.

"익스플로러에서는 새 소식이 있나요?"

무영은 화제를 돌렸다.

"갈릴레이운하 근처에서 지하 성당을 발견했다고 하더라."

"쓸 만한 게 나왔대요?"

"물론이지. 보겠니?"

교수는 맨 위에 놓여 있는 사진을 무영에게 내밀었다. '지하 성당'은 토굴 안에 엉성하게 벽돌 벽을 쌓아 올린 길쭉하고 좁은 방이었다. 벽은 군데군데 무너져 있었지만, 남은 부분에는 매달아놓은 뱀처럼 생긴 길쭉길쭉한 문양이 남아 있었다.

"비슷하기는 하네요."

"우린 벌써 갑골 문자와 연결되는 문자를 스물여덟 개나 찾았단다."

"하지만 화성인들은 우주선을 만들기도 전에 멸종해버렸잖아요."

"꼭 몸을 직접 끌고 올 필요는 없다. 정신감응도 있잖니."

"왜 다들 화성인들이 정신감응을 할 수 있었다고 생각하죠? 외계인이라서요?"

"그렇다면 이 유사점들은 어떻게 설명할 거냐? 생각해보렴. 수천 년 동안 화성인들이 정신감응을 통해 우리의 신 역할을 해온 거다. 중국인들은 갑골 문자를 만들어낸 게 아니야. 갈라진 거북 등에서 이미 존재하는 문자를 읽어낸 것이지."

무영은 포기했다. 대신 그녀는 마스 익스플로러의 다른 사진들로 시선을 돌렸다. 새로 찍은 첨탑들, 말라붙은 운하, 지하 회랑들……. 무영은 곤충처럼 민첩하고 깡말랐던 이 작고 우아한 휴머노이드 생명체들이 번화한 화성의 거리를 누볐던 그 옛날을 생각해보았다. 무영으로서는 그들이 지구인들보다 특별히 나았을 것이라는 근거는 찾을 수 없었다. 하지만 그녀는 화성광들이 그들에게 열광하고 그들을 미화하는 이유를 알고 있었다. 적어도 화성인들과 고대 화성은 그들이 살고 있는 곳보다는 나았으니까.

"16세기까지만 해도 그들이 살아 있었다는 걸 생각해보렴. 얼마나 대단한 일이냐. 우리가 몇 세기만 더 빨리 발전했다면 화성인들과 직접 대화도 나누었을 거다."

교수는 한탄했다.

'할아버지가 정말로 애석해해야 할 건 그게 아니지요.'

무영은 속으로 중얼거렸다. 하지만 그녀도 멸종한 화성인들의 시체를 보고 애석해하는 편이 살해당한 막내 아들과 며느리를 떠올리는 일보다 편하다는 것쯤은 짐작할 수 있었다. 지난 5년간은 모두에게 힘들었다.

온몸이 떨리기 시작했다. 무영은 주머니에서 알약을 꺼내 물 없이 삼켰다. 약은 말라붙은 목구멍에 잠시 달라붙었다가 다시 식도를 타고 내려갔다. 그녀는 눈을 감고 약효가 온몸에 퍼질 때까지 기다렸다.

"오늘 사람이 죽는 걸 보았어요."

간신히 몸이 진정되자 무영이 말했다.

"무슨 마약상이라고 하더군요. 폭탄을 삼켰다나 봐요. 제

차 앞에서 몸이 터져버렸어요."

"텔레비전에서 본 것 같구나."

"끔찍했어요."

"애들에게 약을 팔았으니 천벌받은 거지."

"그건 천벌이 아니에요. 천벌이라면 벼락이 떨어지거나 뭐 그런 것이어야 하지 않아요? 현주가 그러는데 동료들이 밀고할까 봐 죽인 거래요. 하늘의 심판하고는 아무 상관 없어요."

교수의 눈썹이 올라갔다.

"넌 아직도 차현주, 그 친구를 만나냐?"

"그곳에서 우연히 만났어요. 그 사람 직업이잖아요. 4년 전부터 여기서 일한대요."

"지금은 경찰도 아니라고 하지 않았니."

"이 도시가 어떻게 돌아가는지 잘 아시면서 그러시네요."

무영은 간신히 몸을 일으켰다.

"전 이만 가볼게요. 할아버지도 주무세요."

교수는 마스 익스플로러 사진들을 노려보며 말없이 고개를 끄덕였다.

무영은 외투를 걸치고 아파트 밖을 나섰다. 무영의 차는 여전히 김진석의 피를 뒤집어쓴 채 주인을 기다리고 있었다.

넷

통경 본부는 러시아구와 한국구의 경계에 어정쩡하게 걸쳐진 옛 주거탑의 7층에서부터 16층 사이에 있었다. 의천의 수많은 정부 기관이 그렇듯, 통경 역시 제대로 된 정식 건물을 가져본 적이 없었다. 그들은 끝도 없이 건물을 바꾸었고 일이 안 풀리면 종종 예전에 떠났던 건물로 되돌아오기도 했다.

통경 본부의 내부는 너무나도 엉망이라 그곳에서 일하는 사람들은 지진으로 파괴된 건물에 숨어 사는 난민들처럼 보였다. 자칭 건축 개조사들은 소위 사무 유동성을 추구한다면서 현관문들을 모두 뜯어내고 방마다 큐비클을 두 개씩 집어넣었다. 난방은 거의 되지 않았다. 겨울이 되면 통경 사람들은 자기 돈으로 휴대용 난로를 사서 가방처럼 들고 다냈다.

나는 세 명의 중국인 파견 관리와 함께 1602호를 나누어 쓰고 있었다. 나와 안방을 나누어 쓰는 사람은 '마커스 첸'이라는 영어 이름을 가진 천한린(陈瀚林)이라는 남자로, 몇 년 전에 합중국에서 망명한 물리학자였다. 전직 물리학자라는 남자가 도대체 통경에서 무슨 일을 했던 것일까? 나는 2년이나 그와 함께 큐비클을 맞대고 살아왔지만 그에 대해 아는 것이라고는 열렬한 탱고 애호가라는 사실뿐이었다. 아마 그 역시 나에 대해 그만큼 정도밖에 몰랐을 것이다.

1602호에는 화장실이 없었다. 볼셰비키들이 만든 주거탑들이 대부분 그렇듯, 이 건물도 16층부터는 상하수도가 들어오지 않았다. 덕택에 15층 화장실은 늘 만원이었다. 천한린은 휴대용 요강을 큐비클 안에 숨겨놓는 식으로 문제를 해결했다. 그 사실을 안 뒤로 나는 그와 악수한 적이 없다.

내가 김진석 사건 자료들을 둘둘 말아 들고 1602호로 돌아왔을 때, 천한린은 문자 전화기가 종이 다발에 길게 찍어낸 뭔가 복잡한 수식을 검토하고 있었다. 내 상사들은 늘 그 종이 다발들을 훔쳐 오라고 나를 부추겼지만 천한린은 그렇게 안이한 사람이 아니었다. 그는 늘 종이 다발을 정성껏 접어 휴대용 난로의 서류 파기 장치에 밀어 넣었다. 그가 일하는 큐비클은 늘 하얀 재로 가득했다. 그가 그런 난로를 어디서 구했는지 모르겠다. 나도 하나 있었다면 일이 편했을 텐데. 나는 점심시간과 퇴근 시간 때 1층에 있는 서류 파기실에서 다른 스파이들과 함께 줄을 서는 쪽이었다.

천한린과 간단한 인사를 나눈 뒤, 나는 종이 다발을 꺼내 문자 전화기에 걸고 전원을 넣었다. 전화기는 삐걱거리면서 굶주린 동물처럼 종이 끝을 덥석 물었다. 암호 발생기의 불이 켜지자 나는 전화 다이얼을 돌렸다. 잠시 뒤 고딕체로 다음과 같은 문자들이 타닥거리며 종이 위에 타자되기 시작했다.

—대한 외무부 의천 지국 교환기입니다. 암호명을 입력하십시오.

나는 이미 익숙해진 여덟 자리 숫자를 때려 넣고 기다렸다. 잠시 잠잠하던 전화기는 물 흐르는 듯한 유창한 타자 실력을 과시하며 지국장의 인사를 박아 넣었다. 나는 그게 그의 타자 실력이 아니라는 것을 알고 있었다. 아마 그는 책상 맞은편의 소파에 앉아 비서에게 타자 칠 메시지를 불러주고 있었을 것이다. 이런 식의 대필 통화는 규정 위반이지만 그 나이 또래의 사람들은 결코 타자기에 익숙해질 수 없었다.

그의 명령서는 나에겐 익숙한 것이었다. 통경의 수사에 최대한 도움을 줄 것. 하지만 사건 진행 중 다음과 같은 이름들이 언급되거나 언급될 가능성이 있다면 될 수 있는 한 시선을 다른 곳으로 돌리고 특정 러시아 파견 근무자에게 연락해서 도움을 청할 것. 이 경우 다른 한국 근무자에게 이 사실을 알리지 말 것. 문자 전화는 그 밖에도 별 도움 안 되는 쓸데없는 충고로 아까운 종이를 5센티미터나 낭비한 뒤 뚝 끊어져버렸다.

나는 이름을 암기하고 종이를 뜯어내 안주머니 안에 밀어 넣었다. 한숨이 절로 나왔다. 이런 일을 하고 있으니 내가 욕을 먹는 것이다. 의천의 경찰 체계 안에서 가장 욕을 먹는 사람들이 바로 나 같은 파견 근무자들이었다. 의천 사람들은 모두 경찰들을 혐오했다. 그들이 직접 만날 수 있는 경찰들은 각 구의 치안을 책임지고 있는 구경(區警)들이었으므로 일차적인 욕은 모두 구경들에게 돌아갔다. 당연히 구경은 위에서 으스대며 그들의 일을 간섭하고 공적을 빼앗아가는 통경을 증오했고, 통경 역시 도움은 하나도 안 주면서 일만 사보타주하는 나 같은 외무부 스파이들에게 욕을 퍼붓기 마련이었다. 내 고향에는 욕을 먹으면 오래 산다는 비틀린 귀납법에 바탕을 둔 미신이 있는데, 그 미신에 따르면 나는 벌써 웬만한 신선들보다 오래 살 수 있을 만큼 욕을 많이 먹고 있었다.

의천시의 관료주의는 세계 최악이었다. 이 도시의 관료주의는 의도적으로 일을 방해하기 위해 존재했다. 전산화 시스템이 도입된 뒤에도 도시의 행정 처리는 여전히 느렸다. 의천은 총성 없는 국제적 전쟁터였다. 다른 곳에서 총과 대포로 서로를 쏴 죽이는 동안 우리는 서류와 전화기로 상대방을 말려 죽이고 있었다. 문제는 적이 누군지 아무도 모른다는

데 있었다. 러시아, 중국, 합중국은 모두 잠재 적국임과 동시에 우방국이었다. 어느 쪽에 가까운가는 주변의 상황에 따라 달랐으며 그 상황은 일기예보보다 더 급격하게 변했다.

서류 공유기로 통경의 수사 상황을 확인하려 했지만 내 암호가 먹히지 않았다. 나는 주머니 난로의 전지를 갈아 끼우고 아래층 보안 담당자에게 달려갔다. 답변은 언제나와 같았다. 수사 도중 기밀 사항이 발견되어 보안 암호가 다시 바뀌었으니 새 암호를 발급받으라는 것이었다. 그녀는 두 장짜리 서류와 만년필을 내 코앞에 쑥 내밀었다.

새 암호를 발급받은 나는 다시 내 큐비클의 서류 공유기로 달려갔다. 수사는 상당히 진척되어 있었다. 이미 그들은 김진석이 복용한 폭탄이 어디에서 나온 것인지 알아냈다. 폭탄은 두 종류의 화학 폭탄을 혼합한 것으로 둘 다 모두 프랑스제였다. 감식반에서는 폭탄에 미량으로 존재하는 불순물로 그 폭탄을 판 밀매업자의 이름까지 알아냈다. 슬프게도 그 밀매업자는 한 달 전에 교통사고로 죽고 없었다. 장례를 치러줄 사람이 없었기 때문에 그의 시체는 시의 소유가 되었다. 아마 그의 팔다리는 체체니아의 러시아 병사들에게 요긴하게 쓰였을 것이다.

다행히도 그 밀매업자가 아주 중요한 고리는 아니었다. 다른 사건을 맡고 있던 러시아인 수사관 한 명이 우연히 서류 공유기로 사건을 검토하다가 폭탄을 사고 배합해서 피해자에게 먹이는 살인 과정이 그가 예전에 담당했던 어떤 사건의 살인청부업자가 보인 테크닉과 유사하다는 것을 알아낸 것이다. 흥분한 그는 이전 살인 사건들을 검토했고 다섯 건에서 그 살인청부업자의 범죄 지문을 찾아냈다. 내가 새 패스워드를 발급받기 위해 보안 담당자에게 애교를 떨고 있는 동안 수사팀은 재개편되었다. 드디어 제1용의자가 생긴 셈이다. 그 용의자의 이름은 '바실리 비노그라도프'였다. 서류 공유기의 타자기가 알파벳과 숫자를 조합해 찍어낸 그의 얼굴은 흐릿하고 평범했다. 그가 그렇게 유능한 사람이라면 이름을 알아냈다고 해서 사건에 대단한 진전이 있는 것은 아닐 거라는 생각이 들었다. 저런 사람들은 도시 어디서건 쉽게 익명으로 살아갈 수 있다.

나는 상사한테서 받은 명단과 서류 공유기가 뱉어낸 종이를 비교하며 내가 커버할 사람이 있는지 확인했다. 두 명이 있었다. 한 명은 젊은 시절 러시아 볼셰비키들과 잠시 작당한 적 있었던 신문기자였고, 다른 한 명은 카를로스 아빌라라는 필리핀 남자로, 어떤 신분 높은 영감의 옛 애인이었다.

신문기자 양반에게는 간단한 메시지만 전해주면 족했다. 지난 25년 동안 고양이처럼 예민해진 양반이니 남은 일은 그가 알아서 해낼 수 있었다. 하지만 아빌라는 조금 까다로웠다. 나는 그에 대해 꽤 많이 알고 있었다. 이 도시에 와서 내가 처음 맡은 일 중 하나가 그에게 정기적으로 입막음용

돈을 제공하는 것이었다. 그는 바보스러울 정도로 욕심이 많고 겁 없는 남자로, 아직까지 살아 있는 것 자체가 기적이었다. 그 높으신 영감도 귀찮게 잔돈푼을 건네주며 그 조그만 입을 계속 막는 것보다 몇몇 훈련된 공무원을 시켜 간단히 제거해버리는 것이 더 편하다는 것을 알고 있었을 텐데. 하지만 마음 약한 영감은 계속 옛 애인을 살려두었고 아빌라는 더욱더 건방져졌다.

나는 아빌라의 최근 서류와 수사 자료를 검토해보았다. 지금 당장은 그가 체포될 위험은 없었다. 아빌라는 오래전부터 김진석의 부하들과 거래를 해왔지만, 그의 최근 수난과는 아무 상관이 없었다. 하지만 그가 참고인으로 소환될 가능성은 언제든지 있었고 그러다 보면 비노그라도프를 찾아낸 러시아인 수사관처럼 눈치 빠른 친구들에게 얼굴이 노출될 가능성도 있었다.

나는 그가 발각될 위험과 내 게으름을 저울에 올려놓았다. 위험 쪽이 이겼다. 귀찮다고 요행을 바라다가는 내가 직접 그의 혈관에 청산가리를 주사해야 할 입장에 몰릴지도 모른다. 나는 될 수 있는 한 살인만은 피하고 싶었다.

나는 택시를 타고 아빌라가 사는 중국구의 싸구려 아파트로 달려갔다. 아직 오전 11시밖에 되지 않았는데도 그는 집에 없었다. 나는 열쇠 조합기로 그의 집 문을 열고 들어가 기다렸다. 텔레비전과 라디오는 고장 나 있었고 방바닥에 굴러다니는 신문은 거의 한 달 전의 것이었다. 나는 만년필로 수첩에 낙서하면서 시간을 보냈다. 12시 반이 지나도 그가 돌아오지 않자, 나는 수첩에서 종이 한 장을 찢어내, 그만이 알아볼 만한 애매한 문장으로 간단한 경고 메시지와 전화번호를 써 화장대 거울 위에 붙여놓았다.

근처 식당에서 국수로 점심을 때우는 동안 나는 그날 단 한 번도 무영에 대해 생각하지 않았다는 사실을 깨달았다. 전날 일을 잊을 만큼 일상의 힘이 그렇게 강했던가? 생각해 보면 그처럼 극적인 재회도 없는데.

일단 무영에게 생각이 닿자, 그날 밤 일어났던 일들이 서서히 다른 모습으로 비치기 시작했다. 나는 오래전에 자취를 감춘 살인마 '머리 도둑'을 기억해냈고 그 살인마가 요새 통경이 뒤쫓고 있는 마약상 살인마와 연결될 수도 있다는 사실을 깨달았다. 둘은 동일인일까? 베네딕토프는 이 연관성을 알고 있을까?

나는 본부로 돌아왔다. 아직까지 아빌라한테서 온 연락은 없었다. 걱정이 되기 시작했다. 아빌라는 대낮에 이처럼 자기 집을 오래 비우는 사람은 아니었다. 그렇다고 다른 사람의 아파트에 머물 만큼 몸을 헤프게 굴리는 편도 아니었다. 적어도 그는 이 도시가 그렇게까지 안전한 곳이 아니라는 건 알고 있었다.

나는 다시 지국으로 전호를 걸어 아빌라의 담당자를 호출했다. 그 게을러빠진 인간은 그가 사라졌는지도 모르고 있었다. 담당자의 주장에 따르면 지난 사흘 동안 아빌라는 아파트 밖으로 나간 적도 없다는 것이었다. 나는 다시 한번 확인해보라고 따진 뒤 전화를 끊었다.

나는 문자 전화기로 다시 상사를 호출했다. 지겨운 암호 확인을 끝내고 나서 나는 간단한 메시지를 타자했다.

—관리대상 B-1591 실종 가능성. 지시 바람.

잠시 멍하게 앉아만 있던 문자 전화기는 1분 뒤에야 느릿느릿 응답하기 시작했다.

—관리 작업을 계속하며 추후 지시를 기다릴 것.

영감, 오래간만에 보안 규칙을 지키는군. 그가 더듬거리면서 한 손가락으로 타자기의 자판을 눌러대는 모습이 떠오르자 나는 킬킬 웃기 시작했다.

"뭐가 그렇게 우습나요?"

옆에서 천한린이 물었다.

"그냥요."

내가 대답했다.

"참, 그쪽에게 올 전화가 저한테 잘못 걸려왔습니다. 옛 친구라고 하더군요. 문자 전화기 번호를 알려주었습니다."

"누군데요?"

"유리 오를로프라는 사람입니다. 목소리가 좀 이상하더군요. 주소는 암기해두었습니다. 툰구스카 198679입니다."

다섯

무영은 새로 인쇄된 광고지 묶음을 들고 그녀가 일하는 의천시 선정협회(善政協會)의 사무실로 들어섰다. 밤잠을 설친 탓인지 아직도 정신이 멍했다. 아침에 연거푸 마신 커피 석 잔은 속만 망쳤을 뿐이었다. 엘리베이터가 올라가는 동안 그녀는 멀미를 했다.

그녀는 광고지를 홍보부에 넘기고 책상에 가 앉았다. 외투를 벗자 온몸이 부르르 떨렸다. 검지로 난로의 튜브를 톡톡 두드려보았다. 차가웠다. 또 순환액이 어딘가에서 막힌 모양이었다. 튜브를 손수건으로 감아 뽑았다. 실뭉치 같은 것이 입구를 막고 있었다. 뽑아내고 다시 튜브를 끼웠다. 난로는 덜컹거리면서 튜브에 더운물을 토해냈다. 책상 주변에 온기가 돌려면 한참 걸릴 것이다. 그녀는 물에 젖어 차가워진 양

손을 손수건으로 닦고 겨드랑이 사이에 밀어 넣었다.

“이무영 씨? 이무영 씨? 잠깐 내 방으로 와주겠어요?”

부회장의 날카로운 목소리가 책상 위 스피커를 통해 들려왔다. 무영은 겨드랑이 사이에서 손을 빼고 부회장의 방으로 달려갔다.

무영이 들어오자 부회장은 뿔테 안경 너머로 그녀를 잠시 말없이 쳐다보았다. 그녀는 무영에게 의자를 권하고 지금까지 읽고 있던 신문의 사회면을 펼쳐 앞에 내밀었다. 김진석의 흐릿한 사진이 왼쪽 구석에 박혀 있었다.

“어제 끔찍한 일을 당한 모양이군요.”

부회장이 말했다.

“네.”

무영이 대답했다.

“특별히 할 말 있습니까?”

“없습니다.”

“그럼 이것은요?”

부회장은 책상 위에 놓여 있던 다른 서류 한 장을 들어 펼쳤다. 서류의 맨 위와 아래에는 러시아구 경찰의 문장이 인쇄되어 있었다. 무영은 거의 자동적으로 의자를 박차고 일어났다.

“설명할 수 있어요.”

무영은 간신히 말했다.

"그렇겠지요. 하지만 중요한 것은 이무영 씨가 이곳에 들어오면서 중요한 신상 정보를 감추고 있었다는 것입니다. 우리 협회에서는 전과자를 채용하지 않습니다. 마약 중독자는 더더욱 안 되고요. 여기엔 어떤 예외도 없습니다."

"하지만, 하지만 전 마약 중독자가 아니에요. 그 일들은 보기완 달라요!"

"어떻게 다르지요?"

"전 스코르닉씨병 환자예요. 제 의료 기록에도 나와 있어요. 7년 전부터 제 뇌는 신경전달물질을 제대로 생성해내지 못해요. 포위 때엔 어떤 종류의 약도 구할 수 없었어요. 그, 그 마약들은 모두 저에게 약이었어요. 전 이제 합법적으로 그 약들을 구입할 수 있는 자격증도 가지고 있어요. 통경에서도 그 사실을 인정하고 기록을 삭제해주었단 말이에요."

"하지만 러시아 구경에는 아직 기록이 남아 있군요. 다시 말해 서류상으로는 이무영 씨가 여전히 전과자입니다. 저 역시 사정을 봐드리고 싶습니다만 어쩔 수 없습니다. 전 규칙을 만들지 않습니다. 따를 뿐입니다. 특히 우리 협회와 같은 곳은 도덕적으로 완벽하게 청결해야 하니까요."

잠시 침묵이 흘렀다. 한참 뒤에야 무영은 조심스럽게 말을 꺼냈다.

"어떻게 해야 하나요?"

"점심시간이 되기 전에 책상을 비워주십시오. 나가면서 아래층에 들러 석 달 치 월급을 타가요. 제가 할 수 있는 건 거기까지입니다. 참, 나갈 때 문 닫는 것 잊지 말아요."

부회장은 이제 더 할 말이 없다는 듯 안경을 고쳐 쓰고 책상에 눈을 내리깔았다.

무영은 동료들의 힐끗거리는 시선을 애써 무시하며 책상을 치웠다. 가지고 나갈 물건이 많지도 않았다. 휴대용 난로와 책 몇 권. 그녀는 경리한테서 직불 수표를 받아 지갑 안에 끼워 넣고 죄인처럼 선정협회를 빠져나갔다.

정신없이 걸어 아파트 앞에 도착하고 나서야, 무영은 자기한테 무슨 일이 닥쳤는지 깨달았다. 그녀는 아파트 현관에서 책을 들고 멍하니 서 있다가 갑자기 숨을 헐떡거리기 시작했다. 허겁지겁 핸드백을 뒤졌다. 부들부들 떨리는 손 때문에 약병을 찾아 뚜껑을 여는 것도 쉬운 일이 아니었다. 뚜껑이 열리자 알약들이 분수처럼 튀어나왔다.

약을 삼키고 간신히 진정한 무영은 벤치에 주저앉아 생각을 가다듬었다. 그녀는 경제적 재난에 대해 생각했고, 지금까지 일어난 모든 일들에 수치심을 느꼈으며, 마지막에는 내 얼굴을 떠올렸다.

무영은 숨을 가다듬고 일어나 세광로로 걸어갔다. 목적지에 도착하고 나서야 그녀는 통경 건물이 1년 전에 자리를 옮겼다는 사실을 알았다. 이윤구 교수가 그녀의 이 실수를 보았다면 좋아했을 것이다. 그에게는 손녀가 최소한 1년 동안은 깨끗하게 살았다는 증거로 보였을 테니까.

수도 없이 길을 잃어가며 그녀는 새 통경 건물에 도착했다. 이미 점심시간이 훌쩍 넘어 있었지만 배가 고프다는 생각도 들지 않았다. 건물에 도착한 뒤로는 길을 물을 필요도 없었다. 그녀는 세 번이나 통경 건물이 바뀌는 걸 보았고, 언제나 기본 배치가 똑같다는 걸 알고 있었다. 그녀는 엘리베이터를 타고 16층으로 올라가 곧장 새 큐비클로 달려들더니 얼굴도 볼 생각을 하지 않고 손등으로 내 등을 후려쳤다.

나는 비명을 지르며 뒤를 돌아보았다. 나는 계속 다닥거리며 메시지를 전송하는 문자 전화기와 무영의 얼굴을 번갈아 쳐다보다가 결국 전화기의 대기 버튼을 눌렀다.

"무슨 일이야?"

내가 물었다.

"해고당했어."

"왜?"

"내가 전과자고 마약 중독자래!"

천한린의 넓적한 얼굴이 칸막이 너머에서 쑥 튀어나왔다. 나는 문자 전화기의 종이를 뜯어 주머니에 쑤셔 넣은 뒤 허겁지겁 그녀의 팔을 잡아끌고 15층 계단으로 달려갔다. 나는 양쪽 문을 모두 닫고 그녀에게 물었다.

"다시 말해봐. 그 사람들이 어떻게 알았어?"

"신문에서 봤거나 경찰에서 알려줬겠지, 뭐. 나한테 러시아 구경 체포 서류를 보여주었어."

"신문에서 어떻게 알아? 당신 이름은 나오지도 않았는데. 구경이나 통경이나 당신 이름 따위에는 신경도 쓰지 않아."

"하지만 부회장은 알던걸. 도대체 이전에 일을 어떻게 처리했길래……."

"나는 할 수 있는 일은 다 했어. 지금까지 먹혔잖아. 구경 기록까지는 나도 어떻게 할 수 없어. 그리고 그 기록은 아무나 꺼낼 수 있는 게 아니고, 꺼내서도 안 되며, 게다가 법적으로 아무 의미도 없어. 당신은 법적으로 전과자가 아니야. 선정협회에서 '전과자'를 어떻게 정의하고 있는지는 나도 모르지만."

"아마 당신 사전과는 다를 거야."

그녀의 답변에는 벌써 힘이 빠져 있었다.

"변호사가 필요해?"

내가 조심스럽게 물었다.

"아니, 일을 더 크게 벌이고 싶지 않아."

"앞으로는 어떻게 할 건데?"

"나도 모르겠어."

그냥 두면 무영은 그대로 쓰러질 것만 같았다. 나는 그녀를 부축하며 15층 엘리베이터가 있는 곳까지 데려다주었다.

"일단 집으로 돌아가서 쉬어. 오늘 저녁에 당신 집으로 갈게. 집에서 앞으로 어떻게 해야 할지 생각해보자."

그녀는 모기 소리만큼 가냘픈 목소리로 대답했다.

"고마워."

"고마울 것 없어. 이 일에는 나도 책임이 있으니까. 자, 딴 생각 품지 말고 당장 내려가."

나는 그녀를 엘리베이터 안으로 밀어 넣었다. 언제나처럼 엘리베이터는 3분의 1쯤 내려가서야 문이 제대로 닫혔다. 반쯤 내려간 엘리베이터 안에서 그녀는 마치 우물에 빠진 작은 여자아이처럼 보였다.

나는 다시 내 큐비클로 돌아갔다. 놀랍게도 아직까지 전화기는 대기 상태였다. 대기 상태를 해제하자 기계는 마치 아무 일도 없었다는 듯 문자들을 종이에 박아 넣었다.

— 친구입니까?

— 무영이였어요.

내가 받아쳤다.

전화기는 잠시 조용하다가 다시 타닥거리며 새 메시지를 타자했다.

— 아, 그렇군요. 이 역시 우리가 지금까지 이야기하던 필연적인 우연의 예라고 생각하지 않습니까?

— 아뇨. 이건 어제 사고의 자연스러운 결과에 불과해요. 그리고 지금까지 교수님이 예로 든 것들도 모두 그렇게 대단한 우연의 일치는 아닙니다. 의천은 작은 도시이고 우린 늘 같은 길을 지나지요. 우리가 아무리 의미 있는 시간과 공간에서 다시 만난다고 해도 그건

전쟁터에서 사람들이 총에 맞아 죽는 것보다 덜 신기한 일입니다. 그런데 이런 식의 대화는 조금 힘들군요. 언제 직접 전화 통화를 하면 어때요?

— 곤란합니다. 툰구스카에서 심한 화성 전염병이 돌았는데, 저도 걸려버렸습니다. 제 성대가 반쯤 녹아버렸어요. 지금으로서는 문자 전화기가 있다는 것도 고마운 일입니다.

— 저런!

— 걱정 마시길. 곧 새 성대를 달 수 있을 겁니다. 사방에서 전쟁이 일어나고 있으니 신선한 시체는 언제나 생기기 마련이고 그들 중엔 쓸 만한 성대를 달고 있는 것도 있을 겁니다. 현대전이 이식업자들과 장기 밀매꾼들의 배를 채우기 위해 존재한다는 생각을 해본 적 있습니까? 언젠가부터 시체는 상품이 되었고 전쟁은 그 상품을 생산하는 공장이 되어버렸습니다. 아마 지금처럼 생산적인 전쟁이 벌어진 때도 없을 겁니다.

여섯

— 툰구스카의 의사들이 발성 장비를 하나 만들어주었습니다.

오를로프 교수가 말을 이었다.

— 불편하기 짝이 없는 물건입니다. 말을 하려면 구부러진 금속 피리 같은 것을 목구멍으로 밀어 넣어야 합니다. 나오는 소리는 천식에 걸린 늙은이의 신음 같습니다. 화가 납니다. 전 지금까지 제 목소리를 꽤 잘 관리해왔는데 말입니다. 새 성대를 구해도 예전 것만은 못할 겁니다.

나는 유리 오를로프의 다소 여리지만 표현력이 풍부한 목소리를 떠올렸다. 가끔가다 지나치게 여성적으로 변하긴 했지만 듣기 좋고 자연스러운 테너였다. 그래, 그는 '자연스러운 테너'라는 희귀한 종이었다. 나는 아직도 그가 페트로그라드인민대학의 문학부에 있을 때 녹음한 〈스녜구로치카〉의

낭송 테이프를 가지고 있었다.

— 이제 교수님의 엘레오노라 두세 흉내도 끝장이군요.

오를로프 교수는 19세기 영화와 엘레오노라 두세의 열광적인 팬이었다. 그는 두세가 출연한 영화와 연극 녹화 테이프를 모두 가지고 있었다. 보드카 몇 잔이 들어가 기분이 좋아지면 그는 절묘한 가성으로 이 19세기 배우의 목소리를 기가 막히게 흉내 내곤 했다. 그의 두세 흉내를 더 이상 들을 수 없다니 이상했다. 사람의 일부가 죽어버린 듯한 느낌이었다.

— 영원한 것은 없습니다.

종이에 무감하게 타자된 문장이었지만 그의 한숨이 섞여 있는 듯했다.

— 다시 아까 하던 이야기로 돌아가죠. 베네딕토프는 아직도 마약상 살인 사건과 머리 도둑의 연관성을 알아차리지 못했습니까?

그의 문장은 다시 건조해졌다.

— 저도 모르죠. 아직까지 베네딕토프는 수사팀에 속해 있지 않아요. 하지만 이곳 사정을 아시잖아요. 겉보기와 늘 같지는 않지요. 그러나 요새 정치적 사정을 고려해보면, 특별히 베네딕토프가 숨어서 활동할 이유는 없는 것 같은데요? 제가 알기로 그 사람은 지금 장기 밀매업자들을 쫓느라 바빠요.

— 당신은요?

— 은근히 떠보려 하지 마세요. 제가 그런 걸 교수님에게 알려드

릴 수 없다는 것 아시잖아요. 교수님이 언제 다시 스파이 일로 복귀했는지 어떻게 알아요? 저 역시 그 살인범 때문에 바빠졌다는 것 정도만 말해두죠.

전화기는 다시 조용해졌다. 공백이 너무 길어지자 나는 참지 못하고 말을 걸었다.

— 부닌에 대해 궁금하지 않아요?

— 그에 대해 조사했습니까?

— 교수님이 그다음 날 아무 말도 없이 툰구스카로 내뺀 뒤로 호기심이라는 것이 생겼지요. 부닌에 대해 조사를 해봤는데 아주 흥미롭더군요.

— 어떤 점이?

— 그 사람은 서류상으로 존재하지 않았어요. 병원 기록에도 그 사람 기록이 없었고요. 환자가 아니었단 말이에요. 당시 의천 인구통제국에도 그 사람 이름은 없었어요.

여기까지는 이상한 일이 아니에요. 의천은 증거 인멸이 수시로 이루어지는 곳이니까요. 하지만 여기서 오래 살다 보면 그런 증거 인멸의 흔적 정도는 찾아낼 수 있어요. 그런데 부닌은 그런 것도 없었어요. 처음부터 부닌은 그곳 환자가 아니었어요. 병실 기록도 이상하더군요. 이무혁은 처음부터 병실을 혼자 쓴 것으로 되어 있었어요.

— 그럴 리가요.

— 순진한 척하지 마세요. 교수님이, 무영이가 제 친구라는 걸 뻔히 알면서 시치미를 뚝 떼며 그 이야기를 들려주었다는 것 정도는

저도 아니까요. 교수님의 '우연의 일치' 이론이 교수님의 음흉한 계획을 꾸미는 핑계에 불과하다는 것을 제가 모를 줄 아세요?

물론 전 무영이에게 그 이야기를 물어보았죠. 무영이는 그 부닌이라는 남자를 아주 분명하게 기억하고 있더군요. 워낙 특이한 남자였으니까요. 전 무영이의 이야기를 바탕으로 그 사람 외모를 재구성할 수 있었어요. 그러다 아주 재미있는 점을 알아냈지요.

— 어떤?

— 그 부닌이라는 사람은 유전성 정신박약증 환자였어요. 무영이가 우연히 악수하면서 그 사람 손을 보았다더군요. 왼손 엄지손가락 마디가 보통 사람보다 하나가 더 많았다고 해요. 그래서 그 사람 얼굴을 다시 검토해봤죠. 역시 성형수술한 얼굴이었어요. 유전성 정신박약증 환자라는 걸 감추기 위해 얼굴을 대대적으로 뜯어고친 거예요.

— 아하, 하지만 그 이론에는 뭔가 빠진 구석이 있군요.

— 맞아요. 유전성 정신박약증 환자로 보기엔 너무 똑똑했지요. 그래서 혹시 차르의 과학 부대가 그 사람을 가지고 뭔가 대단한 실험을 한 게 아닌가 하고 추측도 해봤지만 더 이상은 알아낼 수 없더군요. 하긴 그중에도 지능이 높은 사람들이 없지는 않아요. 정확한 명칭은 아니지요.

그게 3년 전 일이에요. 그동안 많은 일이 일어났어요. 포위와 폭격도 있었고요. 부닌이 그 와중에 계속 의천에 머물러 있었는지는 모르겠어요. 그랬다고 하더라도 전 바빠서 그 사람을 쫓을 시간은 없었어요. 그럴 이유도 없었고요. 시민의 안녕과 범죄 척결은 제가 할 일이 아니에요. 그리고 머리 도둑질은 멋었잖아요?

교수님이 전화를 걸기 전에 저도 부닌이 이 일과 관련이 있는지 생각해봤어요. 하지만 이미 수사팀은 바실리 비노그라도프라는 남자를 용의선상에 올려놓고 있어요. 지금 수사팀의 서류를 검토해보는 중인데, 그 사람들 생각도 일리가 있어요. 이 사건은 머리 도둑 사건과 전혀 방식이 달라요. 머리 도둑의 살인은 치밀한 미치광이의 범죄였지요. 하지만 이 사건은 멀쩡한 정신의 전문가가 저지른 거 같아요. 적어도 동기나 방법은 그리 이상하지 않아요. 테크닉을 지나치게 과시한다는 느낌이 들기는 하지만 그럴 만한 자신이 있기 때문일지도 모르죠. 비노그라도프의 경력을 읽어봤는데, 그럴 자격이 있는 남자더군요.

— 하지만 비노그라도프가 죽었다는 소문이 돌고 있다는 걸 아십니까?

— 그래요?

— 네, 사실입니다. 작년 4월이던가? 우크라이나에서 폭사했다는 소문이 들립니다. 키이우 경찰을 따돌리려고 버려진 건물 안에 들어갔는데, 거기서 폭발이 일어났다더군요. 경찰은 조각난 시체를 찾기는 했는데 그게 비노그라도프였다는 직접 증거는 확보하지 못했다고 합니다. 하지만 가능성은 상당히 높다더군요.

— 마술사의 트릭이 아니었을까요? 그렇게 키이우 경찰을 따돌리고 의천에 건너와 다른 일을 맡았는지도 모르죠.

— 비노그라도프 같은 남자가 마약전의 병사로 뛰고 있다는 말입니까?

— 하긴 수사팀도 그게 이상하다고 생각하더군요. 그 사람은 결코 그렇게 값싼 남자는 아니니까요. 하지만 우린 아직 이 사건의 동기를 전혀 모르고 있어요. 비노그라도프도 가담할 만큼 굉장한 일인지도 모르죠. 하지만 이건 그 사람들이 알아낼 일이에요. 왜 그 사람들에게 직접 물어보지 않으세요?

— 전 더 이상 공무원이 아닙니다. 사적인 호기심은 친구를 통해 채워야 하는 법입니다.

— 그동안 뭐 하고 지내셨는데요? 공무원이 아니라면서 왜 아직까지 툰구스카에 머물고 계세요? 거긴 민간인들은 출입 못 하잖아요.

— 그리고 그만큼이나 출입 통제가 잦은 곳이기도 합니다. 일은 끝났지만 지금은 나갈 수가 없답니다. 저 역시 빨리 모스크바나 페트로그라드로 돌아가고 싶습니다.

— 또 화성 우주선이 뭔가 대단한 것을 가져온 모양이죠?

— 글씨가 쓰여 있는 돌 조각들입니다. 더 이상 재미도 없습니다. 하지만 이곳 언어학자들은 제4언어의 일부를 해독할 정보라고 흐뭇해하고 있는 모양입니다. 화성 유치원 담벼락 조각 같은 모양이지요. 그림 밑에 이름이 쓰인 그런 돌 조각 말입니다. 하지만 그 그림이 무엇인지 그 사람들이 어떻게 안단 말입니까? 제가 라디오를 그려서 12세기 사람들에게 보여준다면 그 사람들이 그게 뭔지 알 수 있겠습니까?

일곱

엘리베이터 문이 열리고 무영의 눈에 가장 먼저 들어온 것은 갈색 교복을 입은 미향의 작은 모습이었다. 아이는 가방을 깔고 앉아 철필(鐵筆)로 바닥을 긁고 있었다.

무영이 문을 열자 미향은 작은 고양이처럼 소리 없이 안으로 들어갔다. 아이는 신발을 벗어 던지고 소파에 누워 다리를 쭉 뻗었다.

"오늘은 왜 이렇게 일찍 왔어요?"

미향이 물었다.

"해고당했어. 내가 마약 중독자래."

"저런!"

"너는 오늘 어땠니?"

"어땠을 거라고 생각해요? 애들은 다 나를 배신자라고 생각해요. 선생들은 배경이 좋아 풀려난 문제아라고 하고요."

"끔찍했겠구나."

"참을 만했어요."

미향은 잠시 천장에 생긴 물 얼룩을 바라보다 갑자기 화제를 돌렸다.

"미치광이라서 좋은 점이 있을까요?"

"그럴 리가 있겠니."

"하지만 우린 모두 미치광이잖아요. 우리 모두 시베리아에서 온 증조할머니한테서 미치광이 피를 물려받았다고요. 살인광증에, 분열성광증에, 맥그라드신드롬에……."

"어디까지가 유전인지는 아무도 몰라. 유전이라고 해도 우리 증조할머니 때문이라는 법은 없어. 그리고 내가 앓는 병은 유전과 아무 상관이 없어. 화학 물질로 뇌가 오염되었기 때문이야."

"하지만 뭔가 더 있어요. 나 역시 미쳤거든요."

"끔찍한 소리를 하는구나."

"불평하는 게 아니에요. 좋게 미쳤으니까요. 이런 소리 못 들어봤어요? 미치광이들은 뇌의 다른 쪽을 쓰기 때문에 보통 사람들이 못 하는 걸 할 수 있고 못 보는 걸 볼 수 있죠."

"뇌종양 환자에 대해 비슷한 소리를 들은 적 있어."

"꼭 뇌종양 환자만 그러라는 법은 없죠. 나도 뭔가 할 수 있을 것 같아요."

무영은 미향의 가무스름한 얼굴을 말끄러미 바라보았다. 농담의 구석은 없었다. 아이는 진지했다.

"학교에서 무슨 일이 있었니?"

"이야기하려면 길어요."

"시간은 충분해."

미향은 소파 위에 쪼그리고 앉았다.

"수정중급학교가 어떤 곳인지 알죠? 국제 화합을 도모한답시고 여러 나라 아이들을 한군데 밀어 넣고 구경하는 곳이에요.

당연히 이런 건 통하지 않아요. 지금이 어떤 때인데. 학교 애들은 대부분 패거리를 결성하고 있죠. 중국 애들은 중국 애들끼리, 러시아 애들은 러시아 애들끼리, 한국 애들은 한국 애들끼리요.

여기서 가장 손해를 보는 게 누군지 알아요? 바로 나 같은 박쥐들이에요. 학교는 전쟁터예요. 진짜 전쟁처럼 협정도 있고 조약도 있고 포로 교환도 있어요. 하지만 박쥐들에겐 그런 게 없어요. 보호해줄 패거리가 없으니까요.

우리 학교는 한국 애들이 휘두르고 있기 때문에 더욱 무서워요. 러시아 애들이나 중국 애들은 소수 외국인이라는 이유로 괴롭히지는 않아요. 무시하거나 깔보기는 해도 일부러 공격하지는 않죠. 하지만 한국 애들은 해요. 환태평양대지진 이후 남쪽에서 올라온 사람들이 민족의 혈통을 오염시키고 있으니까요. 제가 바로 그 산 증거지요. 박쥐들도 등급이 있는데 제가 최악이에요. 만약 우리 엄마가 러시아인이었다면 이런 시달림을 당하지도 않았을걸요.

이런 데에서 2년 동안 썩다 보면 살아남는 방법을 터득하게 돼요. 힘의 균형이 맞는 곳을 찾아내는 방법, 눈에 뜨이지 않게 무리 속에 숨는 방법, 선생들과 학생들의 알력을 이용하는 방법을요. 난 학교에 갈 때마다 대낮에 숨을 곳 없는 평야 위 사슴이 되는 기분이에요.

저번 난동 때는 나도 어떻게 해야 할지 몰랐어요. 다른 곳에서는 몰라도 우리 학교에서는 이처럼 대규모 난동이 벌어진 적은 없었으니까요. 자체적이기는 하지만 규율이 있거든요. 그런 난동의 씨가 보이면 대부분 패거리 안에서 해결돼요. 마약도 마찬가지예요. 물론 애들은 다들 유리꽃 정도는 사요. 하지만 학교 밖에서는 몰라도 안에서 마약 문제가 발생한 적은 없어요. 소위 '깡패'라고 불리는 애들한테는 더 엄격하게 적용되고요. 다들 그런 애들을 전면전 병사로 쓰고 있으니까요.

하지만 그날만은 뭐가 잘못된 모양이에요. 한국 병사 애들 중 한 명이 뭔가 새로운 약을 가져와 화장실에서 친구들과 나누어 먹었던 거예요. 당연히 그 애들은 들통났죠. 한국 패거리의 두목은 다른 부하들을 시켜서 그 애들을 지도부 선생들이나 다른 패거리들이 보기 전에 처리하려고 옥상 창고로 끌고 가 가두어버렸어요.

거기까지는 괜찮았어요. 하지만 그 뒤로 사건이 아주 이상하게 흘러버렸어요. 병사들은 모두 점심시간 중 풀려났고 예전 같으면 상상도 할 수 없는 욕설을 패거리의 상급생들에게 퍼부었으니까요.

그 애들이 고함을 지르면 지를수록 다른 아이들도 점점 더 흥분하더군요. 영문도 모르는 채 아이들은 책상을 부수기 시작했어요. 선생들이 들어오자, 그 사람들을 표적 삼아 부서진 책상 조각을 집어 던졌고요. 지도 교사 혀를 자른 애는 아마 윤길봉이었을 거예요. 적어도 제가 보기엔 그 애 같았어요. 왜 걔가 그렇게까지 흥분했는지는 모르겠어요. 보통 때는 그렇게까지 험악한 애는 아니었어요. 적당히 밥맛 없고 적당히 생각이 부족한 전형적인 5학년생이었는데. 적어도 혀를 자를 생각을 할 만큼 상상력이 풍부한 애는 아니었어요.

애들이 학교에 불을 지를 때는 나도 어쩔 수 없이 거들어야 했어요. 거의 전교생이 성냥을 찾고 책상 조각을 쌓아 올리고 있었으니까요. 그때 가만히 있었다면 그냥 맞아 죽었을 거예요. 러시아 애들 사이에 숨어서 장작을 쌓을 수밖에 없었어요.

무서운 생각이 들더군요. 여기서 지금 정신이 멀쩡한 사람이 나밖에 없으면 어쩌지? 주변을 둘러보았지만 정말 그런 건지는 모르겠더군요. 다들 학교에 불 지르는 것밖에는 생각이 없는 것처럼 보였지만 나 역시 그렇게 보이려고 연기하고 있었으니까요.

다행히도 그때 구경이 도착했어요. 그 사람들이 경찰봉으로 학생들을 구타하는 동안 뒷문으로 빠져나왔죠. 집으로는 가고 싶지 않았어요. 그리고 그다음은 알죠?

오늘 애들은 대부분 멀쩡해 보였어요. 각 반마다 서너 명 정도는 보이지 않았고 많이들 다쳤더군요. 신문에서는 마흔 명 정도 잡혀갔다 해요. 전교생을 다 잡아갈 수는 없었겠지요.

할아버지는 괜히 난리 쳤어요. 구경에선 나 같은 애는 신경도 쓰지 않았을 거예요. 신경 썼더라도 오히려 전 편했겠죠. 저한테 진짜 무서운 건 다시 정신 차린 아이들의 반응이었어요. 이미 내가 특별 훈방으로 풀려난 걸 알고 있더군요. 난 이미 쓰레기 같은 박쥐였어요. 게다가 모두 내가 누군가를 밀고했다고 믿고 있었어요. 그러면서 동시에 제가 배경 좋은 아이라며 부러워한다니 집단의 사고방식은 정말 놀라워요.

한국 패거리 애들 중 몇 명이 그런 나를 응징하려 계획하고 있었어요. 어떻게 알았냐고요? 그 정도는 알아요. 걔들은 결코 자기 생각을 철저하게 숨기는 애들이 아니니까요. 소리만 내지 않았을 뿐이지 일을 벌이기 서너 시간 전부터 온몸으로 날 두들겨 패주겠다고 외치고 있었어요.

수학 시간 동안 슬슬 응징반이 구성되더군요. 쪽지가 돌며 여자애들 셋이 선정되었어요. 점심시간이 되자 나는 잽싸게 매점의 중립 지대로 달아났어요. 수업 시간이 될 때까지 거기서 머무르다가 1분쯤 늦게 교실로 돌아갈 생각이었죠.

여기서부터 이야기가 이상해져요. 세상이 미쳤거나 내가 미쳤거나 둘 중 하나예요.

매점 구석에서 웅크리고 앉아 있는데, 뭔가 애들의 행동이 예전과는 달랐어요. 난 언제나 중립 지대를 찾고 있기 때문에 이런 데 아주 민감해요. 매점은 무질서해 보이기는 해도 늘 긴장감이 있어요. 패거리들끼리 몰려 있고 나머지 애들은 그 보이지 않는 울타리를 조심스럽게 오가죠.

하지만 오늘 오후는 달랐어요. 겉보기에는 아주 정상적으로 보였지만 그 울타리가 사라지고 없더군요. 애들은 국적이나 인종과 상관없이 뒤섞여 있었고 모두 일정한 리듬을 타고 있었어요. 마치 같은 음악을 듣는 것처럼 같은 리듬에 맞추어 몸을 가볍게 흔들고 있었죠.

무서워졌어요. 내가 믿고 있는 건 애들이 서로를 미워한다는 것뿐이었으니까요.

한 10분쯤 지나니까 내 두려움에 실체가 있다는 확신이 섰어요. 매점 안의 아이들의 시선이 천천히 나에게 쏠렸어요. 그리고 응징반의 세 아이가 매점에 들어서자 모든 아이들이 길을 내주더군요.

달아날까? 그러기엔 애들이 너무 많았어요. 그렇다고 그냥 맞아주나? 하지만 이렇게 흥분된 분위기에서는 뭔가 잘못될 것 같더군요.

응징반 애 한 명이 킁킁거리면서 이러더군요.

'어디서 쥐 냄새가 나는데?'

사방이 꽉 막히자 오히려 겁이 없어졌어요. 그래서 받아쳤지요.

'어디서 굉장히 진부한 비유가 들리는데?'

그러자 애들이 갑자기 저한테서 한 발짝 뒤로 물러섰어요. 모두 약속이라도 한 것처럼요. 그러다 다시 약속이라도 한 것처럼 다시 한 발짝 다가오더군요. 인간 파도 같았어요.

그때 이런 생각이 들었어요. 쟤들은 더 이상 사람이 아니야. 사람이 아니라면 사람처럼 대할 필요가 없어. 저 아이들 앞으로 한 걸음 앞으로 다가가서 이렇게 말했어요.

'꺼져.'

그다음에 어떤 일이 일어났는지 알아요? 모든 애들이 비명을 지르면서 매점에서 달아나기 시작했어요. 제가 무슨 괴물로 변하기라도 한 것처럼요. 몇 명은 달아나다 애들 발에 깔렸지만 아무도 신경도 쓰지 않았어요. 모두 운동장 구석으로 달아나 점심시간이 끝날 때까지 부들부들 떨고 있었어요.

알겠어요? 난 이제 미치광이의 여왕이에요."

여덟

"키는?"

"163센티미터."

"몸무게는?"

"말랐어요. 50킬로그램은 절대로 안 넘어요."

"163센티미터에 50킬로그램 미만인 필리핀 남자. 유창한 외교관 영어를 쓰고 의천 조합어도 능숙하게 구사한다. 왼쪽 눈가에서 귀로 이어지는 긴 상처가 있지만 화장으로 감추고 있을 가능성이 높고 왼손잡이……. 더 없습니까?"

갈색 외투를 입은 남자는 철필로 수첩을 툭툭 치면서 나를 바라보았다. 나는 턱끝으로 열심히 아빌라의 옷장을 쑤시고 있는 스파이들의 엉덩이를 가리켰다. 남자가 헛기침을 하자 엉덩이들은 꾸물거리면서 뒷걸음질을 치며 나왔다.

"2번 턱시도에 14번 외투를 입고 나갔군요."

첫 번째 엉덩이가 말했다.

"5번 실크해트와 2번 지팡이도 없어졌습니다."

두 번째 엉덩이가 잽싸게 토를 달았다.

"오페라라도 보러 간 모양이군요."

남자는 키들거렸다.

"아니, 잠깐만요. 사흘 동안이나 사람이 없어졌다는 건 모르고 정작 무슨 옷을 입고 있는지는 안단 말이에요?"

내가 엉덩이들에게 따졌다.

"저희들은 그 양반이 옷을 사 올 때마다 몰래 적외선 잉크로 표시를 해둡니다. 잉크로 표시를 한 다음 따로 사진을 찍어서……."

첫 번째 엉덩이가 두 번째 엉덩이의 옆구리를 쿡 찔렀다. 두 번째 엉덩이는 지금 내가 칭찬한 게 아니라는 걸 뒤늦게 알아챘는지 우물우물 말끝을 흐렸다.

나는 양손으로 얼굴을 덮었다. 내가 그를 담당했을 때만 해도 아빌라의 담당자들이 엉덩이들처럼 풋내기들은 아니었다. 아빌라의 존재 등급도 그동안 꽤 떨어진 모양이었다. 하긴 당연하겠지. 아무리 위험한 폭탄이라고 해도 몇 년 동안 계속 보다 보면 질리기 마련이다.

"정말 오페라를 보러 갔을지도 몰라요. 아빌라는 음악광이니까요."

"하지만 아무도 나가지 않았는데요. 제가 확인했습니다."

두 번째 엉덩이가 항의했다.

"이틀 동안 아무 반응이 없었는데도 미심쩍지 않았단 말이에요?"

"하지만 오페라를 보러 가는데 그렇게 몰래 나갈 필요가 있습니까?"

"낸들 알아요!"

내 목소리는 절로 높아졌다.

"중요한 건 아빌라가 더 이상 여기 없고 우린 그 사람이 어디 있는지 모른다는 거예요. 그것도 지금처럼 상황이 나쁠 때 말이지요."

잠시 방 안은 조용해졌다. 한참 뒤에야 첫 번째 엉덩이가 입을 열었다.

"어떻게 해야 합니까?"

'보충 병력'이라는 말이 혀끝까지 올라왔다. 하지만 내가 쓸 수 있는 사람들은 지금 내 앞에서 수첩을 흔들어대는 로봇 인간과 엉덩이들뿐이었다. 쓸 만한 사람들은 모두 만주 전쟁 전담반으로 쓸려 가고 없었다.

"아직은 경찰에 일을 맡길 수 없어요. 한국 구경에게만 실종 신고를 해둬요. 알코올 중독자라고 해두면 되겠지요. 나머지 3분의 2는 우리 힘으로 처리해보기로 하죠. 러시아구와 중국구에는 제가 알고 지내는 사립 탐정들이 몇 명 있어요. 지금으로서는 그 사람들을 끌어올 수 있습니다. 하지만 그 사람들에게 아빌라가 잡혀도 일이 틀어지는 것은 마찬가지예요. 탐정이나 구경에게 입을 잘못 놀리면 우리 모두 끝장입니다. 어떻게든 우리가 먼저 잡아야 해요. 상황이 나빠지면 어떻게 해서라도 아빌라를 제거해야 합니다. 모두 기초 교육은 받았겠지요?

아빌라를 제거하는 건 어쩔 수 없는 차선책이라는 걸 잊지 말기 바랍니다. 암살에 성공했다고 여러분을 칭찬하는 사람은 아무도 없을 겁니다. 오히려 말도 안 되는 이유를 들어 강등되거나 쫓겨날 가능성이 더 커요. 이유는 뭐냐고 묻지 말아요. 그냥 그렇게 될 수밖에 없으니까.

어떻게든 우리가 먼저 아빌라를 찾아야 합니다. 그러기 위해서는 발로 뛰는 수밖에 없어요. 거기 당신들! (나는 엉덩이들을 가리켰다.) 감시 기록을 나한테 가져와요. 어떻게든 그 사람이 갈 만한 곳을 짐작해봅시다."

조사관이 경찰들과 사립 탐정들을 불러 모으는 동안 나는 엉덩이들과 함께 감시 기록을 뒤졌다. 기록에 따르면 아빌라는 예전보다 더 심각한 마약 중독자가 된 모양이었다. 영감에게서 꽤 많은 생활비를 우려내고 있었음에도 불구하고 도박 빚도 많았다. 놀랍게도 그는 영감에게서 추가로 돈을 얻어내는 대신 자기가 직접 돈을 끌어모으려고 하고 있었다. 물론 아빌라의 방법 중 합법적인 것은 하나도 없었다.

이 서툰 범죄자가 아직도 체포되지 않았던 건, 순전히 엉덩이들이 그의 뒤처리를 해주었기 때문이다.

"저희가 막지 않았다면 녀석은 오래전에 신디케이트 패거리한테 맞아 죽었을 겁니다."

첫 번째 엉덩이가 투덜거렸다.

"이런 보호는 모두에게 좋지 않습니다. 저희는 저희대로 힘들고 아빌라 녀석은 갈수록 기세가 등등해졌으니까요."

슬슬 아빌라에게 화가 나기 시작했다. 분수를 알 것이지. 신선같이 관대한 물주가 있는데, 알아서 생활비나 챙겨 먹지 않고 이게 무슨 짓인가. 자기가 그렇게 대단한 사기꾼이 아니라는 건 과거를 돌이켜보기만 해도 알 수 있을 텐데. 운이 좋아 영감을 물고 늘어지지 않았다면 시골구석에서 카드 도박이나 하며 입에 풀칠만 하고 있었을 텐데.

"아무래도 신디케이트 애들에게 심각하게 잘못 보인 것 같군요."

내가 말했다. 엉덩이들은 동의한다는 듯 고개를 끄덕였다.

"하지만 아직도 이해가 안 되는군요. 왜 저나 댁들에게 보호 요청을 하지 않았죠? 왜 모든 걸 혼자 처리하려고 했을까요?"

엉덩이들이라고 알 리가 없었다. 나는 적당히 그가 있을 만한 곳들을 표적해서 찾아보라고 엉덩이들을 내보냈다.

"전에 어디서 뵌 적 있던가요?"

갑자기 조사관이 물었다.

"모르겠군요. 아마 본부 건물에서요?"

"아뇨, 전 여기 온 지 얼마 안 됩니다. 하지만 왠지……."

남자는 갑자기 손가락을 튕겼다.

"아, 기억납니다. 왕정복고 음모 사건 아닙니까?"

"기억력도 좋으시네요."

"유명 인사시군요. 그때 그 친구분은 어떻게 지내십니까?"

"잘 지내지요."

"미인이시던데. 신문에 나온 사진을 아직도 기억합니다. 뭐랄까. 마치 구식 볼셰비키 선전 영화에 나오는 인민 영웅 같았지요."

나는 당시 겁에 질린 쥐처럼 잔뜩 위축되어 있던 무영의 얼굴을 떠올렸다. 사진의 그 엄숙한 표정을 연출하기 위해 얼마나 애먹었는지.

정말 오래전의 일이다. 모든 게 너무 많이 변했다.

10분쯤 뒤 그도 내가 소개해준 사립 탐정들을 만나러 떠났다. 나는 혹시 있을지도 모르는 단서를 찾기 위해 아파트를 다시 뒤졌다.

한 시간쯤 뒤 갑자기 아파트로 전화가 걸려왔다. 그의 전화기에는 자동 응답기가 없었다. 나는 전화벨이 세 번 울릴 때까지 기다렸다가 수화기를 들었다.

"여보세요?"

잠시 조용하다 굵직한 남자 목소리가 들려왔다.

“여, 여보세요. 카를로스 아빌라 씨 댁이 아닙니까?”

“맞는데요? 하지만 아빌라 씨는 지금 부재중입니다.”

“전화받으시는 분이 누구신지 여쭈어봐도 되겠습니까?”

“친구인데요? 이름을 알려주시면 제가 다시 전화를 걸라고 해드리죠.”

“아, 아니 나중에 다시 걸겠습니다. 언제 다시 들어오시나요?”

“저도 모르겠군요. 아주 늦으시지 않겠어요?”

상대방은 다시 조용해졌다. 나는 귀를 기울였다. 조용했다. 공중전화가 아닌 것은 분명했다.

“죄송합니다. 나중에 다시 걸죠. 내일이면 들어오실까요?”

“아마도요. 급한 용무가 있으시다면…….”

남자는 전화를 끊었다. 나는 잽싸게 본부로 전화를 걸어 지금 걸려온 전화가 어디에서 온 것인지 확인할 수 있겠냐고 문의했다. 40분 뒤 답변이 돌아왔다. 발신지는 시립예술극장의 사무실이었다.

아홉

그 남자를 찾아내는 것은 어렵지 않았다. 그날 밤 그 사무실에서 전화를 걸 만한 사람은 얼마 되지 않았다. 한국인이 아닌 사람들을 다 골라내고 여자들을 빼자 세 명밖에 남지 않았다. 셋 중 둘은 모두 서른 안쪽의 젊은이들이었지만 나와 통화를 한 사람은 꽤 나이가 있었다.

남자 이름은 김성균이었다. 마흔세 살이었고 공연부 부장이었다. 아직 본국에서 떠나온 지 4개월밖에 되지 않았다. 힘들 시기다. 본국의 방식은 의천에서는 먹히지 않는다. 게다가 이 남자는 본국에서 재무부 소속이었다.

나는 새벽에 엉덩이들을 불러내 시립예술극장으로 향했다. 김성균의 차는 8시 14분에 극장 앞에 도착했다. 우리는 그가 차에서 내리는 것을 기다렸다가 다짜고짜 낚아챘다. 김성균이 고함을 지르려고 입을 벌리자마자 엉덩이들은 잽싸게 그의 입에 재갈을 채우고 방음 두건을 씌웠다. 내가 너무 그들을 얕봤나 보다. 엉덩이들은 시시한 감시꾼이었을지는 몰라도 시시한 납치범은 절대로 아니었다. 그들이 김성균을 차 트렁크 안에 쑤셔 넣고 뚜껑을 닫는 데까지는 5초도 걸리지 않았다.

갑작스러운 존경심이 솟아난 나는 아빌라의 아파트까지 가는 동안 그들의 이야기를 들어주었다. 엉덩이 1번의 이름은 주영욱이었고 2번의 이름은 안송찬이었다. 모두 암시장 벌이를 하다가 군법 회의에 회부된 하사관 출신이었다. 감옥에 가고 불명예제대를 하느니 차라리 외무부의 개가 되겠다고 작정했던 모양이다. 둘 다 모두 후회하고 있는 듯했다. 하긴 감옥에 갔었다면 오래전에 출옥했을 거고, 의천에서 전과나 불명예제대 따위는 훈장이나 다름없으니까.

아빌라의 아파트 지하 주차장에 도착하자 우리는 김성균을 끌고 올라갔다. 우리는 그를 의자에 묶어 소파를 마주 보게 앉혀놓고 두건을 벗겼다. 김성균은 겁에 질린 눈으로 나와 전직 하사관들을 번갈아 바라보았다.

내가 지시를 하자, 안송찬은 김성균의 재갈을 풀었다. 재갈이 입에서 떨어져 나가자마자 김성균은 음정 박자 하나 맞지 않는 끔찍한 목소리로 노래를 불러대기 시작했다. “일어나라, 대한의 건아들아! 백두의 정기를 받아 원수를 몰아내고…….”

“아마도 내가 본국에서 너무 오래 떨어져 있었나 봐.”

내가 말했다.

“도대체 저건 무슨 노래죠? 원수는 또 누구고?”

주영욱은 씨익 웃으면서 의자를 휙 돌려 뒤로 묶인 그의 손목을 가리켰다. 손에는 태극 문양과 해적 깃발을 결합시킨 것 같은 조잡한 문신이 새겨져 있었다.

“뭐야, 또 비밀 결사예요?”

“대륙수복회입니다. 민족결의당 리더 대부분이 이 결사 소속입니다.”

김성균도 이제 자기가 수복회의 비밀 재판에 끌려온 게 아니라는 걸 알아차린 모양인지 노래를 멈추었다. 이제 그는 정말로 어안이 벙벙한 모양이었다.

“우린 어제 전화로 이야기한 적 있죠?”

내가 말했다.

김성균은 고개를 끄덕였다. 여전히 멍청한 표정은 지워지지 않은 채 남아 있었다.

“우린 신디케이트도 아니고 비밀 결사도 아니고 경찰도 아닙니다. 그냥 주급 받고 일하는 공무원이죠. 체포권도 없고 필요 이상의 고문도 하지 않습니다. 우린 아주 이성적인 사람들입니다. 질문에 답변만 해주면 당장 돌아가게 해드리겠습니다. 쓸데없이 서로의 시간을 낭비하지는 말기로 하죠.

알겠습니까?"

김성균은 고개를 끄덕였다.

나는 소파에 앉아 그의 겁먹은 얼굴을 천천히 바라보다 입을 열었다.

"여기가 어딘지 아십니까?"

그는 고개를 끄덕였다.

"카를로스 아빌라 씨의 집입니다."

"네, 아시는군요. 아빌라 씨와는 어떤 사이시죠?"

남자의 얼굴은 새파래졌다. 아, 저 얼굴이 또 나오는군. 나는 한숨이 나왔다. 지금까지 아빌라의 뒤를 따라다니면서 저 둔한 남자들의 새파랗게 질린 얼굴을 얼마나 많이 봐왔던가.

"애인이었나요?"

김성균은 꺼이꺼이 울기 시작했다. 그는 제대로 알아듣기 어려운 웅얼거리는 목소리로 하소연을 늘어놓았다. 나는 결혼도 했고 애도 둘이나 있다. 세금도 꼬박꼬박 내고 열성 당원이다. 당신네는 나를 이렇게 다루어선 안 된다. 내 민족적 자부심은 그 누구보다도 강하다. 아빌라와는 지금까지 딱 세 번, 아니 다섯 번밖에 만난 적 없다. 처음 만났을 때는 술에 너무 취해서 내가 뭐 하는지도 몰랐고, 그 뒤로는 아빌라의 협박과 꼬임에 넘어가서……. 헛소리에 짜증이 난 주영욱이 따귀를 후려갈기자 김성균은 말을 멈췄다.

그 뒤로 한 시간 반 동안이나 나는 그에게서 쓸 만한 정보를 얻어내느라 진땀을 뺐다. 간신히 그의 말들을 짜맞추자 대충 다음과 같은 이야기가 나왔다.

김성균은 3개월 전, 아빌라를 시립예술극장에서 주최한 어떤 파티에서 만났다. 당시 김성균은 본국에서 낙하산 인사로 떨어진 수많은 사람이 그렇듯 부하 직원들과 동료들에게서 매정한 따돌림을 당하는 중이었다. 〈찔레꽃 공주〉가 발레라는 것도 모르는 사람이었으니 어련했을까. 자존심이 상한 그는 공부를 시작했지만 사정은 나아지지 않았다. 그는 겉핥기 지식만 간신히 익힌 사람이 저지를 법한 실수를 끊임없이 반복했고 사람들은 그를 외면했다.

아빌라가 그에게 다가온 것도 그가 어설픈 아는 척으로 망신을 당하고 있을 때였다. 아빌라는 잽싸게 화제를 돌려 그를 망신으로부터 구해주었다. 김성균은 너무 고마워서 그에게 술을 사주겠다고 제안했다(그가 제대로 할 줄 아는 유일한 답례 방법이었다). 아빌라는 그에게 다양한 만주 민속주를 소개하면서, 의천의 거만한 예술계 사람들 속에서 살아남는 방법을 하나씩 가르쳐주었다. 그 방법 중 가장 중요한 것은 얼마 되지 않는 지식을 적당히 활용해 실제 이상으로 유식해 보이도록 꾸미는 방법이었다. 아빌라처럼 능숙하게 자기 자신을 과대 포장할 줄 아는 사람은 세상에 많지 않다. 최고의 선생을 만난 것이다.

아빌라의 방법이 먹히자, 김성균은 그에게 전적으로 의존하기 시작했다. 그리고 그들이 알고 지내기 시작한 지 한 달쯤 뒤 김성균은 정말로 정말로 정말로 취했고 둘은 관계를 맺었다.

그게 세 번이었는지, 다섯 번이었는지, 서른다섯 번이었는지는 몰라도 둘의 관계는 점점 더 깊어졌고, 그 덕택에 김성균은 죄의식과 공포증에 휩싸였다. 소문이 대륙수복회 사람들에게 들어가기라도 한다면 그는 끝장이었다. 끌려가 손가락이 잘리는 건 물론이고, 직장도, 아내도, 아이들도 모두 날아가버린다.

아빌라가 김성균을 이용하기 시작하면서 일은 더 꼬여만 갔다. 아빌라는 신용을 확보하기 위해 김성균의 이름을 들먹였고 결국 그의 이름은 신디케이트로까지 흘러들어 갔다. 신디케이트는 그를 명단에 올렸고, 결국 어느 날 신디케이트의 졸개 몇 명이 그의 사무실을 방문했다. 그는 저항하지도 못하고 무너졌다.

신디케이트는 그와 아빌라를 마약 유통에 이용했다. 김성균은 자기가 무얼 하고 있는지도 몰랐다. 그가 알고 있는 것은 그들이 그와 극장의 이름을 어떤 물품 송달에 이용한다는 것이었다. 가끔 그는 신디케이트가 넘겨주는 상자를 극장 물품 속에 숨겨놓기도 했다.

시키는 대로만 하면 살아남을 거라는 김성균의 얕은 생각은 곧 박살 났다. 그가 일에 말려들기 시작하면서 신디케이트의 내분이 시작되었던 것이다. 내분의 시작은 신디케이트의 실권자인 안드레이 만케비치의 몸이 통근 열차 안에서 폭발하면서 시작되었다. 산산조각 난 신디케이트 패거리들은 신디케이트의 자원을 나누어 가지기 시작했고 김성균과 아빌라의 이름은 탁구공처럼 여기저기로 날아다녔다.

여기서 살아남으려면 철저한 균형감에 의존할 수밖에 없었다. 김성균에게는 그런 게 없었다. 결국 그의 목숨은 아빌라의 생존 본능에 매달려 있었다.

그러나 김성균도 아빌라가 자기를 헌신짝처럼 버릴 수 있는 사람이라는 것쯤은 알았다. 그는 필사적으로 아빌라에게 매달렸고 자발적으로 그에게 '몸을 바쳤다(역시 김성균의 표현이다)'. 하지만 아빌라는 점점 그에게 무관심해졌고 그는 점점 더 겁에 질려갔다.

그러던 어느 날, 아빌라가 그의 사무실로 찾아왔다. 점심을 핑계로 그를 밖으로 끌어낸 아빌라는 이제 모든 수난이 끝났다고 선언했다. 그는 자기가 신디케이트의 모든 사람이 원하는 어떤 물건을 가지고 있으며 곧 그것을 공개 경매에 부칠 것이라고 말했다. 하지만 그때까지 그 물건을 보관할 만한 장소가 필요했다. 단순한 아빌라에겐 시립예술극장의 물품 창고만큼 안전한 곳이 없었다. 이번에도 김성균은 창고지기가 되었다.

그러다 안토니오 카발리의 〈사랑의 승리〉가 공연되던 바로 이틀 전 그가 지키고 있던 상자가 사라졌다. 침입자는 영화 속의 고릴라 괴물처럼 문을 찢고 들어가 의상 몇 벌을 찢어발기고 세트를 부순 다음 상자를 가지고 나왔다. 〈사랑의 승리〉의 담당자들은 어쩔 수 없이 〈하얀 악마〉의 세트 일부를 재활용할 수밖에 없었다.

김성균은 필사적으로 아빌라를 찾아 헤맸지만, 그는 사라지고 없었다. 아파트로 찾아갈 생각도 몇 번 해봤지만, 늘 막판에 포기했다. 그러다 그가 용기를 내어 건 전화를 내가 받았던 것이다.

열

아빌라의 아파트에서 김성균이 신세 한탄을 늘어놓고 있는 동안, 미향은 수정중급학교의 구내식당 구석에 앉아 아이들을 노려보고 있었다.

미향에 대해 아는 사람이라면, 당연해 보이는 그 태도가 거의 비정상적이라는 사실을 알아챘을 것이다. 미향은 학교 다니는 걸 자전거나 스케이트를 타는 것처럼 여기는 아이였다. 아이는 점심시간이나 쉬는 시간에 결코 가만히 앉아 있지 않았다. 균형은 모든 것이었다. 넘어지지 않으려면 언제나 움직여야만 했다. 쉬는 시간 동안 아이는 필사적으로 균형점을 찾아 옮겨 다녔다.

이제는 더 이상 움직일 필요가 없었다. 학교의 모든 아이가 미향을 두려워하고 있었다.

처음 얼마 동안은 미향도 갑자기 바뀐 아이들의 태도가 두려웠다. 아이들은 여전히 위협적인 집단이었고 미향은 혼자였다. 상황이 더 나빠졌다고 할 수도 있었다. 지금까지 미향이 쌓아 올린 데이터베이스는 모두 의미를 잃어버렸다. 백지상태에서 새로 시작해야 했다.

그때부터 미향은 쉬는 시간에도 앉아 있기 시작했다. 수업 시간이 되면 맨 뒷자리에 앉았다. 화장실에 갈 때가 아니면 움직이지 않았다. 점심시간이 되면 식당 구석에 앉아 아이들을 관찰했다.

얼핏 보기에 아이들의 관계는 크게 달라지지 않았다. 여전히 러시아 애들은 러시아 애들끼리, 중국 애들은 중국 애들끼리, 한국 애들은 한국 애들끼리 몰려다녔다.

그러나 시간이 지나면서 서서히 새로운 패턴이 들어오기 시작했다. 지금까지 국적 이외의 다른 집단 구분은 없었다. 하지만 학교가 불탄 뒤로 서서히 새로운 집단들이 생겨나기 시작했다. 여자아이들과 남자아이들의 분리는 이전보다 훨씬 노골적이었다. 종교 구분 역시 무시할 수 없었다. 몇 안 되는 러시아계 무슬림 아이들은 자바섬 출신의 아이들과 동맹을 맺을 위기에 몰려 있었다. 경제적 계급 역시 예전과는 달리 분명히 구분되기 시작했다.

지금까지는 엄격한 단일체였던 세 그룹이 서서히 형체를 잃어가고 있었다. 수많은 그룹이 생겨났지만 학생 수는 늘지 않았으므로 새로운 변화는 굉장히 복잡한 양상으로 변해갔다. 이제 아이들은 단순히 러시아인일 수 없었다. 아이들은 새로운 딱지를 배정받았다. 국적으로 갈라졌던 아이들의 행동은 종교와 성, 경제적 여건으로 구성된 새로운 그룹의 영향을 동시에 받았다. 각각의 그룹은 당연하다는 듯 독립적으로 움직였고 아이들은 마치 그 그룹들의 세포처럼 행동했다.

그들의 미묘한 동작은 경이롭기까지 했다. 미향이 바라보고 있는 여자아이만 해도 그랬다. 그 아이는 당연하다는 듯 러시아 아이들의 패거리에 머물러 있었지만, 여자아이들의 패거리가 식당 왼쪽 구석으로 모여들자, 러시아 아이들의 집단에 머물러 있는 한도 안에서 여자아이들의 집단 쪽으로 움직였다. 러시아 아이들과 여자아이들의 교집합 속에 잠시 머물러 있던 그 아이는 러시아정교회 아이들이 따로 행동하자 세 집단의 새로운 교집합을 찾기 시작했다. 그러는 동안에도 그 아이는 친구와 함께 새로 나온 위스커스 앨범에 관해 떠드는 걸 멈추지 않았다.

어떻게 저렇게 복잡한 행동을 하면서 그 사실을 인식하지 못할 수 있을까? 아이들의 개별 행동은 예전과 다름이 없었다. 심지어 미향을 향한 시선 역시 변한 게 없었다. 아이들 중 그 수치스러운 점심시간의 소동을 기억하는 사람은 아무도 없는 듯했다. 몇몇 아이가 겁에 질린 얼굴로 멀리서 미향을 바라보기는 했지만 그런 현상도 교집합을 찾아 헤매는 미묘한 댄스 속에서 곧 사라져버렸다.

꺼져. 미향은 아이들을 향해 속삭였다. 아무런 반응도 없었다. 저번 때는 어떻게 그렇게 했던가? 내가 무엇을 했길래 아이들이 다들 겁에 질려 달아났지?

미향은 몇 분째 계속 관찰하던 러시아 아이를 움직여보기로 마음먹었다. 정신을 집중하고 아이를 노려보았다. 저리 가거라, 저리 가거라…….

하지만 아무런 변화도 없었다.

점심시간이 끝날 무렵에야 미향은 새로운 가설을 찾아냈다. 미향이 영향을 끼칠 수 있는 것은 개인이 아니었다. 개인은 늘 독립적이다. 하지만 집단은 어떨까? 미향은 필사적으로 기억을 되살리려 노력했다. 전에 '꺼져'라고 말했을 때 느꼈던 그 미묘한 육체적 느낌. 마치 멀리 떨어져 있는 팔로 물을 휘젓는 듯했다.

다시 한번 할 수 있을까? 하지만 어떻게?

교실로 돌아간 미향은 아이들이 새로 생긴 그룹들의 교집합 속에 자신을 끼워 넣으려고 발버둥 치고 있다는 사실을 알아차렸다. 그 어느 때보다 자리 정하기는 힘들었고 구석구석에서 싸움도 일어났다. 간신히 자리 잡기가 끝나자 교실에는 복잡한 집합 올가미들로 형성된 지도가 그려졌다.

미향은 뒤에 앉아 각각의 그룹의 경계선을 확인했다. 아이들이 움직이지 않자 파악이 더 쉬웠다. 역사 교사가 서툰 외교관 영어로 17년 전쟁에 대한 따분한 강의를 하는 동안 미향은 눈을 감고 팔로 물을 휘젓는 기분을 상상했다. 그리고 왼손 손가락을 살짝 들고 지휘하는 것처럼 살짝 휘둘렀다.

창가에 앉은 여섯 명의 정교회 신자들이 미향이 손가락을 저은 방향으로 고개를 돌렸다.

미향은 이제 방법을 알 것 같았다. 정신 집중 따위는 필요 없다. 이건 세상에서 가장 자연스러운 일을 하는 것처럼 가벼운 기분으로 해치워야 한다. 맞아, 자전거 타기와 하나도 다를 게 없어.

자, 이번에는 한국 애들이다. 미향은 맘속으로 히죽 웃고는 손가락을 휘두르며 발끝으로 바닥을 툭툭 쳤다.

일곱 명의 한국 아이들이 불안한 표정으로 웅성거리기 시작했다.

수업이 끝날 무렵이 되자 미향은 아이들을 조종하기 위해 손을 흔들 필요도 없어졌다. 이제 방법을 깨우쳤다. 수업이 끝나고 우르르 교문을 빠져나가는 아이들 속에서 미향은 안무가처럼 비틀거리는 집단들을 뒤섞고 자극하고 춤추게 했다.

미향의 흥분은 학교를 벗어나서도 사라지지 않았다. 이제 새로운 집단들이 보이기 시작했다. 이렇게 뭉치기 시작한 사람들은 아이들뿐이 아니었다. 마치 의천 시민의 반 이상이 새로운 클럽에 가입하기 시작한 듯했다. 아이는 그들의 독립된 행동이 만들어내는 복잡한 군무를 잡아냈고 그 군무를 조종하는 방법을 조금씩 익혀나갔다.

조종이라고 해봐야 대수로운 건 아니었다. 각 그룹 사람들의 고개를 한꺼번에 살짝 돌리는 것, 한꺼번에 재채기하게 하는 것, 한꺼번에 머리를 긁게 하는 것. 그러나 미향은 충분히 더 나갈 자신이 있었다.

과연 어디까지 할 수 있을까? 저 사람들에게 같은 노래를 부르게 하면 어떨까? 굉장히 근사할 거라고, 미향은 생각했다. 모든 러시아 사람들에게 베이스 파트를 맡기고 중국 사람들에게 중간 음역을, 한국 사람들에게 고음역을 맡긴 뒤 크라이슬러의 〈할렐루야〉를 합창하게 하는 거야. 만약 충분히 높은 곳에서 조종한다면 전 도시를 거대한 합창단으로 만들 수도 있지 않을까?

합창까지는 아니더라도 간단한 군무 정도는 지금도 가능했다. 미향은 집으로 곧장 돌아가는 대신 도시 이곳저곳을 누비며 각 그룹을 구별하는 방법과 그들을 조종하는 방법을 익혀댔다. 저녁이 가까워지자 아이는 두 그룹을 동시에 조종하는 수준까지 도달했다. 홍해를 가르는 모세처럼 앞길을 가로막는 사람들을 양쪽으로 밀칠 수도 있었다. 퇴근 시간이라 사람들로 부글거리는 길이었지만 사람들은 말없이 빈 통로를 만들어주었다.

집 근처 합중국식 즉석 식당에서 미향은 생선튀김과 레모네이드 2인분을 포장 주문했다. 미향과 할아버지는 모두 동네 식당 음식에 익숙해질 대로 익숙해져 있었다. 지금으로서는 집안일을 도와줄 사람을 찾는 건 힘들었고 두 사람 다 요리에는 서툴렀다.

종업원이 내민 종이 가방을 휘두르며 밖으로 나온 미향은 거리를 오가는 수많은 사람을 바라보며 미소를 지었다. 온갖 가능성으로 가득 찬 거대한 미개척지가 아이 앞에 펼쳐져 있었다.

열하나

바실리 비노그라도프의 사진을 들고 러시아구를 헤매던 통경 수사관들이 알았다면 땅을 치며 억울해했겠지만, 김진석을 죽인 진짜 살인자는 당시 통경 건물에서 겨우 3킬로미터도 떨어지지 않은 작은 여관에 일주일째 머물고 있었다.

살인자는 175센티미터의 보통 체격인 러시아인이었다. 금발은 검게 염색되어 있었고 한 달 전까지만 해도 있었던 콧수염은 깔끔하게 깎여 있었다. 살짝 살찐 편이었지만 흉하지는 않았고, 못생긴 편이었지만 그런 면이 오히려 친근감을 더해주었다. 그의 둥글고 유순한 얼굴은 친절하고 선량해 보였다. 거의 의안처럼 보이는 검은 눈 때문에 살짝 인공적인 얼굴이기도 했지만, 도수 없는 안경을 쓰면 그런 느낌도 사라졌다.

내가 김성균을 아빌라의 아파트로 끌고 가는 동안, 그는 벽장문에 달린 거울을 바라보며 외출 준비를 하고 있었다. 입으려고 꺼내놓은 회색 양복과 모피 코트, 겨울용 모자, 버섯 가죽 장화는 낡았지만 모두 고급이었다. 그의 패션 센스를 칭찬할 수는 없었겠지만, 적어도 그가 2차 혁명 이후 몰락한 귀족 출신일지도 모른다는 분위기를 풍기는 데는 충분했다.

옷단장을 마치고 양가죽 장갑을 낀 그는 낡은 대나무 지팡이를 휘두르며 경쾌한 걸음으로 여관방을 빠져나갔다. 지팡이에 맞추어 그는 가볍게 휘파람을 불었다. 그가 휘파람으로 부르는 곡은 베르크뮐러의 오페라 〈몰타의 유대인〉 4막에 나오는 행진곡이었지만, 그는 그 곡의 제목을 몰랐다. 알려면 알 수도 있었지만, 그는 그런 일로 시간 낭비를 하고 싶은 생각은 없었다. 그래봤자 또 다른 이름일 뿐이다. 제목을 안다고 그의 걸음걸이에 유쾌한 리듬을 부여해주는 이 곡에 무언가 가치 있는 것이 더해지는 것은 아니다.

여관 건물에서 벗어난 그는 느릿느릿한 걸음걸이로 강화로에 있는 영어 서점을 향해 걸어갔다. 거리는 어제저녁에 일어났던 만주인들의 시위로 지저분했다. 벽 군데군데는 핏자국이 묻어 있었고 아직 치우지 못한 현수막이 이곳저곳에 버려져 있었다. 이미 이런 시위에 익숙해진 사람들의 표정에는 아무런 흥분도 새겨져 있지 않았다. 그의 귀에 들리는 것은 늘어난 추가 작업에 분노하는 청소부들의 짜증 섞인 신음뿐이었다.

영어 서점에서 그는 아침에 새로 나온《트리뷴》과 일주일 전에 주문했던 마크 레드포드의《변혁의 시대》를 샀다. 책을 주머니에 넣고《트리뷴》을 곱게 두 번 접어 든 그는 근처 중국 식당으로 걸음을 옮겼다.

간단한 아침 식사를 주문한 살인자는 음식을 기다리는 동안《트리뷴》을 읽었다. 특별한 소식은 없었다. 합중국에서 쏘아 올린 화성 탐사선이 남극에 착륙했다. 체체니아의 전쟁은 소강상태에 접어들고 있었다. 대서양 횡단 비행선 힌덴부르크 12호가 악천후로 리버풀 근방의 바다에 불시착했다. 사망자는 없었다.

아침 식사가 끝나자, 그는 공원으로 걸음을 옮겼다. 거의 10시였지만 공원 앞은 모여든 사람들로 시끄러웠다. 그는 발돋움하고 사람들 머리 위를 올려다보았다. 새로운 공개 처형 안내였다. 살인강도 죄로 유죄 판결을 받은 이명후와 강종휘라는 두 한국 남자가 오늘 오후 1시에 공개 처형될 것이다. 처형된 시체는 시민들에게 교훈을 주기 위해 24시간 동안 매달려 있을 것이다. 사람들은 새로운 구경거리를 기대하며 모두 신이 나 있었다.

공원 벤치에 앉아《변혁의 시대》를 절반쯤 읽은 그는 1시가 되자 다른 사람들과 함께 법원 처형대를 향해 걸어갔다.

그가 도착했을 때, 사형식은 이미 중반이었다. 사형수들은 모두 결박당한 채 끌려 나와 있었고 아나운서가 지금까지 그 두 남자가 저지른 천인공노할 범죄를 나열하고 있었다.

간단한 식이 끝나자, 남자들은 모두 교수대로 끌려갔다. 밧줄이 목에 감겼고 관객들을 위한 서비스로 교수대가 2미터쯤 위로 솟았다. 사람들이 열광하는 동안 바닥이 열렸고 두 남자의 몸은 아래로 툭 떨어졌다.

순식간에 목이 부러진 강종휘와는 달리 이명후는 운이 좋지 못했다. 그의 작은 몸은 여전히 밧줄에 매달려 꿈틀거리고 있었다. 꿈틀거림이 10여 분 넘게 지속되자 사람들은 슬슬 지루해했다. 결국 집행관 두 명이 이명후의 몸에 매달려 그의 마지막 숨을 끊어놓았다.

"정말 야만적인 의식이군요."

그의 옆에서 누군가가 강한 프랑스어 악센트의 외교관 영어로 말했다. 살인자는 고개를 돌렸다. 작고 통통한 프랑스 남자가 경멸감으로 일그러진 얼굴로 매달린 시체들을 노려보고 있었다.

"나라마다 발전의 속도가 다르지 않겠습니까?"

살인자는 정중한 불어로 답변했다. 그의 불어는 현대 프랑스인들의 것이라기보다는 톨스토이 역사소설의 대사에 더 가까웠지만 프랑스 남자는 그것만으로도 충분히 기뻤던 모양이다. 그는 일그러진 얼굴을 펴고 수다스럽게 입을 놀리기 시작했다.

“하지만 야만적입니다. 이 문명 시대에 아직도 저렇게 비능률적인 사형 도구를 고수하는 이유를 모르겠군요. 왜 이곳 사람들은 문명인들처럼 단두대를 쓰지 않는 겁니까?”

“이곳 사람들은 아직도 시체 전시에 큰 의미를 두고 있습니다.”

살인자는 답변했다.

“100여 년 전이라면 이곳 사람들도 선생 나라의 단두대를 수입했을 겁니다. 목을 잘라 사대문에 매다는 게 당연한 일이었으니까요. 하지만 요새는 위생국에서 반대할 겁니다. 잘린 부위가 오염되면 전염병이 돌 수도 있으니까요. 아마 최근 개발 중이라는 열선 단두대가 완성되면 사정이 바뀌지 않을까요? 자르면서 동시에 절단 부위를 태워 오염을 방지한다니까 말입니다.”

그는 떠나려 했지만, 프랑스 남자는 허겁지겁 그의 팔을 잡았다.

“죄송하지만 이 도시 안내를 잠깐 부탁드려도 되겠습니까? 오후에 약속이 있는데, 이곳 지리에는 도저히 적응되지 않는군요. 지도도 무슨 암호 같고요. 혹시 예브게니 푸시킨 동상이 어디 있는지 아십니까?”

그는 놀라는 척하며 목소리를 높였다.

“혹시 장 베르제 씨가 아닙니까?”

프랑스 남자가 고개를 끄덕이자 살인자는 사람 좋은 미소를 잔뜩 지으며 덧붙였다.

"제가 쿨레쇼프입니다. 세르게이 쿨레쇼프. 어제 전화 통화를 하지 않았습니까?"

프랑스 남자의 입이 딱 벌어졌다.

"아, 이건 정말 대단한 우연이군요. 이제 푸시킨 동상을 찾느라 애먹을 필요가 없어졌습니다. 기왕 이렇게 된 거 일을 빨리 처리해버립시다. 어디로 갈까요?"

"일을 처리하기 아주 좋은 장소를 알고 있습니다. 지금은 사용하지 않는 건물인데, 여기서 그리 멀지도 않습니다."

살인자는 대나무 지팡이를 휘두르며 베르제를 구립정신병원 건물로 안내했다. 걸어가는 동안 그는 아직도 그의 머릿속에 빙빙 돌고 있는 〈몰타의 유대인〉 행진곡에 맞추어 대나무 지팡이로 포석을 두들겼다.

그는 시간 낭비를 하지 않았다. 베르제가 병원 건물에 들어서자마자, 살인자는 대나무 지팡이에서 스테인리스스틸로 만든 가는 칼날을 꺼냈다. 베르제가 방향을 물으려 고개를 막 돌리려는 순간 살인자는 칼날을 베르제의 목에 쑤셔 넣었다. 그의 깔끔한 외투에는 피 한 방울도 묻지 않았다.

베르제의 외투에서 지갑과 종이봉투를 꺼내고 시체를 군데군데 떨어져 있는 종이 상자로 덮은 뒤, 살인자는 병원 건물을 빠져나왔다. 그를 본 사람은 아무도 없었다. 그는 다시 휘파람으로 행진곡을 불면서 시립예술극장 앞으로 빠져나왔다.

극장 앞 식당에서 점심을 먹은 뒤, 그는 다시 공원으로 돌아갔다. 이번에 그가 찾아간 곳은 체스보드들이 진열된 공원 동쪽 벤치였다. 만나려는 사람은 이미 체스보드 앞에 홀로 앉아 있었다.

"안녕하십니까?"

살인자가 말했다.

"안녕하시오."

이윤구 교수가 대답했다.

"새로운 소식 있습니까?"

"그렇다고 할 수도 있고, 아니라고 할 수도 있지요."

교수는 주머니에서 사진 두 장을 꺼냈다.

"러시아 화성 탐사선에서 새로운 사진들을 받았습니다. 그중 두 장에는 제 이론을 증명할 수 있는 증거가 담겨 있습니다. 한번 보시죠. 어떻게 생각합니까?"

살인자는 조심스레 교수가 넘겨준 사진을 받아 들여다보았다.

"갑골 문자처럼 보이는군요."

"맞습니다. 심지어 일부 문자는 뜻까지 통합니다. 아래 부분을 보세요. '선한 사람에게는 자연이 답한다'라는 문장이 읽히지 않습니까?"

"이제 명확해진 듯하군요. 그런데 문제는 무엇입니까?"

"아무도 제 주장을 믿지 않습니다. 이렇게 분명한 증거가 있는데도 불구하고 사람들이 여전히 진실을 믿기를 거부한다면, 증거가 무슨 소용이겠습니까?"

"세월이 흐르면 달라지지 않겠습니까?"

"그럼 무슨 소용이 있습니까? 저는 죽을 날이 머지않은 늙은이입니다. 남의 연구에 주석을 달면서 평생을 보냈습니다. 이제 업적을 인정받고 싶단 말입니다."

그러나 교수는 신세타령으로 체스 게임을 망칠 생각은 없었다. 게임은 시작되었고 말들이 움직였다. 교수가 판을 노려보는 동안 살인자는 그가 지금까지 읽었던 《변혁의 시대》에 나왔던 예쁜 영어 단어들과 런던 도회지를 담은 사진에 대해 생각하고 있었다.

열둘

무영은 많이 초췌해져 있었다. 살이 또 빠졌는지 그렇지 않아도 커다란 눈은 더 커 보였고 눈 밑에 낀 기미 때문에 흰자위가 야광도료라도 칠한 것처럼 하얗게 번뜩였다.

"병원에서 내 치료를 중단했어."

내가 현관에 발을 디디자마자, 그녀는 성급하게 외쳤다.

"좋은 소식이야?"

나는 자신 없는 목소리로 물었다.

"좋은 소식은 무슨 좋은 소식. 내 머리가 갑자기 나아질 리가 있어? 그 사람들은 날 포기했어. 더 이상 날 감당할 능력도 여력도 없대. 더 웃기는 이야기를 들어볼래? 난 약도 더 이상 살 수 없어."

"어떻게 그럴 수 있어? 당신은 약 없이 못 견디잖아."

무영은 신음을 내며 소파에 주저앉았다.

"새 법령 때문이야. 모두 일급 마약류로 지정되었어."

"당신 허가서는?"

무영은 힘없이 키들거리기 시작했다.

"그게 가장 웃기는 부분이야. 난 더 이상 일급 마약류의 구매권이 없어. 나한테 남은 권리는 소유권뿐이야. 이게 무슨 소리인지 알아? 난 병원에서 약을 살 수 없어. 하지만 동네 '약종상'한테서 산 헤로인을 경찰 코앞에 흔들어댈 권리는 있단 말이야."

"하지만 당신은 환자인데……."

"맞아. 이 도시에 한 명밖에 없는 스코르닉씨병 환자지. 나 따위는 신경 쓸 가치도 없는 모양이야."

"이제 어떻게 할 건데?"

무영은 말없이 주머니에서 작은 갈색 병을 꺼내 흔들었다. 3분의 1쯤 남은 알약들이 춤추듯 튀어 올랐다.

"이걸로 일주일은 버틸 수 있어. 내일 루스벨트시티로 갈 생각이야. 동네 병원에 박스로 쌓여 있는 약을 사려고 합중국 조차지까지 가야 한단 말이야. 이 어처구니없는 인생의 아이러니에 대해 어떻게 생각해?"

"당신이 뭔가 잘못 이해하고 있는 거야. 이런 식으로 일이 진행될 수 없어. 내가 다시 알아봐줄까?"

무영은 고개를 저으며 문자 전화기에서 뽑아낸 종이 뭉치를 들어 내 무릎 위에 집어 던졌다.

무영이 맞았다. 새로 떨어진 법령부터 구매권에 이르기까지 모조리 무영을 죽이려고 작정한 듯했다. 하지만 뭔가 이상했다. 의천은 카오스였지만 그래도 기초적인 상식은 통하는 카오스였다. 그렇지 않다면 상식이 통하지 않는 본국에서 여기까지 기를 쓰면서 올 이유가 어디 있겠는가.

"언제 떠날 생각이야?"

"내일 아침. 8시에 비행선이 있어. 이미 48시간 체류권은 얻어다 놨고."

말을 마치자마자 무영은 병에서 알약을 하나 꺼내 사탕이라도 되는 것처럼 입안에 넣고 굴렸다.

나는 종이 뭉치를 정리하면서 주변을 둘러보았다. 방은 여전히 먼지 하나 없이 깨끗했지만 어딘지 모르게 정리가 되어 있지 않은 느낌이었다. 책들은 어긋난 모서리를 드러내며 구석에 위태롭게 쌓여 있었고 식기류의 정리 상태도 불안정했다. 대칭성을 잃은 청결함 때문에 나는 괜히 불안해졌다. 마치 무영의 절반이 사라진 것 같았다.

"당신 일은 어떻게 되어가?"

무영이 갑자기 물었다.

"그냥 그렇지, 뭐."

"아빌라는 찾았어?"

나는 깜짝 놀라 무영을 바라보았다. 그녀의 얼굴은 여전히 무표정했다.

“그 사람에 대해서는 어떻게 알았어?”

“이미 소문이 쫙 퍼졌어. 내가 이 동네 약종상들을 다 꿰고 있다는 걸 벌써 잊었어?”

“클럽에 갔었어?”

“어제. 참, 안넬리제가 죽었다는 소식 들었어? 패싸움에 말려들었대. 친구들과 함께 볼셰비키 잔당과 붙은 모양이야. 세 사람이 죽었어. 요새는 도시 분위기가 이상해. 다들 흥분한 것 같아.”

무영이 딸기소다수로 입을 헹구는 동안 나는 잠시 안넬리제에 대해 생각했다. 그 거구의 동성애자에 대해 내가 지금까지 뭘 알고 있었던가? 난 그를 언제나 조용하고 차분한 사람이라고만 생각해왔다. 내가 기억하는 안넬리제는 커다란 세인트버나드 같은 사람이었다. 그의 직업은 언제나 싸움을 말리는 일이었다. 나는 패싸움에 말려든 그를 상상도 할 수 없었다.

“아빌라에 대해서는 어떤 소문이 돌고 있는데?”

내가 물었다.

“여러 가지. 아빌라가 안드레이 만케비치의 남자친구였다는 소리 들었어?”

“만케비치도 동성애자였어?”

“그런가 보지? 그래서 만케비치가 죽기 전에 그 사람 밑에서 온갖 것들을 다 다루었던 모양이던데?"

"바보 녀석. 얌전히 앉아 공짜로 떨어지는 연금이나 처먹을 일이지. 쓸데없이 신디케이트 보스와는 왜 또 얽혔대?"

"이청양이 소개해주었던 모양이던데?"

"아빌라가 이청양도 알고 있었어?"

"그 사람이 이 동네 동성애자 관리들 중 모르는 사람이 어디 있어?"

머리가 복잡해졌다. 이청양은 전직 시인인 문화부 파견 근무원으로 머리 도둑의 희생자들 중 한 명이었다. 이청양, 안드레이 만케비치, 아빌라…….

나는 문자 전화기 종이 뭉치에서 모서리를 뜯어내 지금까지 머리 도둑에 의해 살해된 사람들의 이름들을 한 줄로 쭉 써 내려갔다. 나는 완성된 리스트를 무영에게 넘겨주었다.

"이청양 말고 아는 이름 있어?"

무영은 리스트를 쭉 훑어보다 중간에 멈추었다.

"장윤규."

"그 사람은 왜?"

"그 사람도 클럽 단골이었어."

"그 밖에는?"

"윤길원. 장윤규 애인이었어."

"그래? 하지만 왜 경찰에선 몰랐지?"

"나도 얼마 전에나 알았어. 클럽에서만 만나는 사이였다더라고."

나는 리스트를 빼앗아 다시 들여다보았다. 그렇다면 이건 신분을 숨긴 동성애자들의 리스트인가? 머리 도둑은 머리가 돌아버린 동성애 혐오자일까? 만약 새로운 암살자가 머리 도둑과 같은 사람이라면 이 사람은 각각의 '죄악'을 다른 식으로 처벌하고 있는 것일까?

"그렇지는 않을 거야."

무영이 무심한 목소리로 말했다.

"뭐가?"

"경찰이 쫓는 살인자가 그런 도덕주의자는 아닐 거라는 말이야."

"오늘 당신이 날 여러 번 놀라게 하고 있다는 것 알아? 내가 그 생각을 하고 있다는 건 또 어떻게 알았어?"

"그냥. 이제 다시 당신 마음속이 보여. 아마 약 때문인가 봐."

그 순간 호출기가 울렸다. 안송찬의 번호였다. 나는 허겁지겁 전화기로 달려갔다.

"이, 일이 생겼습니다."

그는 전화기에 대고 목이 터져라 외쳐댔다.

"무슨 일인데요?"

"김성균 말입니다. 그 바보가……."

"그 사람이 왜요?"

"방금 전에 자살했습니다. 우리가 잠시 한눈을 파는 동안 그만 창문에서 뛰어내렸습니다. 일단 시체는 덮어두었습니다만 발각되는 건 시간문제입니다. 어떻게 할까요?"

"그대로 기다려요. 내가 어떻게 해보죠."

나는 전화를 끊고 테이블에 아무렇게나 던져진 내 코트를 집어 들었다.

"일이 생겼어. 이만 가볼게."

무영은 말없이 손을 흔들고 눈을 감았다. 그녀가 그대로 거기서 잠들까 봐 걱정된 나는 코트를 다시 테이블에 놓고 무영을 침실로 데려갔다.

무영의 침실은 거실보다 더 엉망이었다. 자동 청소기가 돌아가고 있었는지 방바닥은 깨끗했지만 침구는 며칠째 정돈하지 않은 게 분명했다. 침대 구석에는 말라붙은 사탕이 붙어 있었다.

나는 그녀를 침대에 눕히고 불을 끈 다음 허겁지겁 그녀의 아파트에서 빠져나왔다. 무언가 잘못되고 있다는 생각이 계속 머릿속에서 맴돌았지만 어디에 생각의 경계를 그어야 할지 알 수 없었다.

열셋

아빌라의 아파트 앞에서 나를 기다리고 있던 사람은 조사관이었다. 그는 내가 차에서 내리자마자 허겁지겁 내 손을 잡아끌고 뛰었다.

김성균의 시체는 아파트 건물 뒤쪽에 솟아 있는 녹슨 철근 기둥 위에 꼬치구이처럼 꽂혀 있었다. 얼굴은 이상하게도 무표정했고 양손은 무엇을 움켜쥐기라도 하려는 것처럼 앞으로 내밀어져 있었다. 그리고 우스꽝스럽게도 바지 지퍼가 내려간 틈 사이로 성기가 삐져나와 있었다.

주영욱과 안송찬은 난처한 표정을 지으며 내 얼굴을 바라보았다. 모두 어떻게 이야기를 시작해야 할지 감도 잡을 수 없는 모양이었다.

"어쩌다 이런 일이 일어났지요?"

내가 물었다.

둘은 잠시 서로의 얼굴을 바라보았다. 이윽고 주영욱이 더듬거리면서 입을 열었다.

"이, 이 친구가 화장실에 가고 싶다고 해서 말입니다……. 그래서 안에 데려다주고 밖에서 지키고 있었지요……. 그, 그런데 갑자기 화장실 안에서 이상한 소리가 들리더란 말입니다. 문을 열려고 하니까 안에서 잠겨 있었고요. 문을 부수고 들어가 봤더니 화장실 창문이 열려 있더군요. 그래서 올라가 봤더니……."

"투신자살이라고요?"

둘은 고개를 끄덕였다.

나는 다시 시체로 시선을 돌렸다. 나는 회중전등을 켜고 김성균의 바지를 검사했다. 바지는 축축하게 젖어 있었고 오줌 냄새를 풍겼다.

"알아차린 사람이 있나요?"

"없는 것 같습니다. 보시다시피 건물 뒤는 방음판으로 막혀 있어 반대쪽에서 볼 수 없습니다. 그리고 이 친구는 아주 조용하게 뛰어내렸어요. 비명도 지르지 않았습니다."

"잠시만 여기서 기다리세요. 위층에 올라가서 확인할 게 있으니까. 열쇠는 누가 가지고 있죠?"

주영욱이 열쇠를 꺼내 내밀었다. 나는 그의 손아귀에서 열쇠를 빼앗고 아빌라의 아파트로 올라갔다.

주영욱이 말한 대로 화장실 문은 부서져 있었다. 나는 화장실 변기를 조사했다. 누런 오줌이 아직도 고여 있었다. 오줌 자국은 바닥에서 열린 창문까지 이어져 있었다.

나는 다시 문을 걸어 잠그고 아래로 내려왔다. 나는 회중전등을 켜고 주영욱과 안송찬을 불러 그들의 옷을 검사했다. 깨끗했다.

"적어도 당신들이 김성균을 죽인 것 같지는 않군요."

두 사람이 영문을 모르겠다는 듯 얼뜬 표정으로 나를 내려다보았다.

"오줌 자국으로 알 수 있죠. 김성균은 죽기 직전까지 화장실 사방에 오줌을 갈겨댔어요. 억지로 화장실 창문에 밀어 넣었다면 당연히 여러분 옷에 그 사람 오줌이 묻었어야 하니까요."

내가 설명했다.

"하, 하지만 자살 맞습니다. 다른 가능성은 없습니다. 왜 타살이라고 생각하십니까?"

"자살이라고 생각하는 것도 우습지 않아요? 김성균이 자살했다고 생각해봐요. 화장실에서 바지 지퍼를 연 채 반쯤 소변을 보다가 '아, 자살해야겠다!'라고 생각하고는 계속 오줌을 질질 흘리면서 화장실 창문을 열고 뛰어내렸다는 말인데, 이게 이치에 맞나요?"

"하지만 타살도 말이 안 됩니다."

주영욱이 말했다.

“우선 화장실 안에는 아무도 없었습니다. 저희들이 문 앞에서 지키고 있었으니까 다른 사람이 중간에 들어갈 수 없었습니다. 그렇다면 살인범은 벽을 타고 기어 올라와 화장실 창문으로 들어가 오줌을 누고 있는 김성균을 2미터 높이로 집어 들고 창문 밖으로 밀어 넣었다는 말입니다. 그동안 김성균은 비명 한번 지르지도 않았고요. 김성균이 뛰어내린 지 1분도 되지 않아 저희가 안으로 뛰어들었으니, 살인범은 그사이에 김성균을 따라 쥐도 새도 모르게 사라져야 했고 말입니다.”

“여러분이 매수되었다고 친다면? 그래서 살인범을 안으로 들어오게 했다면?”

안송찬이 흥분해서 앞으로 뛰쳐나오려 했지만 주영욱이 잽싸게 그의 발을 밟았다.

“역시 어렵습니다. 다른 사람이라고 화장실 창문으로 다 큰 남자를 밀어 넣는 일이 쉬웠겠습니까? 그리고 여전히 비명 한번 없었다는 사실을 설명할 수 없습니다.”

“비명을 지르지 않았다는 건 당신들 주장이고요. 그럼 김성균이 2미터 높이에 있는 화장실 창문으로 기어 올라가는 것은 쉬웠단 말인가요?”

조사관이 헛기침을 했다.

“죄송하지만 이렇게 언성을 높일 때가 아닙니다. 지금까지는 운 좋게 안 들켰지만 언제 시체가 발견될지 모릅니다. 이제 어떻게 해야 합니까?"

세 남자의 시선이 모두 나에게 쏠렸다. 아, 망할, 어쩌자고 이런 일들은 나한테만 일어나는 걸까?

"경찰에 알릴 수는 없어요."

내가 간신히 말했다.

"상부에 알릴 수도 없어요. 상황이 이런 데 사고까지 터졌으니, 사방에서 우릴 죽이려고 들 거예요. 우리가 알아서 처리해요."

모두들 조금씩 안심하는 모양이었다.

"일단 시체를 끌어냅시다. 그러는 동안 누가 아빌라네 아파트에서 시체를 넣을 만한 것 아무거나 가져와요."

안송찬이 아파트로 올라갔고 남은 우리들은 철근 기둥에 박힌 김성균의 시체를 뽑아 바닥에 내던졌다. 내가 모르는 약물 부작용 때문인지 사후 경직이 비정상적으로 빨라서 시체는 마네킹처럼 우스꽝스러운 자세로 바닥에 뒹굴었다. 조사관은 굳은 시체의 관절을 풀기 위해 권총으로 관절을 두들겼다.

안송찬이 커다란 여행 가방 두 개와 검은 비닐봉지를 잔뜩 들고 내려왔다. 우리는 커다란 가방에 김성균의 시체를 밀어 넣으려 했지만 이 남자의 덩치가 예상보다 컸다. 옷을 모두 벗겨도 여전히 가방은 작았다. 우리는 한동안 망설이다 결국 시체의 일부를 잘라내기로 결정했다. 다시 한번 안송찬이 아파트로 올라가 식칼과 줄톱을 가지고 내려왔다. 오른쪽 정강이를 부러뜨리고 왼쪽 다리를 잘라내자 간신히 여행 가방 안에 시체가 들어갔다. 우리는 벗겨낸 옷과 왼쪽 다리를 다른 가방 안에 넣고 허겁지겁 빠져나왔다.

우리는 비교적 큰 편인 조사관 차의 트렁크를 열고 첫 번째 가방을 밀어 넣었다. 두 번째 가방은 뒷좌석 밑에 넣었다. 잘린 다리에서 검붉은 피가 스며 나왔다. 조사관은 투덜거리며 비닐봉지로 그 부분을 덮었다.

"이제 어디로 갑니까?"

안송찬과 주영욱이 아파트에 흔적을 지우려 올라가자 조사관이 물었다.

"혜화 3거리로 가요. 시체를 묻을 만한 곳을 알고 있어요."

내가 지시했다.

15분 뒤 우리는 혜화 3거리에 있는 작은 고서점에 도착했다. 서점은 3개월 전에 일어났던 폭동으로 반쯤 무너져 있었다. 우리는 여행 가방을 끌고 서점 지하실로 내려갔다.

우리는 지하실 바닥에 뒹구는 콘크리트 조각들을 치우고 나무 바닥을 뜯어낸 뒤 그 안에 여행 가방을 던져 넣었다. 나무 조각을 다시 덮고 콘크리트 조각을 다시 뿌리자 꽤 그럴싸했다.

"한동안은 괜찮을 거예요."

내가 말했다.

“김성균과 아빌라의 관계를 아는 사람은 이제 신디케이트 사람들과 우리밖에 없어요. 신디케이트 사람들이 우리에 대해 알 리는 없고요. 이 동네엔 실종 사건이 수없이 일어나니까 특별히 그 사람과 우리를 연결시킬 근거는 없어요.”

“하지만 어떻게 이런 일이 일어났는지 궁금하지도 않습니까?”

조사관이 물었다.

“궁금해요! 하지만 시간이 없어요. 아빌라를 찾아야죠. 지금까지 찾아낸 건 뭐예요?”

“러시아구의 탐정 한 명한테서 소재를 알 것 같다는 연락을 받았습니다. 지금으로서는 기다리는 도리밖에 없습니다.”

“도대체 왜 내가 그 따위 삼류 사기꾼에게 이처럼 신경을 써야 하는지 모르겠군요. 아무짝에도 쓸모없는 인간인데!”

“정말 아빌라가 영감님 애인이었습니까?”

“말 못 해요. 요새 입 잘못 놀렸다가 어떻게 되는지 잘 아시면서.”

조사관은 잠시 조용히 바닥을 바라보며 발로 먼지를 쓸다가 갑자기 입을 열었다.

“이번 사건은 낯설지가 않습니다. 며칠 전에도 비슷한 일을 겪었어요. 궁금하시다니까 하는 말입니다만.”

“화장실에서 볼일 보다 갑자기 자살 충동을 일으킨 미치광이가 또 있었단 말인가요?”

“그렇게까지 일치하지는 않습니다. 하지만 몇 주 전에 외무부 직원 한 명이 투신자살을 한 일이 있었습니다. 점심을 먹다 말고 갑자기 가까운 정교회 성당 종탑으로 올라가 뛰어내렸지요. 아직도 왜 그런 일이 일어났는지 모릅니다. 그 사건 때문에 다들 고생했습니다. 러시아 측에서는 외교 문제로 확대하려고 했고 교회 측에서는 소송 준비까지 하고 있었으니까요. 저도 언론을 막느라고 상당히 바빴습니다.”

“그 자살한 사람에게는 특별한 자살 동기가 있었나요?”

“없었습니다. 하지만 어떤 영리한 친구가 재미있는 사실을 알아냈지요. 죽은 직원이 신디케이트에게 정부 소유 창고를 불법 임대하면서 용돈을 챙기고 있었답니다. 그래서 창고 안을 조사했는데, 신디케이트 쪽이 조금 빨랐습니다. 텅 비어 있더군요.

어떻게 생각하십니까? 신디케이트에서 새로운 살인 방법을 고안한 게 아닐까요? 원격 살인이라는 게 있지 않습니까. 멀리서 무슨 기계를 이용해 상대편의 뇌를 자극해서 자살하게 조종하는 것 말입니다.”

열넷

"장 베르제가 죽었답니다."

다음 날 아침 내가 비척거리며 큐비클 안에 기어 들어가려고 할 때, 천한린이 말했다.

"베르제? 그게 누구죠?"

"이미 아시리라 생각했는데요? 관심 가지고 계신 분야가 아니었습니까? 유럽 신디케이트의 특사입니다."

"어떻게 죽었는데요?"

"무슨 꼬챙이에 찍혔답니다. 긴 꼬챙이 같은 걸 목에다 찔렀다는데 그 끝이 심장까지 닿았다더군요. 러시아구 구립정신병원 폐허에서 어떤 노숙자가 시체를 발견한 모양입니다."

"그 연쇄살인마인가요?"

"당연한 것 아니겠습니까? 아래층에 한번 가보시죠. 다들 흥분하고 있습니다. 이제야 사정이 어떻게 돌아가는 건지 감이 잡힌 것 같으니 말입니다."

나는 가방을 책상 밑에 쑤셔 넣고 아래층으로 뛰어갔다. 천한린의 말대로 모두 약 먹은 다람쥐처럼 종이 뭉치를 들고 뛰어다니고 있었다. 나는 책상 위에 서서 사람들을 총지휘하고 있는 이윤겸 팀장에게 달려갔다. 보통 그는 내가 그에게 질문하는 걸 좋아하지 않았지만, 지금은 사정이 달랐다. 그는 틈틈이 부하들에게 고함을 질러대면서도 나에게 사정이 어떻게 돌아가는지 설명해주었다.

지금까지 연쇄살인마 사냥에서 베르제는 전혀 중요한 인물이 아니었다. 통경이 베르제를 주의 깊게 바라봐온 이유는 단 하나, 지금까지 고고한 척하며 마약 사업을 피해왔던 유럽 신디케이트가, 주세페 벨로의 죽음 이후 슬슬 사업 확장에 나섰기 때문이다. 그리고 유럽 신디케이트가 어떤 식으로 시장에 진출하건 의천이 한몫하게 될 건 분명했다. 지중해 마약 장벽 때문에 아시아에서 생산되는 마약들은 일단 의천을 거쳐 러시아를 통해 유럽으로 흘러들어 갈 수밖에 없었다.

베르제가 의천에 도착하자 당연히 그에게는 특별 전담반이 따라붙었다. 1번 팀이 베르제 패거리를 미행하는 동안 2번 팀은 의천 신디케이트와 베르제가 맺은 새 계약을 파헤치기 위해 스파이질을 시작했다. 1번 팀은 베르제를 놓치고 말았지만 2번 팀은 뜻밖의 성과를 거두었다.

"신디케이트에서는 새로운 마약을 개발하고 있었던 겁니다."

이윤겸이 말했다.

"우리가 알아낸 바로는 지금까지 우리가 알고 있는 것과 전혀 다른 종류라더군요. 제가 알기로는 미생물을 이용한 발효법을 쓴다고 들었습니다. 어디서 그게 나왔는지는 몰라도 러시아가 원산지임은 분명합니다."

"많이 다른가요?"

"단순히 신경전달물질을 조절하는 정도가 아닙니다. 완전히 다른 개념의 종류라고 합니다. 구체적으로 어떻게 다른지는 몰라도요.

하여간 이 마약에 대해 알아내자마자 상황이 바뀌기 시작했습니다. 우린 오래전부터 신디케이트의 이상 현상에 대해 알고 있었습니다. 물론 그 암살자의 등장도 그런 이상행동 중 하나였지요. 뭔가 우리가 모르는 것에 의해 조종되고 있는 것 같았는데 그 이유를 몰랐을 뿐이죠. 이젠 알았습니다. 모두 그 새 마약 때문이지요."

이윤겸은 들고 있던 종이 뭉치 중 하나를 꺼내 나에게 내밀었다.

"자, 이 사람들은 만케비치 패거리입니다. 이 사람들은 강현상의 패거리이고요. 모두 무작위로 살해된 것 같지 않습니까? 하지만 그렇지 않습니다. 만케비치가 죽은 뒤로 이들은 전혀 다른 방식으로 이합집산을 했던 겁니다. 어떻게 그렇게 쉽게 자리바꿈했는지 모르지만 그 마약의 가능성이 그렇게 넓었다는 말도 됩니다. 자, 이제 어떻게 된 것인지 감이 잡히지요? 지금까지 우리는 이게 신디케이트의 내부 분쟁일 것이라고 생각했습니다. 하지만 이걸 보면 사정이 달라집니다. 범인은 외부인일 가능성이 더 높습니다. 어떻게든 가장 빠른 방법으로 신디케이트의 마약 유통을 막으려는 의도일 것입니다."

"일종의 처벌인가요?"

나는 어제 생각했던 도덕적 처벌자 이론을 염두에 두고 물었다.

"그런 것 같지는 않습니다. 그러기엔 너무 전문가 같지 않습니까? 아무래도 신디케이트 말고 새로운 조직이 들어선 것 같습니다. 우리가 왜 지금까지 눈치채지 못했는지 모르지만요."

"베르제는요?"

"역시 신디케이트의 확장을 막기 위해서겠지요. 우린 베르제가 어떤 종류의 샘플을 건네받았다는 걸 알고 있습니다. 녀석이 어떻게 사라졌는지, 어디로 사라졌는지도 모르지만요. 베르제 패거리를 잡아 족쳤지만 놈들도 모르더군요. 다들 왜 그렇게 헐렁한지 모르겠습니다. 벨로가 너무 풀어놨나 봅니다.

이미 늦었지만 아주 늦지는 않았습니다. 방향을 잡았으니까요. 이제 특별 수사권이 떨어졌으니 신디케이트 친구들을 다 닥치는 대로 잡아들일 겁니다. 묻다 보면 뭐가 어떻게 돌아가는지 알 수 있겠지요."

이야기를 마치자 이윤겸은 다시 소리를 지르기 시작했고, 나는 큐비클로 돌아왔다.

나는 서류 공용기를 열어놓고 내가 지금까지 놓쳤던 정보들을 따라잡느라 서너 시간을 바쁘게 보냈다. 아니, 이건 정보를 따라잡는 것 이상이었다. 나는 그들이 모르는 것을 알고 있었으니까. 살해당한 사람들이 마약 루트에 속해 있었고 살인마가 머리 도둑과 동일 인물이라면, 머리 도둑에게 살해당한 사람들이 러시아에서 새 마약을 의천으로 가져온 사람들이라고 생각해도 이상하지는 않다. 전에도 이런 적이 있었다. 특히 키이우는 신종 마약 발명가들로 부글거렸다. 높으신 양반들만 즐기는 고급 유행이었던 것이 의천으로 흘러왔다가 신디케이트를 만나 본격적인 사업으로 확장된 것이다. 김진석이 죽기 전에 길거리에서 판촉을 벌인 약도 그것이었는지 모른다. 학교 난동도 약 때문일 수 있다.

하지만 왜 살해 방법이 바뀌었는가? 왜 머리 도둑에서 마약범 살인마로 전환한 뒤로 그는 머리 자르는 것을 그만두었을까?

아무래도 오를로프 교수에게 알리는 것이 좋을 듯했다. 나는 문자 전화기를 켜고 튠구스카 198679에 접속했다. 접속은 계속 실패였다. 늘 있는 일이었다. 러시아의 통신 시설은 툭하면 고장 나기 일쑤였다.

그러나 난 우회로를 알고 있었다. 나는 직접 튠구스카로 접속하는 대신 러시아 황실 경찰의 비밀 통신 암호를 이용해 튠구스카 기지의 교환국으로 접속했다. 이번에는 먹혔다.

"유리 오를로프 교수에게 문자 전화를 연결해주실 수 있겠습니까? 198679번입니다."

잠시 조용하다 문자 전화기의 등이 켜지고 타탁타닥 타자가 되기 시작했다.

— 누구십니까?

— 오를로프 교수님? 저예요.

— 죄송하지만 잘못 거신 것 같군요. 저는 표트르 그루센코 박사입니다. 그분은 오래전에 기지를 떠나셨습니다.

— 하지만 바로 며칠 전에도 연락이 되었는데요?

—그럴 리가요. 전 벌써 반년째 이 번호를 쓰고 있습니다.

— 오를로프 교수의 최근 연락처를 알 수 있을까요?

문자 전화기는 잠시 조용히 있다가 다시 여섯 자리의 숫자를 타자했다. 이번에는 모스크바였다.

그러나 모스크바 번호는 애가 일곱이나 딸린 가정집 전화번호였다. 아무도 오를로프라는 이름은 들어본 적 없다고 했다.

어떻게 된 것인가. 화가 난 나는 모스크바 경찰에 연락했다. 그쪽 사람들은 깐깐하기 짝이 없어서 간단한 데이터베이스 검색에도 허가서를 요구했다. 내가 들이민 러시아 황실 경찰의 암호도 먹히지 않았다. 나는 허겁지겁 아래층으로 달려가 허가서를 끊어가지고 올라와 새로 받은 암호를 전화기에 입력했다.

4분 30초 뒤 답변이 돌아왔다.

— 늦으셨군요.

— 무슨 뜻이죠?

— 유리 오를로프 교수는 2개월 전에 사망했습니다. 투신자살이었어요. 호텔 창문에서 뛰어내렸다고 합니다. 위원회에서 동성애 혐의로 그 사람을 축출하려 했던 모양입니다. 그 정도로 공개되었으니 귀족회에서도 자살 설득을 했겠지요.

— 하지만 전 며칠 전에도 그분과 통화를 했는데요?

— 직접 말입니까?

빌어먹을. 물론 아니었다.

열다섯

사실이었다. 유리 오를로프는 자살했다. 유언장도 있었고 자살을 목격한 사람도 셋이나 되었다. 시체는 화장되었다. 그는 이미 가고 없었다.

그렇다면 내가 지금까지 정보를 제공해준 사람은 영리한 가짜였는가? 바보, 바보, 바보. 성대 수술을 핑계 삼아 문자 전화를 고집하는 것만 보고도 알아차렸어야 했는데.

나는 필사적으로 내가 지금까지 오를로프를 자처한 그 사기꾼에게 준 정보가 뭐가 있는지 알아내려고 머리를 굴렸다. 현재 의천에서 벌어지고 있는 외교 전쟁과 직접 관련이 있는 정보는 없었다. 그가 원했던 것들은 대부분 머리 도둑과 암살자에 대한 것들이었다. 하지만 그것들이 정말 외교전과 관련이 없다는 걸 내가 어떻게 아는가? 머리 도둑이 정신 나간 러시아 스파이일 수도 있다. 살해당한 사람들은 모두 내가 모르는 외교전의 희생자들일 수도 있다. 내가 지금까지 의천에서 살아오면서 배운 게 무엇인가. 어느 누구도 이 도시에서 일어나는 일에 대해 다 알 수는 없다는 것이다.

하지만 나는 여전히 이 사실을 쉽게 받아들일 수 없었다. 지금까지 내가 대화를 나누었던 오를로프는 너무나도 진짜 같았다. 그는 오를로프처럼 이야기했고 오를로프와 나만이 공유하는 작은 사실들을 알고 있었다. 물론 그가 죽기 전에 다른 사람들에게 이야기를 했을 수도 있다. 아마 우리의 대화가 오래전부터 도청되고 있었을지도 모른다. 하지만 과연 어떤 사기꾼이 그처럼 절묘하게 오를로프를 흉내 낼 수 있었을까? 그는 꽤 섬세하고 독특한 인물이었다. 자살도 믿을 수 없었다. 내가 아는 오를로프는 귀족회 깡패들이 동성애 혐의로 몰아붙인다고 자존심을 접고 투신자살할 사람이 아니었다. 진짜 오를로프라면 그들이 방심한 틈을 타서 쓸 만한 정보들을 움켜쥐고 합중국 조차지로 튀었을 것이다.

그 순간부터 갑자기 내 머리가 다른 방향으로 돌기 시작했다. 내가 이상한 자살에 대해 접한 건 이번이 처음이 아니었다. 시립정신병원 소각장에서 수류탄을 물고 죽은 의사는 어떤가? 정교회 종탑에서 뛰어내린 외무부 직원은? 비노그라도프는? 김성균은? 왜 그들은 자살했을까? 이정 선생은 결코 대의를 위해 자신을 희생하는 부류는 아니었다. 비노그라도프나 김성균 역시 자살자 타입은 아니었다. 그런데도 그들은 죽었다.

"……어떻게 생각하십니까? 신디케이트에서 새로운 살인 방법을 고안한 게 아닐까요? 원격 살인이라는 게 있지 않습니까. 멀리서 무슨 기계를 이용해 상대편의 뇌를 자극해서 자살하게 조종하는 것 말입니다."

조사관의 말이 다시 떠올랐다. 아까부터 계속 빙빙 머릿속을 돌고 있던 말이었지만 이번엔 제대로 과녁을 맞혔다. 그의 말은 허공에서 튀어나온 것이 아니었다. 그가 제대로 기억하고 있을지는 모르지만 전에도 그런 소문이 돈 적 있었다. 소문에 따르면 러시아 군대는 새로운 종류의 정신조작법을 연구하고 있었다. 그 방법은 뇌에 생물학적인 이식물을 삽입하는 것으로, 필요할 때 특정 주파수를 흘려 보내면 피실험자들은 미리 프로그램된 특정 행동을 끝없이 반복하게 된다. 나는 시베리아 어딘가에서 이런 이식물을 뇌에 박은 암살자들이 키워지고 있다는 소문도 들은 적 있었다. 그냥 뜬소문은 아니었다. 나는 그 암살자들을 키워내기 위해 세워진 것으로 추정되는 통나무집들의 위성 사진도 가지고 있었다. 믿거나 말거나 우리 측 첩보원들이 그 정신조작법을 알아내기 위해 시베리아로 파견된 적도 있었다. 다섯 명 중 세 명이 동사한 끝에 알아낸 건, 이식물이 쉽게 오염되기 때문에 대부분의 피실험자들이 이식 후 한 달 안에 사망한다는 것이었다. 결국 러시아도 우리도 그 아이디어는 포기할 수밖에 없었다.

하지만 그건 거의 5년 전 일이었다. 그동안 러시아가 좀 더 안정적인 이식물을 발명했을 가능성은 얼마든지 있었다. 화성 미생물의 연구로 러시아와 합중국의 생물학은 엄청나게 발전했다. 지금까지 공개된 몇몇 발견은 암살자용 이식물보다 더 대단한 것이었다. 합중국에서는 개량한 화성 미생물의 콜로니를 이용해 컴퓨터를 만들어내기도 했다. 1, 2년 안에 그들은 벼룩 크기의 로봇도 만들어낼 수 있을 것이다.

그렇다면 그들은 모두 정신조작의 희생자인가? 김성균만 따지고 본다면 그럴 수도 있다. 하지만 비노그라도프는? 오를로프는? 그리고 도대체 누가 이들의 자살을 지시하는 것일까?

나는 불 꺼진 문자 전화기를 뚫어져라 노려보았다. 이미 오를로프를 자처하는 정체불명의 인물에게 통화 요청을 보낸 뒤였다. 특별한 이유가 없다면 퇴근 시간 이전에 그에게서 전화가 걸려올 것이다.

한 시간 반이 지난 뒤에야 문자 전화기의 타자기가 딸각거리기 시작했다. 뻔뻔스럽게도 툰구스카 번호를 반짝이며.

— 급한 일입니까?

전형적인 오를로프식 질문이었다. 그는 친구 사이의 형식적인 인사를 싫어했다. 그는 친구들 사이에서도 늘 정중했지만 정중함과 습관적인 형식은 상관이 없다고 늘 이야기하곤 했다.

— 암살자 사건에 진전이 있었어요.

— 그래요?

— 유럽 신디케이트의 특사가 암살자에게 살해당했어요. 수사 과정에서 새로운 사실이 밝혀졌죠. 발효법을 사용한 새로운 마약을 둘러싼 암투라고 하더군요.

— 그 사람들 성과를 거두었군요. 하지만 당신은 어떻습니까? 이를 어떻게 머리 도둑과 연관시킬 수 있을지 생각해봤습니까?

— 아, 역시 그 마약 때문이죠. 제 생각에는 머리 도둑에게 살해당한 사람들은 모두 그 마약의 초기 유통 과정에 관련된 것 같아요. 연관성을 찾아내지 못한 것도 이상하지는 않죠. 그런 부류의 사람들은 자기가 연관되었다는 걸 일부러 감추니까요.

그러니까 이런 거겠지요. 머리 도둑은 어떻게든 그 마약의 유출을 막으려 했어요. 처음에는 가지고 있는 사람들 모두를 죽이고 다녔지만, 신디케이트를 통해 유통되기 시작하자 유통 과정에 있는 사람들을 전부 제거하려고 한 것이죠. 맞나요?

— 그걸 제가 어떻게 알겠습니까?

— 아시리라 믿었는데요?

— 제가 알고 있다면 왜 전화기 앞에서 이런 질문을 하고 있겠습니까?

— 제가 당신이 죽었다는 걸 모르고 있다고 당신이 믿기 때문에?

지금까지 리듬을 타고 끊임없이 타닥거리던 타자기가 그 순간 갑자기 멎었다. 나는 맘속으로 숫자를 세면서 기다렸다. 하나, 둘, 셋, 넷…… 스물넷까지 세자 타자기가 다시 돌아가기 시작했다.

— 죽음이란 정의하기 나름입니다. 육체의 죽음이 꼭 정신의 죽음으로 이어진다고 할 수는 없지요.

— 그럼 지금 유령이신가요, 오를로프 교수님?

— 그렇다고 말할 수는 없습니다. 하지만 제가 투신자살 따위로 쉽게 죽을 사람처럼 보입니까?

— 투신자살은 모르지만 화장터에서는 분명히 죽었을 거라고 생각했는데요?

아마 전화기 저편에 있는 사람이 진짜 오를로프라면 코끝을 찡그리며 고개를 흔들었을 것이다. 그는 시시한 농담을 싸구려 보드카만큼이나 싫어했다.

— 지금 당장은 당신에게 믿음을 주기 힘들겠군요. 하지만 내일 다시 연락하겠습니다. 그동안 작은 선물을 드리지요. 아직도 카를로스 아빌라를 찾고 있습니까?

— 네.

— 그 친구 지금 경찰서 유치장에 있습니다. 중국구 구경이 행려병자로 체포했습니다. 이야기를 나누어보시기 바랍니다. 이 도시에서 어떤 일이 일어났는지 그만큼 잘 알고 있는 사람은 없습니다.

마지막 문장이 타자되자마자 전화기의 불은 확 꺼져버렸

다. 나는 뒤에 꽂힌 추적 장치를 전화기 타자기에 연결했다. 타자기는 추적 장치가 다운로드한 정보를 한 줄씩 타자했다.

전화는 중국구에서 걸려온 것이었다.

열여섯

“이틀 동안 유치장 안에 있었다는군요.”

조사관은 멋쩍은 듯 뒤통수를 벅벅 긁어댔다.

“처음에는 마약 중독자인 줄 알았답니다. 하지만 약물 복용의 흔적을 찾지 못하자, 그냥 유치장 안에 방치한 모양입니다. 하긴 요새처럼 병원 빈자리를 찾기 힘든 때도 없었으니까 말입니다.”

“중국구 탐정들은 왜 지금까지 눈치를 못 챘던 거죠? 유치장은 당연히 뒤져야 하는 곳 아닌가요?”

내가 물었다.

“그 사람들도 뒤졌습니다. 하지만 우리가 넘겨준 외모 기술과 그 사람 외모가 맞지 않았습니다. 알 수 없는 이유로 얼굴이 잔뜩 부어 있었답니다. 옷도 다른 사람의 것을 입고 있었습니다.

다행히도 그 사람들, 아빌라에 대해서는 신경도 쓰지 않더군요. 우리가 오자 그냥 넘겨주었습니다. 괜찮은 독방 하나를 인사불성 환자 때문에 썩히고 있었으니 그 사람들도 잘되었지요."

"지금 그 사람 어디 있어요?"

"하버뷰호텔에 뒀습니다. 이틀 동안은 그 호텔 방을 쓸 수 있습니다. 그 뒤에는 다른 안가를 찾아봐야 합니다."

나는 경찰서 담당 의사가 쓴 차트를 훑어보았다. 아빌라는 이틀 전 시립정신병원 근처에서 정신을 잃고 쓰러진 채로 발견되었다. 처음 그를 발견한 경찰은 '니들' 약물 중독자로 생각하고 경찰서로 옮겼다. 의사 역시 처음에는 그를 니들 중독자로 생각했지만, 시간이 지나도 깨어나지 않자, 다시 검진했다. 아빌라의 몸에서는 의사가 알고 있는 어떤 약물도 검출되지 않았다.

이틀 동안 아빌라는 반쯤 의식을 잃은 채로 끝도 없이 헛소리를 해댔다. 한가한 경찰 한 명이 그 헛소리 일부를 기록했는데, 대부분 이해할 수 없을 정도로 말들이 뒤섞여 있었다. 어떤 때는 러시아어로 톨스토이와 발레에 대해 떠들었고 다음 순간에는 중국어로 리츠클럽 사람들이나 제대로 이해할 법한 음란한 농담을 지껄였다. 경찰관이 잡아내지 못한 몇 가지 다른 언어들도 섞여 있었던 모양인데, 나로서는 이해할 수 없는 일이었다. 아빌라가 몇몇 외국어에 꽤 능한 편이긴 했지만, 이 기록에 나와 있는 것처럼 언어 천재는 아니었다.

15분 뒤, 우리가 탄 택시는 하버뷰호텔에 도착했다. 우리는 엘리베이터를 버려두고 계단으로 4층까지 올라갔다.

"말도 안 되는 미신 때문에 이 좋은 건물을 두 층이나 낭비하다니, 정말 어처구니없는 일입니다."

조사관이 말했다.

나는 그의 말에 대답하지 않고 문을 열었다. 다른 호텔의 4층 방들이 대부분 그렇듯 이 방 역시 단출하고 어두웠다. 아마 숙직용으로 사용되는 모양이었다.

아빌라는 왼쪽 구석 침대에 누워 있었다. 조사관이 말했던 대로 얼굴은 잔뜩 부어 있었다. 내가 탐정이었다고 해도 첫눈에는 알아보지 못했을 것이다. 나는 새끼손가락으로 그의 볼을 찔러보았다. 구두 가죽처럼 단단했다.

"이제 제가 할 일은 끝났습니다."

조사관이 말했다.

"전 치아 틀과 지문을 떠서 본부로 돌아가겠습니다. 서너 시간 안에 외무부에서 새 담당자가 올 겁니다. 오늘 저녁까지만 여기 계시죠. 특별히 바쁜 일 있으십니까?"

"아빌라는 어떻게 될까요?"

"저도 모릅니다. 영감 마음에 달렸지요. 지금까지 그렇게 보살펴줬으니 특별히 매섭게 굴지는 않을 겁니다. 뭐가 그렇게 좋아서 이렇게 잘 대해주는지 모르겠군요. 저 친구 때문에 아까운 세금이 얼마나 나가는지 압니까?"

10분 뒤 모든 작업을 끝낸 조사관은 방을 떠났다. 나는 의자를 끌어와 침대가 잘 보이는 곳에 놓고 앉았다. 아빌라는 계속 헐떡거리면서 뭐라고 중얼거리고 있었지만, 소리가 너무 작아 알아들을 수 없었다. 아마도 중국어인 듯했는데, 내가 알기로 아빌라는 중국어를 거의 못했다.

나는 그 뒤로 30여 분 동안 라디오를 틀어놓고 아빌라의 부어터진 얼굴을 노려보았다. 라디오에서는 오늘 새벽에 일어난 차르 암살 미수 사건으로 시끌벅적했다. 벌써 다섯 번째 시도였으니 이제 그렇게 대단한 뉴스라는 생각이 들지는 않았지만 아나운서의 목소리에는 언제나처럼 조작된 흥분이 잔뜩 묻어 있었다. 질려버린 나는 라디오를 끄고 화장실로 들어갔다.

화장실에서 나왔을 때 내 눈에 들어온 것은 마치 부활한 좀비처럼 뻣뻣하게 상반신을 세우고 침대 위에 앉아 있는 아빌라의 모습이었다. 아빌라의 얼굴은 여전히 부어 있었지만, 아까와는 달리 눈에는 생기가 돌았다. 그는 나와 눈이 마주치자 필사적으로 얼굴을 찡그렸다. 나는 그것이 미소라고 추측했다.

그 뒤 20여 분 동안 내가 지켜본 것은 거의 19세기 호러영화에서나 나올 것 같은 변신 과정이었다. 그의 얼굴의 부기가 서서히 빠져갔고 표정 역시 서서히 사람다움을 찾아갔다. 그가 굳어 있는 관절을 풀려고 필사적으로 몸을 흔들 때는 정말 우두둑거리는 소리가 내 귀에까지 와닿았다.

1분간 입을 우물거리던 그는 마침내 천천히 입을 열었다.

"마, 마담 코미차르……."

그리고 그는 어린아이처럼 천진한 미소를 지었다.

"닥쳐요."

내가 대답했다.

"당장 그 징그러운 미소를 꺼버려요. 내가 당신 때문에 지금까지 얼마나 고생이 심했는지 알아요? 정직 처분이 겁나지 않았다면 들어오자마자 당신 목을 잘라버렸어."

그러나 그는 여전히 그 얄미운 미소를 지우지 않고 말을 이었다. 아직 혀가 굳어 있어 무슨 말인지 잘 알아들을 수 없었지만 아무래도 나와 영감에 대한 음탕한 농담처럼 들렸다. 하지만 아빌라는 저녁 메뉴도 외설스럽게 읽을 수 있는 사람이었다.

무슨 말인지 알아들을 수 있을 정도로 그가 긴 문장을 발음할 수 있게 혀가 풀리는 데는 15분의 시간이 더 걸렸다. 그리고 그의 첫 문장은 조금 당황스러운 것이었다.

"영감은 지금 어떤가요?"

"당신 때문에 죽을 맛이겠죠. 시국이 이런 판인데, 당신 같은 협박범이 줄 풀린 미친개처럼 의천을 쏘다니고 있으니 말이야."

내가 쏘아붙였다.

"직접 나를 찾으라고 시키던가요?"

"자길 그렇게 과대평가하지 말아요."

아빌라는 실망스럽다는 듯 윗몸을 베개에 묻었다.

"오를로프 교수를 알아요?"

더 이상 기다리는 게 짜증이 난 나는 비위 맞추는 짓 따위는 하지 않고 다짜고짜 그에게 질문을 던졌다.

"아, 그 러시아 스파이? 알아요. 둥지 튼 작은 새 같은 사람이죠. 잘 지냅니까?"

"둥지 튼 작은 새 같은……? 이런……. 그 사람하고도 같이 잔 적 있어요?"

"많이는 아닙니다. 서너 번?"

"아하, 당신의 전력을 내가 또 과소평가했군요. 카를로스 아빌라는 이 동네 남색꾼들 반과는 놀아났을 테니 오를로프라고 예외일까."

아빌라는 다시 얼굴을 일그러뜨렸다. 아까와는 달리 이쪽이 더 진짜 웃음처럼 보였다.

"오를로프 교수가 당신한테 지금 여기서 어떤 일이 일어나고 있는지 한번 물어보라고 하더군요."

나는 다시 말을 이었다.

"어떤 일 말입니까?"

"나도 모르죠. 처음부터 시작하는 게 어때요? 우리가 당신 찾느라 도시 전체를 헤매는 동안 도대체 뭘 했어요?"

"어차피 외무부에 가면 다 이야기할 겁니다. 그때까지 기다리면 어떻습니까?"

"외무부 사람들은 몇 시간 뒤에나 올 테니 그동안 이야기 만들 시간은 충분하겠죠. 하지만 난 그런 거짓말에는 관심 없어요. 게다가 이번에 당신이 한 짓을 생각하면 그쪽 사람들이 무슨 일을 저지를지 어떻게 알아요? 나 같아도 당신 머리에 총알구멍을 내고 어쩔 수 없었다고 거짓 리포트를 써서 올릴걸요. 아마 영감도 그것 가지곤 뭐라 안 할 거야."

"당신한테 먼저 이야기를 하면 사정이 달라집니까?"

"이번엔 죽지 않게 손을 써줄 수 있죠. 아직 나에게 그 정도 힘은 있어요."

아빌라는 조용히 내 얼굴을 노려보다가 포기한 듯 눈을 내리깔았다.

"알겠습니다. 어디부터 시작할까요?"

열일곱

"2년 전 일입니다."

아빌라가 말했다.

"아마 8월쯤이었을 겁니다. 리츠클럽의 잔류자들이 이곳 오버뷰호텔의 펜트하우스에서 파티를 열었습니다. 소위 강신술 파티라는 것이었는데, 기억나십니까? 당시까지만 해도 그런 게 굉장히 유행이었지요. 텔러 형제의 사기 사건이 들통난 뒤로는 잠잠해지긴 했습니다만.

파티를 주최한 사람은 당시 중국 사무국 대표의 부인이었던 양페이라는 여자였습니다. 기억하실지 모르겠군요. 5개월 전에 자살 소동을 일으켜 정신병원으로 들어갔지요.

하여간 그 여자가 데려온 영매는 마담 자미노바라는 사람이었습니다. 수술받기 전에는 남자였다지요. 아시다시피 러시아에서는 성전환이 법적으로 금지되어 있지 않습니까. 멀리 가기는 싫고 그렇다고 체포당하기도 싫어 넘어온 성전환자들이 의천에 얼마나 많은지 아무도 모릅니다. 하긴 이곳은 러시아보다 돈이 더 잘 벌리기도 하지요.

저를 그곳 파티에 초대한 사람은 천한린이라는 물리학자였습니다. 그 남자는 심령학 따위를 믿지는 않았습니다. 하지만 그렇다고 눈앞에서 벌어지는 일들이 전적으로 사기라는 것을 증명할 수 있을 만큼 트릭에 밝지 못했죠.

어디서 그 남자가 제 이름을 알아냈는지 모릅니다. 하지만 대부분 의천 사람들은 다른 모든 사람들에 대해 전부는 아니더라도 조금은 알고 있지요. 그가 저에 대해 알고 있었다는 게 그렇게까지 신기하지는 않았습니다. 중요한 것은 제가 그 남자에게 필요한 정보를 가지고 있었다는 것입니다. 이런 심령술 사기는 제 전공이라고 할 수 있으니까요.

파티가 시작되기 전에 우리는 모든 트릭을 사전에 검토했습니다. 홀로그램 영사기를 숨길 만한 곳을 모두 확인했고 음성 변조 장치를 사용했을 때를 대비한 감지기를 설치했습니다. 방 다섯 군데에 적외선카메라를 숨겨놓았고 구석에는 동작 감지기를 장치했습니다. 적어도 일반적인 '과학적' 트릭은 이 정도로 충분히 밝혀낼 수 있었습니다.

그러나 진짜 뛰어난 사기꾼들은 원시적으로 보일 정도로 단순한 수법으로도 대단한 성공을 거둘 수 있는 법입니다. 예전에 저는 기가 막히게 훌륭한 엑토플라즘을 만들어내는 어느 사기꾼을 한 명 본 적 있습니다. 어떻게 했냐고 했더니 나중에 형광물질을 입힌 얇은 비닐 조각을 보여주더군요. 그걸 입에 넣고 있다가 적절한 순간에 뱉어낸 것입니다. 유치하기 짝이 없지요? 하지만 유능한 사기꾼의 손에 들어가면 그건 굉장한 트릭으로 탈바꿈합니다. 다시 말해 중요한 것은 트릭 자체가 아니라 트릭을 다루는 사람의 솜씨인 것입니다.

저는 마담 자미노바의 경력을 검토했습니다. 그 사람은 자기 집에서 강신술을 한 적이 거의 없었습니다. 진짜가 아니라면 굉장히 자신감 넘치는 사람이라는 말이겠지요. 이 사람은 엑토플라즘으로 굉장히 근사한 유령을 불러낼 줄 알았습니다. 런던에 있을 때는 크룩스연구소 사람들이 상당히 선명한 사진을 몇 장 찍기도 했습니다. 사진이 너무 선명해서 전 오히려 불편했습니다. 심령사진이 이렇게 뚜렷하다면 대부분 완벽한 가짜거나 그만큼 진짜라는 소리입니다. 중간은 없습니다.

저는 자미노바가 쓸 만한 트릭 몇 가지를 연구한 다음 오버뷰호텔로 들어왔습니다. 잘 맞지 않는 낡은 턱시도를 입은 천한린이 저를 맞아주더군요.

마담 자미노바는 굉장히 큰 키에 깡마른, 어딘지 모르게 19세기 독일 호러영화에 나오는 죽음의 신을 연상시키는 노파였습니다. 피부는 창백하고 화장은 회색에 가까워서 사람보다는 돌조각처럼 보였지요. 그 사람은 팔을 드러낸 검은 드레스 차림이었는데, 마술사 사기꾼에게는 꽤 불리한 의상이라고 할 수 있었습니다.

마담 자미노바는 제가 눈에 들어오자마자 조금은 건조한 미소를 띠었습니다. 그리고 이렇게 말하더군요.

'아, 가장 중요한 참관자님이 와주셨군요.'

마치 그 사람은 제가 여기에 왜 왔는지 알고 있는 듯한 투였습니다.

전 그 사람의 자신감이 불쾌했습니다. 아무리 자신감이 넘친다고 해도 그 사람이 진짜 영매라는 법은 없습니다. 제가 아는 사기꾼들은 모두 자신을 지나치게 믿는 사람들이었습니다. 그런 게 없으면 우리 직업은 버텨낼 수 없으니까요.

저녁 식사를 하는 동안 손님들은 마담 자미노바에게서 영계의 신비스러운 이야기를 끌어내려고 애를 썼습니다. 하지만 그 사람은 식사 때 할 이야기가 아니라면서 계속 화제를 다른 쪽으로 돌리더군요. 사람들은 어쩔 수 없이 발레와 오페라에 대한 지루한 이야기로 식사를 끌어갈 수밖에 없었습니다.

저녁 식사가 끝나자 강신술이 시작되었습니다. 저와 천한린을 포함한 열두 명의 사람들이 둥근 테이블을 둘러싸고 앉았고 불이 꺼졌습니다.

처음 30분은 지루했습니다. 마담 자미노바가 트랜스 상태에 빠지자 미스터 웡이라는 사람의 유령이 불려 나왔습니다. 미스터 웡은 살아생전에 프리스코의 회계사였는데, 강신술에 나오는 유령치고는 심심한 직업을 가졌다는 걸 제외하면 특기할 게 전혀 없었습니다. 단지 그의 합중국식 영어가 매끄럽고 훌륭했습니다. 마담 자미노바의 억센 러시아 악센트를 생각하면, 실제 유령이라는 상당히 유리한 증거였지요.

미스터 웡은 30여 분 동안 서너 명의 고인을 불러냈습니다. 그 역시 대단한 사람들은 아니었고 강신술에 나오는 유령들이 하는 뻔한 소리들을 하고 돌아갔습니다. 그런 거 있지 않습니까. '여기는 너무 아름다워. 모두 평온하니 걱정하지 말거라, 어쩌구 저쩌구…….' 고인의 친척들은 모두 그 유령들이 진짜라고 믿는 모양이었지만, 원래 강신술에 끌려 오는 사람들처럼 속이기 쉬운 사람들은 없습니다.

그런데 사정은 마지막 유령이 '평온한 저승의 메시지'를 전하고 사라진 뒤 바뀌기 시작했습니다. 지금까지 지극히 정중하고 품위 있던 미스터 웡의 태도가 갑자기 변한 것입니다. 그는 브로드웨이의 흥행사처럼 유쾌하게 떠들어대기 시작했습니다. 웡의 대사를 떠들어대는 마담 자미노바의 얼굴은 여전히 돌처럼 굳어 있어서 그 대조는 더욱 극적이었습니다.

'아직 쇼는 끝나지 않았습니다. 벌써 만족하시지는 않으셨겠지요? 그깟 유령들이 하는 말 몇 마디를 들으려고 여기까지 오신 것은 아닐 테니까요. 그런 거야 수없이 듣지 않았습니까? 이제 진짜 굉장한 손님을 모시겠습니다! 이분의 이름은…….'

마담 자미노바는 그때부터 이상한 소리를 내기 시작했습니다. 그건 사람이 낼 수 있는 소리가 아니었습니다. 그렇다고 아주 듣기가 거북하지도 않았어요. 반쯤은 노랫소리 같기도 했는데, 정확하게 분절된 음을 가려낼 수 없는 이상한 굴곡이 스며 있었습니다.

그때 굉장한 일이 벌어졌습니다. 마담 자미노바의 코와 입에서 엑토플라즘이 쏟아져 나온 것입니다. 그 흐릿한 물질은 바닥에 고이기 시작하더니 뱀처럼 똬리를 틀며 올라왔습니다. 엑토플라즘은 서서히 연기처럼 퍼지면서 사람의 형체를 띠기 시작했고 곧 거미처럼 가느다란 팔다리에 비정상적일 정도로 커다란 검은 눈을 가진 여자아이의 모습으로 변했습니다. 네, 바로 화성 우주선이 찍어 온 벽화 사진에서 본 바로 그런 가느다란 생명체의 모습이었습니다. 이 유령은 전에 크룩스연구소 사람들이 찍은 유령 사진과는 전혀 달랐지만, 그보다 훨씬 인상적이었고 강렬했습니다.

화성인 유령은 순진하게 눈을 깜빡이더니 갑자기 옆에 있던 자그만 러시아 남자를 가리켰습니다. 그녀는 아주 맑고 분명한 러시아어로 이렇게 말했습니다.

'내가 당신을 만나도 될까? 나는 당신이 알고 싶어 할 만

한 바보를 한 명 알고 있지. 나는 당신들이 얼마나 바보들을 사랑하는지 알아. 그를 만나게 해줄까?'

그러더니 그녀는 다른 사람들을 내려다보았습니다. 그리고 아주 이상한 표정을 지었는데, 그건 지구인의 어떤 표정에도 맞지 않는 것이었습니다. 그 이상한 표정을 짓고 소녀는 이렇게 말했습니다.

'너희들은 모두 죽어.'

그 순간 화성인의 몸을 구성하던 엑토플라즘은 양동이로 쏟아부은 드라이아이스처럼 테이블에 흘러내렸습니다.

우리는 허겁지겁 불을 켰습니다. 마담 자미노바는 눈을 커다랗게 뜨고 마치 무언가를 움켜쥐려는 듯 양손을 허공에 뻗은 채 죽어 있었습니다. 시신은 죽은 지 한참 된 것처럼 강직되어 있었고요.

겁에 질린 손님들이 웅성거리는 동안 호스티스인 양 부인은 잽싸게 남편에게 전화를 걸었습니다. 순식간에 중국 외무부 직원들이 들이닥치더군요. 경찰을 불러야 한다는 생각은 아무도 하지 않았습니다. 중요한 것은 상당히 높은 직위에 있는 공무원의 아내가 관련된 파티에서 사람이 죽었다는 것이고, 어떻게든 이 소문을 묻어두어야 한다는 것이었습니다.

외무부 직원들이 마담 자미노바의 시체를 처리하려고 하는 동안 천한린과 저는 전에 설치해두었던 장비들을 검토했습니다. 어떤 트릭의 흔적도 발견되지 않았습니다. 화가 나는 건 적외선카메라에 우리 눈앞에 나타났던 유령의 모습도 찍혀 있지 않았다는 것이었습니다.

우리는 양해를 얻어 외무부 사람들이 세탁물 자루에 막 집어넣으려는 자미노바의 시체를 검토했습니다. 옷은 이중으로 되어 있었고 허리춤에는 돌돌 말린 형광 종이가 숨겨져 있었습니다. 구두에서는 특수 제작된 홀로그램 영사기가 발견되었고요. 결국 마담 자미노바는 사기꾼이었던 겁니다. 하지만 그날 벌어진 그 거창한 쇼는 절대로 사기가 아니었지요. 둘 다 사용한 흔적이 없이 깔끔했으니까요."

열여덟

"천한린은 만족했던 모양입니다. 마담 자미노바가 사기꾼이라는 증거가 나왔으니까요.

하지만 그것만으로 이 모든 일들이 설명되는 것은 아니지 않습니까? 우리 모두에게 나타났던 화성인 유령은 뭐란 말입니까? 천한린은 집단 환각이라고 주장했습니다. 하지만 집단 환각은 그런 게 아닙니다. 유령이 말한 대사 하나하나에 대한 기억이 일치할 정도로 정확한 집단 환각은 없습니다. 우리가 찍은 비디오테이프에 유령은 담겨 있지 않았지만 유령을 보고 반응하는 사람들의 모습은 담겨 있었습니다. 그리고 그들의 행동은 유령들이 우리에게 보여주었던 행동에 대한 아주 정확한 반응이었습니다. 모든 사람이 같은 걸 보고 반응하고 있다는 건 확실했습니다.

저는 이 증거를 들어 그를 설득하려 했지만 그는 말을 듣지 않았습니다. 결국 우리는 심한 말다툼을 하고 맘이 상한 채 나와버렸습니다. 그래도 다행히 저는 그에게 테이프의 복사본을 달라고 우길 배짱은 있었습니다.

저는 그 테이프를 끝도 없이 보고 또 보았습니다. 흥미가 당겼지요. 진짜라면 그건 대단한 일이고, 가짜라면 저 역시 뭔가 배울 게 있을지도 모릅니다. 하지만 테이프에 찍혀 있는 것은 팬터마임이라도 하는 것처럼 허공에 대고 우스꽝스러운 태도를 취하는 사람들뿐이었습니다. 결국 저는 테이프를 금고 안에 넣고 잊어버렸습니다.

그러다 또 몇 개월이 지났습니다. 제가 그 일에 다시 말려든 건 다음 해 3월인가 그랬을 겁니다. 아니, 4월이었던가요? 저는 당시 러시아 외무부의 풋내기 외교관과 데이트 중이었는데, 갑자기 등 뒤에서 누군가가 지팡이로 제 등을 툭툭 치더군요. 뒤를 돌아봤습니다. 작고 파리한 러시아인 노인이 무표정한 얼굴로 저를 바라보고 있었습니다. 어딘지 낯이 익었어요. 어디서 봤는지 기억해내려고 애를 쓰고 있는데 그 양반이 먼저 입을 열더군요.

'저는 유리 오를로프라는 사람입니다. 혹시 우리 강신술 파티에서 만난 적 있지 않습니까?'

그제야 기억이 나더군요. 그 오를로프라는 남자는 유령이 '바보'를 소개해준다는 이상한 말을 했던 바로 그 남자였습니다.

저는 엉겁결에 고개를 끄덕였지만 어떻게 대답해야 할지 몰랐습니다. 의천의 외교 세계에는 규칙이 있습니다. 공개된 자리에서 마담 자미노바에 대해 이야기를 하는 것은 그런 규칙을 위반하는 것이었습니다. 저는 계속 고개를 끄덕이며 특별히 내용은 없지만 그래도 꽤 예의 바른 것처럼 들리는 몇 가지 말을 주워섬겼습니다.

하지만 오를로프라는 사람은 제 입장 따위는 신경도 쓰지 않는 모양이었습니다. 그는 다짜고짜 제 데이트 상대를 쫓아버린 뒤, 저를 루블료프호텔의 펜트하우스로 끌고 갔습니다. 호텔 방에 도착하자 그는 문을 걸어 잠그고 물었습니다.

'제가 관심을 가지고 있는 테이프를 가지고 계시다고 들었습니다.'

'그날 밤에 녹화한 테이프 말씀이신가요?'

제가 물었습니다.

'맞습니다. 천한린 박사에게 문의해봤는데, 선생이 가지고 계시다고 하더군요.'

'사실 생각입니까?'

'하루만 빌리면 됩니다. 물론 값은 쳐드리겠습니다.'

우리는 가격을 흥정했습니다. 결국 합중국 금화 700달러를 받아내는 것으로 흥정은 마무리되었습니다. 나쁜 흥정은 아니었습니다. 테이프값으로 생각해도 특별히 싼 것은 아니었지요. 저만 가지고 있었던 것도 아니니까 대단한 희소성도 없었습니다.

그 사람은 제 감시자들 눈에 뜨이고 싶지 않아 했기 때문에 아파트에서 제가 직접 테이프를 가져와야 했습니다. 우리는 호텔 재생기에 테이프를 걸고 그 유령이 나오는 부분만 집중적으로 반복해서 보았습니다.

'재미있지 않습니까?'

한 아홉 번쯤 반복해서 본 뒤 그가 말했습니다.

저는 뭐라고 대답해야 할지 몰랐습니다. 물론 우리의 바보 같은 행동은 우스꽝스러웠습니다. 하지만 그가 재미있다고 생각하는 것은 그 우스꽝스러움이 아니었던 게 분명했습니다. 그렇다고 '뭐가 말씀입니까?'라고 물을 만큼 제 직업 정신이 희미해지지는 않았습니다.

다행히도 그는 제 질문을 기다리지 않았습니다.

'물리적으로 존재하지 않는 것이 분명한 대상에 대해 이 많은 사람이 모두 같은 반응을 보였다는 것이 정말 흥미롭지 않습니까? 그렇다면 그 대상이 존재하지 않는다고 주장하는 것은 우스꽝스럽습니다. 하지만 저 유령은 어디에 존재했던 것일까요? 우리 머릿속일까요?'

그는 그 뒤로도 비슷비슷하게 모호한 말들을 늘어놓다가 다짜고짜 나타났던 때와 마찬가지로 갑자기 나를 호텔 방에서 밀어냈습니다. 저는 넘겨받은 100달러짜리 금화들을 주머니 안에서 가지고 놀면서 루블료프호텔을 떠났습니다.

그 뒤로 저는 오를로프라는 사람의 뒷조사를 시작했습니다. 흥미가 당겼습니다. 그는 페트로그라드대학의 문학 교수였지만 정부가 바뀌는 동안 어쩌다 '비합법적 외교관'이 된 사람이었습니다. 당신처럼 말입니다.

러시아 스파이가 정부 일이 분명히 아닌데 테이프를 조사하고 있었다면 뭔가 돈벌이가 되는 일일지도 모른다는 생각이 들더군요. 그래서 저는 사립 탐정을 고용해서 그 사람 뒤를 밟았습니다. 당신이 그때 저를 봤다면 언제나처럼 제가 어리석게 군다고 생각했겠지요. 하지만 당신네들이 원하는 대로 제가 늘 그렇게 몸을 움츠리고만 산다면 무슨 재미가 있겠습니까?

제가 고용한 사립 탐정은 유능했지만 소설에 나오는 것 같은 명탐정은 아니었습니다. 그가 알아낼 수 있었던 것은 모두 표면적인 정보들이었습니다. 그가 어디서 누굴 만났다, 그가 어디에서 무얼 먹었다…….

그런 표면적인 정보 일부는 쓸 만했습니다. 제가 그를 조사하는 것처럼 그 역시 어떤 그룹의 사람들을 조사하고 있었습니다. 그리고 그들 중 일곱 명은 제가 꽤 잘 아는 사람들이었습니다. '가족'이었으니까요.

어느 정도 정보가 쌓이자 슬슬 내용을 몰라도 오를로프가 쫓는 사람들을 연관 지을 수 있었습니다. 그러나 여기서부터 점점 불안해지더군요. 오를로프가 쫓는 사람들 주변에는 이상하게도 몇 년 전 살해당한 사람들이 많았습니다. 그것도 그 '머리 도둑'이라는 연쇄살인마한테 말입니다. 당시 경찰들은 무시하고 있었지만, 우리 사이에서는 그가 동성애자 연쇄살인범으로 통하고 있었습니다. 머리 도둑이 죽인 사람들이 모두 동성애자들은 아니었지만 반수가 넘었으니 결코 예외라고 할 수는 없었습니다.

제가 보았던 화성인 유령이 말한 그 음습한 경고가 떠올랐습니다. '너희는 모두 죽어.' 그건 머리 도둑이 우리를 모두 죽여 없앨 거라는 예언이었을까요? 하지만 이미 머리 도둑은 죽은 것으로 알려져 있었습니다. 그러나 오를로프가 그 사건에 관여했다는 것을 알게 된 이상 신문 보도 따위는 믿을 수가 없었습니다. 이곳 신문들은 진실을 아는 데 아무런 도움이 되지 않습니다. 무언가 제대로 된 정보를 얻으려면 직접 사람들을 만나야 합니다.

저는 오를로프가 만나는 사람들을 하나씩 만나가며 빈칸을 채워갔습니다. 그들의 인척 관계와 교우 관계를 분석하면서 서로에 대한 연관성을 찾으려고 했지요. 그러는 동안 서서히 그림이 그려졌습니다. 오를로프가 만나는 사람들은 대충 두 그룹이었습니다. 하나는 의천화성연구학회였고 다른 하나는 '블루서클'이라는 이름으로 알려진 의천 문화 상류층들의 모임이었습니다. 그리고 이 두 그룹의 교집합에는 단한 명의 사람이 있었습니다. 소설가이며 물리학자였던 이반 바시킨이라는 남자였지요. 바시킨은 지난 세계부터 벌어진 자연과학과 인문학 사이의 틈을 무너뜨리려는 데 열심인 남자였습니다.

마침 바시킨은 '분열된 문화'라는 제목으로 의천시립대학에서 공개 강연을 하고 있었습니다. 저는 오페라 예약을 하나 취소하고 그의 강연을 들으러 갔습니다.

강연은 재미있었습니다. 두 문화의 화합을 강조한다는 취지에는 어긋나게 공격적이었지만 말입니다. 바시킨의 주장은 한마디로 현대 인문학은 기본 토대가 없는 허상이며 현대 문명의 빈곤은 순전히 이들이 자신의 무식함을 인정하지 않기 때문에 온다는 것이었습니다.

저는 그의 강연을 잽싸게 노트한 뒤 그럴싸한 질문들을 조립했습니다. 강연이 끝나자 저는 바시킨에게 다가가 그가 좋아할 만한 질문을 몇 개 던졌습니다. 그러다 그가 방심한 틈을 타서 물었습니다.

'선생 주장은 잘 알겠습니다. 그런데 과연 의천화성연구학회와 블루서클, 그리고 머리를 자르는 연쇄살인범과 화성의 유령 사이에 어떤 관계가 있을까요?'

바시킨은 갑자기 긴장했습니다. 그는 잠시 주변을 둘러보다가 얼굴을 내 귀에 들이대고 속삭였습니다.

'얼마나 알고 있습니까?'

'알 만큼은 압니다.'

그는 걱정스러운 표정을 지으며 말했습니다.

'이건 선생의 목숨이 달린 문제일 수도 있습니다. 깊이 생각하고 답변해주십시오. 가입하실 생각이 있습니까?'

'아직 모르겠습니다.'

'아, 그렇다면 얼마나 알고 있는지 물어봐도 될까요?'

저는 그에게 제가 지금까지 했던 조사에 대해 들려주었습니다. 제 이야기를 다 들은 그는 안심하는 것 같았습니다. 제가 그의 예상보다는 아는 게 적다는 걸 알았기 때문이겠지요.

우리는 정중한 인사를 나누고 헤어졌습니다. 저는 그 뒤로 조사를 중지했습니다. '목숨이 달린 문제'라는 바시킨의 으름장에 겁에 질리기도 했지만 더 이상 파고들 구석이 없었기 때문입니다. 결정적으로 오를로프 교수가 의천시를 도망치듯 떠나버려서 제가 할 수 있는 일이 없었습니다."

열아홉

"한동안 잊고 있던 화성 유령을 다시 만나게 된 것은 바로 다섯 달 전의 일이었습니다. 전 당시 신디케이트 사람들이 '실험 그룹'이라고 부를 만한 몇몇 사람과 어울리고 있었습니다. 있잖습니까, 늘 새로운 마약과 미약을 실험하고 그걸 대중에게 전파하는 사람들 말입니다.

제 전과 기록으로 절 오판하지 말기 바랍니다. 전 마약 중독자가 아닙니다. 물론 가끔 유리꽃 정도는 하고 새 마약을 실험하는 날도 있습니다. 하지만 전 될 수 있는 한 뇌를 깨끗하게 유지하는 편입니다. 제가 마약 소지 혐의로 그처럼 자주 걸렸던 건 필리핀 사법 당국의 결벽증 때문입니다. 그 사람들은 동성애라는 말을 쓰기도 싫어합니다.

제가 그 '실험 그룹' 사람들을 만나고 있었던 것도 마약 때문은 아니었습니다. 좀 더 심심한 이유 때문이었지요. 그 실험 그룹에는 시립예술극장 오페라단의 예술 감독이었던 강춘혁이라는 사람이 있었는데, 그 사람은 제가 언제나 만나고 싶어 했던 신디케이트의 중간 보스와 연결이 되어 있었습니다. 그 사람에게서 마약을 제공받고 있었으니까요. 그때까지만 해도 전 신디케이트와 손을 잡는 게 꽤 좋은 생각이라고 믿고 있었습니다. 네, 정말 바보 같았습니다. 인정합니다.

그날 우리는 강춘혁의 거실에 모여 뭔가 굉장히 쓸데없는 이야기를 하면서 시간을 흘려보내고 있었습니다. 저녁이 끝난 뒤, 그 강춘혁이라는 남자가 새로운 마약을 구했는데, 한번 실험해보지 않겠냐고 말했습니다. 그의 말에 따르면 그 마약은 지금까지 나온 어떤 종류의 것과도 달랐습니다. 단순히 뇌의 화학 물질 분비를 자극하는 것과는 차원이 다르다는 것이었지요. 강춘혁의 주장에 따르면 그 마약은 실제 이상으로 구체적인 환상을 창조해낸다는 것이었습니다.

당연히 저는 그 약을 어디서 구했냐고 물었습니다. 강춘혁은 히죽히죽 웃으면서 러시아의 모 연구 단지에서 구했다고 하더군요. 그는 거기서 입을 다물었지만 모두 그게 무슨 뜻인지 짐작할 수 있었습니다. 모두들 '화성 마약'이라는 것에 대해 조금씩 알고 있었습니다. 러시아의 어떤 과학자가 화성에서 가져온 어떤 생물의 표본에서 강력한 마약 성분을 뽑아냈다는 것이었습니다. 드디어 소문으로만 들었던 그 환상의 약물을 직접 접할 수 있게 된 것입니다.

강춘혁은 금고에서 작은 실험관에 담긴 갈색 가루를 꺼냈습니다. 그는 가루를 증류수에 한 스푼을 떨군 뒤, 흔들었습니다. 가루가 가라앉자, 그는 스포이트로 위에 뜬 맑은 물을 떠냈습니다.

'누가 먼저 시작하겠어?'

그가 물었습니다.

제가 아직 이름을 익히지 못한 남자 한 명이 손을 들었습니다. 강춘혁은 그에게 얼굴을 뒤로 젖히라고 말한 뒤 마치 안약이라도 되는 것처럼 스포이트로 눈에 그 액체를 한 방울 떨어뜨렸습니다.

'마음 느긋하게 가져. 약효가 돌려면 한 시간은 걸리니까. 그동안 시도해볼 사람 또 없나?'

왜인지는 모르지만 즉시 효과가 없다는 게 사람들의 마음을 풀어놓았습니다. 스포이트의 액체는 순식간에 우리 눈 안으로 사라지고 말았습니다.

그 경험을 어떻게 묘사해야 할까요? 약을 떨구고 40분쯤 지나자 서서히 제 몸이 떠오르는 듯한 기분이 들었습니다. 마약 경험이 있는 사람들에게 이런 느낌 자체는 꽤 익숙합니다. 하지만 그 경험은 이상할 정도로 뚜렷했고 제 정신 역시 아주 맑았습니다. 이런 분명한 기분과 모순되게 제 육체가 여전히 소파에 고정되어 있다는 게 문제이기는 했지만 말입니다.

그러는 동안 제 감각은 서서히 확장되기 시작했습니다. 보통 우리는 두 눈으로 3차원적인 세계를 반쯤 2차원적으로 보는 데 익숙해져 있습니다. 하지만 전 서서히 그 방에 있는 사람들과 사물들을 완전히 3차원적으로 볼 수 있었습니다. 상하좌우 모든 부분에서 말입니다. 심지어 저는 제 얼굴과 등, 엉덩이까지 동시에 볼 수 있었습니다. 어떻게 그럴 수 있었냐고요? 저도 대답하기 힘들군요. 그걸 표현할 만한 단어가 없습니다. 하여간 전 난생처음으로 사물을 '본다'는 느낌을 받았습니다. 지금까지 제 눈은 그림자처럼 색깔 없는 평면만 감지하고 있었던 것입니다.

'본다'는 느낌이 절정에 달했을 때, 서서히 저의 현실 감각은 깨지기 시작했습니다. 더 이상 제가 앉아 있는 공간은 소음과 색만 존재하는 조용한 곳이 아니었습니다. 무언가 초자연적인 어떤 것이 섞여 있었습니다. 보이지도 들리지도 않았지만 분명 살아 있고 생각도 할 줄 아는 어떤 것들이 투명한 공기 속에서 우리를 비웃으며 돌아다니고 있었습니다.

저는 손을 뻗어 그 투명한 존재를 만지려 했습니다. 무언가 닿았다고 느끼던 바로 그 순간 제 몸이 앞으로 확 당겨지더군요. 저는 보이지도 않는 그 존재에 끌려서 방을 빠져나왔습니다.

복도를 걷는 동안 저는 점점 이상한 느낌이 들었습니다. 우선 이 집의 복도가 이렇게 길 수가 없었습니다. 100미터쯤

걸은 것 같은 기분인데, 여전히 맞은편 문은 한참 앞에 놓여 있었습니다. 게다가 걸어가는 동안 복도의 색이 서서히 바뀌었습니다. 베이지색의 모던한 벽은 축축한 적갈색으로 변했고 주변의 공기도 차가워졌습니다. 저는 공기 속에 섞인 고운 모래 먼지까지 느낄 수 있었습니다.

마침내 우리는 문 앞에 도달했습니다. 투명한 존재는 보이지 않는 팔을 뻗어 문을 확 밀더군요. 문이 열리자 저는 오래전에 폐허가 된 거대한 건물 안으로 들어왔습니다. 벽은 군데군데 깨어진 투명한 유리로 되어 있었고 거미줄처럼 얼기설기 엮인 가느다란 모래색 기둥이 그 벽들을 지탱하고 있었습니다. 마치 거대한 잠자리 날개로 엮은 텐트에 들어온 기분이었습니다.

제가 들어선 곳은 건물의 중앙에 위치한 거대한 홀이었습니다. 그리고 제 시선의 끝에는 왕좌처럼 높은 곳에 의자가 놓여 있었고 그 위에는 녹색의 수수한 드레스를 입은 깡마른 화성인 여자아이가 앉아 저를 내려다보고 있었습니다. 저는 화성인들의 얼굴을 구별할 수 없었지만 아무래도 그녀는 제가 몇 년 전에 강신술 때 보았던 그 화성인인 것 같았습니다.

'아, 당신이 돌아왔군.'

화성인은 이번엔 정확한 외교관 영어로 저에게 말을 걸었습니다.

저는 그녀에게 다가가 발에 키스했습니다. 왜 그랬는지는 모릅니다. 하지만 굉장히 높은 사람처럼 보였고 그런 식으로 인사하는 것이 예의일 거라는 생각이 들었습니다.

화성인 여자아이는 거만한 표정으로 저를 노려보았습니다. 그 매서운 검은 눈동자가 쏘아대는 눈빛에 소름이 쫙 끼치더군요.

'당신은 겁쟁이야. 우린 겁쟁이는 필요 없어. 하지만 나를 설득해봐. 당신은 나에게 무슨 선물을 줄 수 있지?'

저는 잠시 어리둥절했습니다. 그녀는 수수한 옷을 입은 멸종한 종족의 유령이었지만 어딘지 모르게 모든 걸 완벽하게 갖추고 있는 것처럼 보였습니다. 저는 그녀를 만족시킬 만한 선물이 무엇인지 알 수 없었습니다.

'생각을 해! 그리고 당신을 보여줘봐.'

제가 한동안 머뭇거리자, 그녀는 짜증이 난 듯 외쳤습니다.

그 순간 저는 상의를 벗어 던지고 가슴에 손톱을 박은 다음 피부를 양쪽으로 잡아당겼습니다. 아무런 고통도 느껴지지 않았고 피도 흐르지 않았습니다. 그리고 피부가 벌어진 틈으로 온갖 것이 쏟아져 나오더군요. 달팽이, 개구리, 낡은 잡지들, 부러진 단장, 찢어진 손수건…….

그녀는 제 몸속에서 쏟아진 쓰레기들을 어이가 없다는 듯 바라보더니 저에게 이렇게 말했습니다.

'당신에게 취할 수 있는 것은 껍데기뿐이군. 하지만 우리에

게는 그런 껍데기도 필요해.'

그러고는 저를 발로 걷어찼습니다. 제 몸은 순식간에 뒤로 빨려 나갔고 다섯을 세기도 전에 다시 제가 여행을 떠났던 거실의 소파로 돌아왔습니다. 제 몸이 소파에 닿는 바로 그 순간 세상은 납작해지기 시작했습니다. 약효는 사라졌고 저는 다시 평범한 의식으로 돌아왔습니다.

저는 시계를 보았습니다. 눈에 그 약을 넣은 지 벌써 네 시간이나 지나 있었습니다. 그 순간 제 주변 사람들도 하나씩 정신을 차리기 시작했습니다.

우리는 서로의 경험에 대해 이야기했습니다. 하지만 화성인을 만난 사람은 저밖에 없었습니다. 심지어 화성과 관련된 환상을 겪은 사람도 저밖에 없었습니다. 강춘혁은 비토 로마노와 함께 〈상상병 환자〉의 아리아를 같이 부르는 꿈을 꾸었고, 처음 약을 눈에 넣은 사람은 커다란 새를 타고 지구를 한 바퀴 도는 꿈을 꾸었다고 합니다. 애인 사이였던 두 합창단원은 꿈속에서 상대방이 되어 정사를 나누는 꿈을 꾸었다고 고백했습니다.

꿈의 내용은 모두 달랐지만 공통점이 있었습니다. 그것은 꿈을 꾸는 동안 우리의 생각이 흐려지는 일 따위는 없었고 꿈 자체도 현실 이상으로 선명했다는 것이었습니다. 그리고 3차원의 사물을 진정한 3차원으로 볼 수 있는 그 기묘한 입체시의 느낌 역시 모두가 느꼈습니다."

스물

“강춘혁은 ‘화성 마약’으로 돈을 벌 생각 같은 건 없었습니다. ‘실험 그룹’ 사람들이 대부분 그렇지요. 대중에게 약이 흘러들어 가기 전에 될 수 있는 한 오랫동안 약을 독점하고 싶어 하는 겁니다. 당연히 그는 약을 늘 금고 깊숙한 곳에 숨겨놓고 가끔 친구들과 놀 때만 사용했습니다.

제가 그걸 기회라고 생각했다면 이상한 일일까요? 하긴 당신은 제가 영감 돈으로 가끔 오페라 구경이나 하는 걸로 만족해야 한다고 생각하니까요.

저는 아는 친구들과 과학자들(천한린 역시 포함되어 있었습니다)을 통해 화성 마약에 대한 정보를 캐내기 시작했습니다. 대부분 소문이었지만 그중에는 공통되는 정보들도 많았습니다. 제가 거의 확신할 수 있었던 것은 이런 정보들이었습니다. 화성 마약은 화성에서 가져온 미생물을 이용해 만드는데, 이 미생물은 실험용 흰쥐를 숙주로 삼아 기를 수 있다고 했습니다.

강춘혁의 다섯 번째 파티 때 저는 기회를 잡았습니다. 스포이트를 눈에 떨구는 동안 잽싸게 한 방울을 손바닥에 숨겨둔 작은 병에 담았지요. 파티가 끝나자, 저는 허둥지둥 집으로 돌아와 기다리고 있던 거리 약종상의 도움을 받아 그 약물을 쥐의 몸에 주입했습니다.

다음 날 저는 강춘혁의 소개로 만난 신디케이트 사람을 찾아갔습니다. 그 사람은 김진석이라고 했습니다. 처음 만나는 사람이었지만 이름은 익숙했습니다. 전 그의 부하들과 오래전부터 거래를 해왔으니까요. 그는 신디케이트의 싱커 전담 책임자였습니다. 그의 전담 약물은 싱커였지만 강춘혁을 위해서는 따로 신경 마약을 챙겨주고 있었던 모양입니다.

김진석 역시 그 화성 마약에 대해 알고 있었기 때문에 이야기는 쉽게 풀렸습니다. 그 사람도 싱커 노점상들을 책임지는 일로 평생을 보내고 싶지 않았겠지요.

김진석의 도움을 받아 저는 신디케이트의 중간 보스를 만날 수 있었습니다. 신디케이트 사람들은 당신이 생각하는 것처럼 무시무시한 악당들이 아닙니다. 그들도 사업가입니다. 단지 사업 대상이 살짝 불법적인 쪽으로 뻗어 있는 게 다를 뿐입니다.

그들은 화성 마약의 가능성에 상당한 관심을 보였습니다. 떠도는 소문이 맞다면 이 마약은 제조도 쉬웠습니다. 일단 기본이 되는 미생물만 확보하고 약간의 공간과 생물학적 지식이 있는 인력만 확보한다면 어디서건 만들 수 있으니까요.

우리는 계약을 맺었습니다. 늘 그렇듯 이중 계약이었습니다. 합법적인 거래를 위장한 첫 번째 계약서가 있었고, 지하 세계에서만 통용되는 두 번째 계약서가 있었습니다. 둘은 별도였지만 서로 연결되어 있었고 신디케이트는 법적으로도, 지하 세계의 법률로도 저를 구속할 수 있었습니다. 물론 저 역시 그 계약서에 따라 제 권리를 주장할 수 있었습니다. 이 도시에서 일어나는 일을 생각해보면 신디케이트와의 계약은 상당히 단단한 것이었습니다. 어떻게 보면 현금보다 믿음직했지요.

계약이 끝나자, 저는 쥐를 넘겨주었습니다. 크게 한몫 잡았다고 기뻐하는 것도 한순간이었습니다. 몇 개월이 지나도 그쪽 반응이 미적지근했습니다. 제가 어떻게 되었냐고 물어보면 계속 기다리라고만 하더군요.

나중에 저는 김진석에게 일이 점점 꼬인다는 말을 들었습니다. 신디케이트에서는 약물을 안정적으로 대량 생산하는 방법을 터득하는 데 성공했습니다. 하지만 신디케이트의 생물학자들은 상품화를 계속 주저한다고 했습니다. 우선 그들은 어떻게 그 미생물과 화학 물질이 그처럼 복잡한 환각을 만들어내는지 알아내지 못했습니다. 그 사람들이 그런 데 신경을 쓰는 게 이상하다고요? 그렇지는 않습니다. 지식이 부족하다는 건 그만큼 약물 유통을 통제하기 어렵다는 말입니다.

게다가 다른 부서에서도 이 약물에 부정적이었습니다. 아시겠지만 신디케이트의 마약 산업의 72퍼센트는 싱커와 만나가 차지합니다. 이 사업의 기반이 되는 것은 잠깐의 환락을 얻으려 푼돈을 터는 일반 대중이지, 복잡한 형이상학적 경험을 하려는 사치스러운 사람들이 아니라는 말입니다. 그쪽에서는 화성 마약이 싱커나 만나 부서에 위협이 될 만큼 사업적인 가치가 없다고 생각했던 모양입니다.

이렇게 주저해서는 제가 떡고물을 챙길 기회도 사라질 판이었습니다. 김진석에게 맡겨놓고 가만히 앉아 있을 수는 없었습니다. 그래서 지름길을 택하기로 결심했지요.

일단 신디케이트 사업에 말려들자 전에는 몰랐던 정보들이 솔솔 들어오기 시작했습니다. 그중 제게 가장 쓸 만한 정보는 이청양과 안드레이 만케비치가 서로 알고 지내는 사이였다는 것입니다. 저는 전부터 안면이 있었던 이청양에게 부탁해서 만케비치를 소개받았습니다.

만케비치를 유혹하는 것은 쉬웠습니다. 그와의 섹스는 지루했지만 적어도 전 신디케이트가 화성 마약에 다시 관심을 쏟도록 그를 유도할 수 있었습니다.

그러나 그가 약속한 지 며칠도 되지 않아 죽어버렸던 겁니다! 도대체 누가 그를 죽였는지 몰라도, 전 모든 일들을 처음부터 다시 시작해야 했습니다. 게다가 이번엔 일이 더 어려웠습니다. 강현상과 만케비치의 잔당이 벌이는 파워 게임 사이에서 균형을 잡아야 했으니까요. 신디케이트는 카오스였습니다.

저는 둘 중 어느 쪽 편도 아닌 것처럼 시치미를 뚝 떼며 사업 가능성을 계속 확인했습니다. 하지만 그들은 저에게 속지 않았습니다. 더욱 화가 나는 것은 그들이 화성 마약의 상업적 가능성을 점점 회의하게 되었다는 점이었습니다. 그러나 이번에는 사정이 좀 달랐습니다. 그들은 화성 마약에서 판매 이익 이외의 어떤 용도를 발견한 것 같았습니다. 이제 저는 화성 마약을 담당하는 생물학자들이나 화학자들과 접촉할 수도 없었습니다.

저는 다시 김진석에게로 돌아갔습니다. 김진석 역시 자신이 따돌림당하고 있다고 생각했습니다. 그는 자기 생각보다 정치적 수완이 없는 사람이어서 양쪽 모두한테서 밀리고 있었습니다. 신디케이트에서 가장 형편없는 친구가 제 유일한 원군이었던 셈입니다. 적어도 제대로 된 유일한 정보원이긴 했습니다만.

그의 말에 따르면 신디케이트 내부의 권력 쟁탈전은 갈수록 비정상적이 되어가고 있었습니다. 만케비치가 죽은 뒤로 신디케이트는 만케비치와 강현상의 패거리들로 이분되어 있었습니다. 하지만 시간이 흐르면서 이들의 분쟁은 점점 이상한 쪽으로 흘러갔다는군요. 분명한 두 파가 분열되기는 했는데, 그 정치적 알력이 너무 복잡해서 심지어 그들 자신도 분명히 이해할 수 없었다는 것입니다. 김진석이 저를 찾아왔을 때 그들은 대부분 네 그룹 이상 동시에 가입해 있었습니다. 김진석은 그들이 화성 약물을 결속력을 강화하기 위해 사용한다고 덧붙였습니다.

그러나 중요한 건 그게 아니었습니다. 김진석과 저는 어떻게든 이 틈바구니에서 화성 마약에 대한 이권을 챙겨야 했습니다. 한참 머리를 굴린 끝에 김진석은 아이디어를 하나 내놓았습니다. 그가 가지고 있는 싱커 판매권의 일부를 강현상 패거리에 넘겨주고 대신 화성 마약의 독립 판매권을 끌어온다는 것이었습니다. 제가 이미 계약서를 쓴 상태였으니 이건 가능했습니다. 신디케이트 전체의 힘을 빌리는 것보다는 실속이 없었지만 다른 데에서 마약이 먼저 나오기 전에 어떻게든 선취권을 확보해야만 했습니다.

하지만 이 방법에는 문제가 하나 있었습니다. 어느 누구도 김진석에게 제작 방법과 샘플을 넘겨주지 않았다는 것입니다. 이번에는 제 계약서도 도움이 되지 못했습니다. 이미 전 신디케이트 쪽에 약물을 모두 넘겨주었고 그것들은 어느 쪽 계약서로 보더라도 그들 차지였으니까요. 게다가 김진석은 점점 바보처럼 그를 둘러싼 양쪽 세력들의 심기를 건드리고 있었습니다.

그러던 어느 날 만케비치 패거리의 한 사람이 저에게 다가오더니 김진석과 갈라지라고 말했습니다. 제가 예의상 거부하려 하자 그는 저에게 그 사진 한 장을 넘겨주더군요. 그게 뭐였는지 압니까? 필리핀에서 저와 영감이 함께 찍은 사진이었습니다. 정신이 핑 돌더군요. 그 사람이 어디서 그 사진을 구했는지는 모릅니다. 아마 외무부의 영감 특별 전담 부서에 스파이를 풀었나 보죠.

사진을 보니 슬퍼졌습니다. 당신은 믿지 않겠지만 전 정말 영감에게 상당히 깊은 감정이 있었고 지금도 그렇습니다. 그렇다면 왜 이런 식으로 돈을 뜯어내느냐고요? 그건 제가 살아가는 방식입니다. 어떻게 보면 제 나름대로의 애정 표현일 수도 있습니다.

그러나 지금은 감상에 젖어 있을 수 없었습니다. 어떻게든 사진 누출을 막아야만 했습니다. 우선 사진이 누출되면 제 생명이 위태롭고, 무엇보다도 어떻게든 영감의 정치적 생명을 유지시켜주고 싶었습니다. 그러나 그들이 일단 사진을 가지고 있는 한 김진석과의 관계를 끊는 것만으로는 위험이 해결될 수 없었습니다. 저에게는 다른 해결책이 필요했습니다."

스물하나

"며칠 동안 그 일로 얼마나 골치를 썩었는지는 기억나지 않습니다. 저는 불면증과 변비에 시달렸고 신경은 점점 예민해져갔습니다. 차라리 절 감시하는 외무부 친구들에게 고백해버릴까도 생각해봤습니다. 하지만 그런다고 그들이 신디케이트의 입을 막을 수 있을 것 같지도 않았습니다. 일이 잘못되면 죽는 건 이쪽도 마찬가지였습니다.

제가 할 수 있는 건 될 수 있는 한 조용히 굴면서 가끔씩 신디케이트의 요구를 들어주는 일이었습니다. 그 요구라는 것이 늘 그렇게까지 작은 것은 아니었지만 저로서는 선택의 여지가 없었습니다. 제가 '부려먹는' 다른 사람들 역시 선택의 여지가 없기는 마찬가지였습니다.

그러다 기회가 찾아왔습니다. 당시 저는 클럽 구석에 쪼그리고 앉아 위스커스를 추는 젊은 애들을 멍한 눈으로 바라보고 있었습니다. 그런데 안넬리제가 작은 키의 러시아 노인네를 저에게 데려와 소개하더군요. 그 남자와 저는 아이들을 노려보면서 요새 나온 영화나 연극에 대해 이야기를 나누었는데, 이상할 정도로 저랑 의견이 잘 맞았습니다. 그가 맘이 풀린 저를 자기가 머물고 있는 호텔까지 끌고 들어갈 정도였습니다. 그때까지만 해도 일이 이상하게 돌아간다는 생각은 들지 않았습니다.

뭔가 잘못되었다는 걸 눈치챈 건 그다음 날 아침이었습니다. 간신히 잠에서 깨어 눈을 비비고 있는데, 벌써 옷을 다 차려입은 그 양반이 다가와 싱긋 웃더군요. 그제야 전 그가 오를로프 교수라는 걸 알아차렸습니다."

"잠깐만요."

나는 허겁지겁 아빌라의 말을 막았다.

"정말 오를로프 교수였어요? 확실해요?"

"분명합니다."

"하지만 당신도 이미 오를로프 교수를 알고 있었잖아요. 어떻게 하룻밤이 지나도록 그 사람이라는 걸 모를 수 있어요?"

"제가 좀 취했던 모양이죠."

"얼굴 암기하는 걸로 먹고사는 당신 같은 사람이?"

"저보고 어쩌란 말입니까. 그냥 그렇게 됐는데. 제 이야기를 계속 들을 겁니까, 말 겁니까?"

나는 다시 의자에 몸을 묻고 손짓했다. 아빌라는 불평스러운 표정을 지은 뒤 계속 이야기를 시작했다.

"하여간 그 양반이 말하더군요.

'듣자 하니 선생이 아주 곤란한 입장에 말려들었다던데, 사실입니까?'

저는 고개를 끄덕였습니다.

'제가 그 사태를 완벽하게 해결할 수 있는 방법을 알고 있고, 그 방법을 지금 선생에게 알려드린다면 어떻게 하시겠습니까?'

반갑기 그지없는 소리였지만 그래도 저는 무작정 달려들고 싶지는 않았습니다.

'저한테 어떤 대가를 바라십니까?'

'그 방법 자체가 저에게는 대가입니다.'

저는 설명을 요구했습니다.

'좋습니다. 간단히 말씀드리죠.'

교수가 말했습니다.

'저와 제 친구들은 신디케이트의 존재에 심각한 위협을 느끼고 있습니다. 특히 최근 들어 벌어진 신디케이트의 내분 말입니다. 이번 싸움은 단순히 범죄 집단의 세력 다툼이 아닙니다. 일이 잘못 번진다면 수많은 무고한 사람이 다칩니다. 저와 제 친구들은 물론이고요. 해결책은 어떻게든 그들

의 전쟁을 끝내고 그들을 이 도시에서 몰아내는 것입니다.'

'신디케이트를 의천에서 몰아낸다고요? 그걸 어떻게 할 수 있습니까?'

'일반적인 방법으로는 불가능합니다. 하지만 저희는 얼마 전에 그 방법을 알아냈습니다.'

교수는 침대 옆에 놓여 있던 가방을 열었습니다. 안에는 투명한 액체가 든 유리병과 스포이트가 들어 있었습니다.

'화성 마약입니까?'

제가 물었습니다.

'미생물 변종을 이용한 약물이지요. 이 약물을 그들이 사용하는 약물과 바꿔치기하면 일은 끝납니다.'

'하지만 전 그 사람들이 어디에다 약물을 숨겨놨는지 모르는데요.'

'전 선생에게 전문 분야 이외의 일까지 요구하지는 않습니다. 선생은 도둑이 아니지 않습니까. 제가 요구하는 것은 보다 간단한 것입니다.'

그는 앞으로 할 이야기가 아주 재미있다는 듯 미리 웃어 보이며 덧붙였습니다.

'며칠 동안 선생의 몸을 좀 빌릴 수 있겠습니까?'

제가 영문을 몰라 어리둥절해하는 동안 갑자기 한 남자가 튀어나왔습니다. 분명히 문이 열리는 걸 보지 못했으니 예전부터 방 어딘가에 있었던 모양인데, 그 등장이 너무 갑작스러워서 마치 벽에서 튀어나온 것 같았습니다. 그는 뚱한 표정의 러시아인 남자였는데, 얼핏 보면 평범한 외모였지만 어딘지 모르게 기형이었습니다. 아마 이전에는 더욱 이상한 얼굴이었을 겁니다. 얼굴 군데군데 성형 수술의 흔적이 남아 있었지요.

남자는 억센 손으로 내 몸을 침대에 짓눌렀습니다. 그러는 동안 교수는 주사기를 꺼내 약물을 뽑아낸 뒤, 제 팔에 그 약물을 주사했습니다.

순식간에 힘이 쭉 빠졌습니다. 하지만 정신을 잃는다는 생각은 들지 않았습니다. 오히려 더 맑아졌지요. 그 때문에 갑작스럽게 제가 제 아파트에서 정장 차림으로 서 있다는 것을 깨달았을 때, 그 경험의 불연속면이 더욱 뚜렷하게 느껴졌습니다.

다시 정신이 들었을 때 저는 시립예술극장의 남자 화장실에서 막 나오는 중이었습니다. 손은 막 씻은 것처럼 젖어 있었습니다. 어딘지 모르게 검열된 영화에 출연하는 기분이었습니다. 무언가 중요한 일은 제가 안 보는 사이에 일어났음이 분명합니다.

서서히 이 모든 것이 환상일지도 모른다는 생각이 들었습니다. 알아내는 방법은 어렵지 않았습니다. 저는 휴게실 의자에 앉아 정신을 집중하고 제 등을 보려 했습니다. 몇 초 되지 않아 제 등이 보이기 시작했습니다. 그와 함께 화성 마약 때 체험할 수 있었던 입체시도 서서히 돌아왔습니다.

그렇다면 이 모든 것은 꿈일까요? 저는 뒤를 돌아다보았습니다. 퉁명스러운 표정의 한 중년 남자가 저를 째려보고 있었습니다. 아마 그가 노리고 있던 마지막 남은 의자를 제가 대신 차지했던 모양입니다.

그 순간 저는 그 입체시가 어떻게 발생하는지 알 수 있었습니다. 그건 단순히 3차원적으로 세상을 보는 것과는 달랐습니다. 저는 어느 순간부터 그 남자의 시선으로 세상을 보고 있었던 겁니다. 아시겠습니까? 제가 입체시가 가능했던 이유는 제 주변에 있는 몇몇 사람이 경험하는 시청각적 정보를 알 수 없는 방법으로 제가 받아들여 종합했기 때문이었습니다. 그 증거로 제가 아무도 없는 곳에 제 얼굴을 향하면, 순식간에 제가 보고 있는 저 자신의 정면 얼굴이 제 시야에서 사라졌습니다.

전 당황했습니다. 그렇다면 이것은 당시의 경험이 꿈이라는 증거가 될 수 없었습니다. 그렇다면 제가 지금까지 환상이라고 생각했던 것들은 어디까지가 꿈이었을까요? 분명히 전 하늘을 날지도 못하고 몸을 놔둔 채 둥둥 떠다니지도 못할 겁니다. 하지만 그 모든 게 꿈이었을까요?

그 순간 제 입체시는 흐려졌습니다. 제 시각 경험은 다시 보통 사람처럼 약간 깊이 있는 평면으로 돌아왔습니다. 그리고 제 앞에는 오를로프 교수와 함께 있었던 그 러시아 남자가 정장 차림으로 서 있었습니다.

남자는 씩 웃으면서 제 바지 주머니에 손을 쑥 집어넣더니 열쇠를 꺼냈습니다. 처음 보는 것이었습니다. 알루미늄으로 만들었는지 가볍고 표면이 살짝 거칠었으며 끝에는 작은 옥구슬이 달린 끈이 달려 있었습니다. 그는 열쇠를 주머니에 넣고 정중하게 인사를 한 뒤 사라졌습니다.

반항하고 싶은 생각이 없어졌습니다. 생각해보면 제가 그들에게 저항할 이유도 없었습니다. 분명히 그들은 제가 절대로 할 수 없는 어떤 신비한 방법으로 뭔가 거창한 일을 하고 있었습니다. 저는 그냥 간섭하지 않고 가만히 있기만 하면 되었지요. 일이 틀어져도 제가 책임져야 할 이유는 없었고 또 그들이 성공한다면 저로서도 좋은 일이었습니다. 물론 그들이 제가 모르는 어떤 일을 꾸미고 있었는지도 모르지만, 적어도 전 오를로프 교수의 말을 믿을 수밖에 없었습니다. 그는 이런 상황에서 잔인해질 수 있을지는 몰라도 노골적인 거짓말을 할 사람처럼 보이지는 않았습니다.

그들은 며칠 동안 제 몸을 인형처럼 조종하다가 결국 유치장에 버리고 떠났습니다. 그 뒤로 제 몸은 점점 부풀어 올랐고 굳어졌습니다. 그러나 유치장에 있는 동안에도 제 몸은 계속 뭔가 하고 있었습니다. 저는 그동안 꿈을 꾸었고 그 꿈은 생생한 입체시와 연결되어 있었습니다. 그동안 저는 마치 의천시 전체를 굽어보는 신처럼 느껴졌습니다. 적어도 지난 이틀 동안 이 도시에서 무슨 일이 일어났는지 궁금하시다면 저한테 물어보십시오. 반은 답변해드릴 수 있을 겁니다."

"좋아요. 누가 김진석을 죽였죠?"

"그 러시아인입니다. 그 사람은 얼마 전에 프랑스인 한 명도 죽였습니다."

"왜요?"

"제가 어떻게 알겠습니까? 이유나 동기는 묻지 마십시오. 전 본 것만 말할 수 있을 뿐입니다."

"그렇다면 지금 그 러시아인이 어디에 있는지 말해줄 수 있어요?"

"시립공원 근처에 있는 여관에 며칠째 머무르고 있습니다. 주소가 궁금하십니까?"

스물둘

여관방은 깨끗했다. 쓰레기통 근처에 쓰다 버린 냅킨 조각이 떨어져 있었고 방 전체에 화학약품과 향수가 뒤섞인 듯한 인공적인 향기가 감도는 것을 제외하면 사람이 살았다는 흔적도 없었다.

"두 시간 전에 정리하고 나갔답니다."

이윤겸이 말했다.

"하지만 이 남자가 맞는 것 같습니다. 인상착의를 확인해봤는데, 몇몇 목격자의 증언과 일치합니다. 아닐 수도 있겠지만 그쪽에게 인상착의를 이야기해준 적 없으니 맞겠지요. 어떻게 알았습니까?"

"목격자가 있어요."

"그 목격자를 만날 수 있습니까?"

"아뇨. 그건 못 하겠네요. 우리 측에서 관리하고 있어요."

"신디케이트의 일원입니까?"

"아뇨, 그리고 더 이상 그 사람 신원에 대해서는 묻지 말아요. 중요한 건 우리가 살인마에 대한 정보를 제공해줄 수 있다는 거예요. 그것도 상당히 신빙성 있는 것을요. 제가 전화로 불러준 다섯 정보는 확인해봤어요?"

"모두 맞습니다."

"그럼 그것으로 충분하잖아요. 우리 목격자를 법정에 세울 필요는 없을 거예요. 중요한 건 일단 살인마를 잡는다는 거니까."

"그 기특한 목격자는 살인범이 다음엔 누굴 노리고 있는지도 알고 있답니까?"

"그 사람은 목격자일 뿐이에요. 본 대로만 말하죠. 사람 맘은 읽진 못해요. 하지만 벌써 다음 살인을 계획 중이래요."

"누구를요?"

"몰라요. 하지만 이번에도 폭탄일 거래요."

"누가 살인 지시를 내리는지도 모른답니까?"

"역시 몰라요. 직접 지시를 내리는 사람은 없어 보였다더군요."

이윤겸은 의심스럽다는 듯 눈을 가늘게 뜨고 내 얼굴을 쳐다보았다.

"그 목격자는 이 모든 걸 어떻게 다 봤답니까?"

"더 이상 묻지 말아요."

"하지만 어떻게 가만히 앉아서 주는 정보만 받아먹을 수 있겠습니까? 바로 어제까지만 해도 수사를 사보타주하던 부서에서 정보를 떨구어주는데도요? 이제 댁들 외교전을 위해 조작된 정보가 아니라는 걸 어떻게 믿습니까?"

"그런 식으로 의심을 품는다면 살인마 자체가 조작일 수도 있지요."

"정말 그런 것 아닙니까?"

"그렇다고 다른 방법이 있나요? 이봐요. 바로 몇 시간 전까지만 해도 댁들은 범인에 대해 아무것도 몰랐어요. 하지만 지금은 상세한 몽타주를 작성해줄 수 있는 목격자들을 확보했고, 범인의 지난 이틀 동안 행적을 알고 있죠. 게다가 겨우 두 시간밖에 늦지 않았다고요. 아무리 미심쩍다고 해도 일단 시도를 해보는 게 어때요?"

이윤겸이 반박할 말을 고르고 있는 동안 나는 아래층으로 내려갔다. 이미 통경에서 보낸 수사팀들이 장비를 잔뜩 끌고 계단을 오르고 있었다. 나는 그들을 외면하고 여관 건물을 빠져나왔다.

나는 길 맞은편에 있는 커피숍으로 들어갔다. 조사관은 아직도 자리에 남아 나를 기다리고 있었다.

"이게 현명한 짓이라고 생각하나요?"

조사관이 말했다.

"방금 당신이랑 똑같은 태도로 떠드는 남자한테 취조받고 왔어요. 또 시작하지 말아요. 댁이 할 일은 이것으로 끝났어요. 우린 아빌라를 잡았어요."

"정보 유출은요?"

"대단치 않아요. 이미 우린 아빌라가 준 정보로 사진을 압수했어요. 사진에 대해 알고 있는 신디케이트 요원들은 모두 잡아 구금해두었고요. 그 사람들을 잡아먹건 산 채로 묻건 그거야 제가 알 바 아니죠."

"신디케이트의 소문이 유출되면요?"

"증거가 없어요. 사진이 없으면 헛소문에 불과해요."

"살인마가 영감에 대해 불어버린다면?"

"과연 살인마가 영감에 대해 알고 있기나 할까요? 알고 있다고 해도 또 어때요? 그 역시 소문에 불과해요. 애당초 아빌라의 증언 자체도 초자연적이에요. 그 사람이 영감에 대해 증언할 수 있다고 해도 마찬가지로 초자연적인 소스에 의한 정보일 테니 역시 아무런 의미가 없고요. 만약 잡혀서 쓸데없는 걸 떠들어댄다고 해도 일이 커지기 전에 우리가 처리할 수 있어요. 쓸데없는 걸 떠들 수 있는 사람이라면 잡히기 전에도 정보가 유출될 수 있으니 더욱더 빨리 잡아야 하고요. 게다가 우린 살인자를 잡을 만한 인력도 없어요. 어떻게든 통경의 힘을 빌릴 수밖에 없죠. 만약 통경이 범인을 잡는다면 그 순간부터 어떻게든 우리가 나서서 정보를 통제해야죠."

"이런 상황에서 어떻게 그렇게 사무적일 수 있지요? 뭔가 굉장히 일이 이 도시에 일어나고 있습니다. 그것도 거의 초자연적인 현상이요. 그런데 지금 당신은 마치 그게 일상 잔업처럼 이야기하는군요."

"초자연적인 현상이라고 해서 특별히 다르게 대우해야 하는 것은 아니에요. 다르게 다룰 방법도 없고요. 그런데 아빌라는 지금 어떻게 지낸답니까?"

"자유는 끝장났지요. 안가에 감금되어 있습니다. 화장실에도 혼자 못 간답니다. 지난 며칠 동안 본 것을 다 털어놓기 전까지는 거기서 꼼짝도 못 할 겁니다."

"과연 살아 나올 수 있을지나 의심스럽군요."

"그렇게까지 많이 압니까?"

"유치장 침대에 누워 있는 동안 별별 걸 다 본 모양이에요. 이 도시에서 벌어지는 외교전에는 분명 굉장한 무기가 되겠지요. 하지만 그 사람은 우리 측에서 무얼 하는지도 보았단 말이에요. 우리가 교과서에 나온 것처럼 똘똘 뭉친 배달민족이라면 문제가 안 되겠지만 사실 그런 것도 아니잖아요? 분명 그 사람이 무슨 엉뚱한 소리를 할까 봐 잔뜩 긴장한 사람들이 있을 거예요."

"어떻게 그런 일이 일어날 수 있지요?"

"저도 몰라요. 그거야 과학자들이 알아낼 일이죠. 하지만

한 가지 미스터리는 풀렸어요."

"어떤 것 말입니까?"

"머리 도둑요. 머리 도둑과 우리가 쫓던 살인자가 동일 인물이라는 건 이제 분명해요. 문제는 왜 머리 도둑일 때는 머리를 잘라내고 최근 들어서는 그런 짓을 하지 않느냐는 건데, 이건 화성 마약으로 설명할 수 있어요.

이렇게 생각해봐요. 화성 마약이 일종의 미생물이고, 그것들이 중독된 사람들의 뇌에 어떤 변화를 일으킨다고요. 그게 단순한 환각을 일으키는 정도가 아니라 텔레파시나 그 밖의 소설에서나 나올 것 같은 초능력을 일으킬 수 있게 한다고 가정해봅시다.

머리 도둑이 설칠 때는 아직 화성 마약이 인기를 끌기 전이었어요. 소수의 실험 그룹 사람들이 몰래 썼던 것에 불과했지요. 그랬으니 그 사람들의 머리를 잘라내서 파괴하는 것은 중요했겠죠. 만약 나중에라도 시체의 뇌에서 무언가가 발견되면 안 되니까요. 화성 마약은 약간의 샘플만 있어도 그걸 바탕으로 쉽게 대량 생산될 수 있어요. 그 마약의 메커니즘이 밝혀지면 그 역시 치명적으로 악용될 수 있고요.

하지만 신디케이트에 의해 약물이 대량 생산되기 시작하자 더 이상 일대일로 그 사람들을 처리할 수 없었죠. 이제 사태를 거시적으로 보고 판단해야 할 때가 된 거예요."

"흠, 듣고 보니 그 살인자는 일종의 전염병 대책반이군요?"

"그럴 수도 있죠."

"그렇다면 이건 더 이상 외교전이나 경찰 업무 이상의 것이 아닙니까?"

그건 그랬다. 그리고 그건 지금까지 내 머릿속에서 단 한 번도 떠오르지 않은 생각이었다. 이건 전염병이다. 지금까지 도시에서 일어난 수많은 이상한 일들은 모두 이것으로 설명된다. 아마 초능력을 부여받은 사람들은 극소수일 것이다. 대부분은 그냥 미쳐버린다.

"하지만 전염병이라면 벌써 의사들이 알아차렸을 거예요. 신문에도 났을 거고요."

"미친 학생들이 이유도 없이 선생 혀를 자르고 학교에 불을 질렀는데도 신문에서는 병의 가능성에 대해서는 한마디 말도 없었습니다. 그쪽도 마찬가지가 아니었습니까?"

스물셋

무영은 울렁거리는 배를 움켜쥐고 비행선의 동그란 창문을 통해 서서히 커져가는 비행장 아스팔트 바닥의 과녁을 바라보았다. 공항 유니폼을 입은 남자 세 명이 비행선에서 떨어뜨린 로프를 잡으려고 펄쩍펄쩍 뛰고 있었다. 매섭게 부는 겨울바람 때문에 그들의 악전고투는 희극적인 무언극으로 변해가고 있었지만, 무영은 웃을 수 없었다. 겨울바람에 휘둘리는 것은 밧줄뿐만이 아니었다.

간신히 밧줄이 고정되자 비행선은 엘리베이터처럼 수직으로 하강했다. 잠시 뒤 양쪽 벽에 푸른 불이 켜지고 바닥의 문이 열렸다. 아까 밧줄에 매달려 360도로 회전했던 직원이 억지웃음을 지으며 얼굴을 내밀었다. 그의 얼굴은 계단이 비행선 몸체에 고정되자마자 다시 사라졌다.

무영은 가방을 움켜쥐고 흔들리는 계단으로 내려갔다. 공항 건물에 들어가자마자 그녀는 화장실을 찾았다. 반나절 안에 먹은 것들을 모조리 토해내고서야 그녀는 간신히 안정이 되었다. 그녀는 입을 헹구고 얼굴을 씻은 뒤 다시 밖으로 나갔다.

세관 직원은 그녀의 가방 안에 빼곡하게 들어찬 약병에 조금 놀란 모양이었다. 어떻게든 이 가방을 막을 규칙을 찾으려 규정집을 뒤적거렸지만, 무영은 한 수 위였다. 약 때문에 애를 먹은 몇 년 동안 그녀는 이 방면에 거의 전문가가 되어 있었다. 15분 뒤, 그녀는 여전히 미심쩍다는 듯 노려보는 세관 직원을 뒤로하고 공항 밖으로 빠져나왔다.

그녀는 알약을 입에 털어 넣고 택시를 찾았다. 하지만 공항 앞 택시 정류장은 텅 비어 있었다. 노란 택시들이 끝도 없이 공항 앞을 지나치고 있었지만 정작 정류장 앞에 멈추는 차는 없었다. 그녀는 승객들과 함께 고함도 질러보고 손도 흔들어보았지만, 택시들은 손님을 태우는 것 따위에는 신경도 쓰는 것 같지 않았다. 그들은 그냥 맹렬히 질주하기만 했다.

무영은 조용히 포기하는 편이 낫겠다고 생각했다. 그녀는 가방을 안고 5분쯤 떨어진 거리에 있는 직행 전차 정류장으로 걸어갔다.

다행히도 전차는 정상적으로 운행되고 있었다. 그녀는 간신히 구석에 자리를 잡고 앉았다. 뒤늦게 택시 정류장에서 몰려온 사람들로 전차 안은 순식간에 꽉 찼다. 전차가 움직이기 시작하자 사람들은 택시 운전사들의 정신 나간 행태에 대해 욕을 퍼붓기 시작했다. 그들의 목소리가 가뜩이나 날카로워진 신경을 박박 긁자 무영은 양손으로 귀를 막고 창문 밖으로 시선을 고정했다.

그녀가 다녀온 사이 의천의 모습은 어딘지 모르게 바뀌어 있었다. 겉보기에 도시는 예전처럼 위태롭고 산만하게 움직이고 있었다. 하지만 그 위태로움과 산만함의 방식이 바뀌어 있었다. 택시들은 쉴 새 없이 지나갔지만, 손님을 태운 차는 단 한 대도 없었다. 노점상들은 마치 정렬된 군대라도 되는 양 물품 박스를 나란히 세워놓고 무뚝뚝한 얼굴로 지나가는 차를 노려보고 있었다. 가로등이 켜진 곳은 절반도 되지 않았다. 러시아구의 백화점 하나는 약탈이라도 당한 것처럼 창문과 입으로 검은 연기와 찢어진 종이 박스를 토해내고 있었다.

한국구에 막 접어들었을 때 전차는 갑자기 요란한 소리를 내며 멈추었다. 무영은 유리창을 열고 앞을 바라보았다. 한국 구경 제복을 입은 스무 명쯤 되는 남자들이 길 앞을 막고 있었다. 여기서 '구경 제복을 입은 남자들'이라고 표현한 이유는 개중 몇 명은 절대로 한국 구경이었을 리가 없었기 때문이다. 그들 중 세 명은 러시아인이었고 두 명은 자바인

같아 보였다.

대장인 듯싶은 남자가 전차 안에 올라탔다. 그는 무심한 태도로 곤봉을 흔들면서 외교관 영어로 외쳤다.

"잠시 실례하겠습니다. 차 안에 위험인물이 있다는 제보를 받았습니다. 잠시만 고생하시면 됩니다. 앞에 타신 분들부터 한 명씩 나와주시겠습니까?"

사람들은 투덜거리면서 한 명씩 전차에서 내렸다. 문 양옆으로 길게 늘어선 자칭 구경들을 그들의 물건들을 거칠게 풀어 하나씩 뒤지기 시작했다. 그들의 태도는 집요하면서도 허술했다. '위험인물'이 차 안에 숨어 있다면서 그들의 관심은 모두 짐에 쏠려 있었다. 그 위험인물이 창문을 통해 탈출할지도 모른다는 생각은 하지도 않는 듯했다.

반 시간쯤 잡아먹은 뒤 결국 전차 안은 무영만 남기고 텅 비어버렸다. 대장은 아직도 구석에서 가방을 끌어안고 앉아 있는 무영에게 징그러운 미소를 지으며 다가갔다.

"가방 좀 열어 보여주시겠습니까?"

무영은 겁에 잔뜩 질린 채 가방 지퍼를 반쯤 열었다. 대장은 손을 안에 쑥 쑤셔 넣고 약병을 한 줌 꺼냈다.

"흠……. 바닐린, 익스코딜……. 이것들 모두 항정신성 약물 아닙니까?"

"허가증이 있어요. 전 환자예요."

무영은 갈라진 목소리로 간신히 대답했지만, 남자는 그녀의 말 따위는 듣지도 않았다.

“야, 이 가방 하나만 해도 동네 약종상 여럿은 먹여 살리겠는데!”

그 소리를 신호로 지금까지 밖에서 사람들을 쫓아내고 있던 남자들이 우르르 안으로 들어왔다. 모두들 구경거리라도 생긴 듯 무영의 가방 안을 들여다보며 휘파람을 불어댔다. 그들의 행동은 산만하면서도 이상할 정도로 똑같아서 괴기한 느낌까지 들었다.

무영은 겁에 잔뜩 질려 탈출구를 찾았다. 창문은 아직 열려 있었다. 팔걸이와 손잡이 때문에 그들은 아직 무영의 몸에서 어느 정도 떨어져 있었다. 차 밖에서 그녀를 감시하는 사람은 아무도 없었다. 그녀를 잡을 수 있는 사람은 대장인 듯한 남자뿐이었는데, 그 역시 손에 쥐고 있는 약병에 정신이 팔려 있었다.

어떻게 그렇게 빨리 움직일 수 있었는지 그녀도 잘 알 수 없었다. 아마 얼마 전에 먹은 알약이 슬슬 효력을 발휘했는지도 모른다. 그녀는 가방을 움켜쥐고 체조 선수처럼 창밖으로 뛰어내렸다. 넘어지면서 얼굴과 손이 사방에 깔린 진흙으로 엉망이 되었지만 다치지는 않았다. 그녀는 정신없이 공원 쪽으로 달렸다. 차 안에 있는 남자들은 무영이 도망치자 미친 듯 고함을 질러댔다. 그들은 차 밖으로 뛰어나오려고 했지만 서로의 몸에 걸려 모두 넘어졌다. 운 좋은 서너 명이 차 안에서 빠져나왔을 때 무영은 이미 그들의 시야에서 사라진 뒤였다.

무영은 거의 두 블록을 정신없이 뛰었다. 간신히 안전하다는 느낌이 들자 그녀의 육체는 그대로 허물어져버렸다. 아스팔트 중간에 주저앉은 채 그녀는 헐떡이며 숨을 골랐다. 하늘을 쳐다보자 이상할 정도로 밝은 별들이 놀려대듯 요란하게 반짝거리고 있었다. 귀를 기울이면 그들이 내는 찰랑거리는 소리가 들릴 수도 있을 것 같았다.

그녀는 다시 일어났다. 공원 앞이었다. 어쩌다 보니 원래 목적지로 달아난 셈이었다. 그녀는 손수건으로 얼굴과 손을 닦고 가방을 든 뒤 천천히 걸음을 옮겼다.

공원 사람들은 비교적 정상적으로 보였다. 벤치에 앉아 있는 사람들이나 노상 식당 앞에서 국수를 기다리는 사람들 모두 조용하고 차분했다. 심지어 택시 운전사들까지도 여기서는 손님을 태우고 있었다.

그녀의 시선은 공원 기념비 앞에서 갑자기 멈추었다. 하얀 대리석 위에 누군가가 빨간 잉크로 갑골 문자 비슷한 것을 잔뜩 낙서해놓았던 것이다. 그녀는 기념비에 다가갔다. 갑골 문자를 읽지 못했지만 상관없었다. 기념비에 쓰인 글은 갑골 문자가 아니었다. 그건 화성어였다.

그녀를 불안하게 한 것은 기념비에 화성어가 쓰여 있다는 사실 자체가 아니었다. 그녀는 이 필체를 알고 있었다. 가벼운 중풍 증세에 시달리는 왼손잡이 노인의 정신없는 필체. 그녀가 알기로는 이 근처에서 화성어로 낙서할 수 있는 사람은 한 명밖에 없었다.

'하느님.' 그녀는 허겁지겁 아파트로 달려갔다. 엘리베이터에서 내려 812호로 달려간 그녀는 정신없이 청동 노커를 두드렸다. 두드리자마자 문은 끼익거리며 열렸다. 문은 애당초부터 잠겨 있지도 않았다.

아파트 안은 엉망이었다. 벽은 모두 빨간 글씨로 쓰인 화성어로 범벅이 되어 있었고 책과 신문은 갈가리 찢겨 있었다. 그리고 아파트 어느 곳에도 이윤구 교수와 미향의 흔적은 찾을 수 없었다.

그녀는 가방을 집어 던지고 다시 아파트 건물 밖으로 빠져나왔다. 머리가 핑 돌았다. 이제 어디로 가야 할까? 클럽? 교수의 친구들? 그녀의 머리가 제대로 돌았다면 당연히 집 안에서 전화로 확인부터 했겠지만 그녀는 그럴 여유도 없었다.

일단 그녀는 공원으로 다시 돌아갔다. 그녀는 교수의 산책로를 알고 있었다. 어떻게든 정신 나간 노인네를 잡아 다시 집 안으로 끌고 가는 것이 급선무였다.

스물넷

작고 차가운 손이 갑자기 무영의 어깨를 잡아당겼다. 그녀는 깜짝 놀라 뒤를 돌아보았다. 아직도 교복 차림인 미향이 조금은 비틀린 미소를 띠고 무영을 올려다보고 있었다.

"할아버지는 어디에 있니?"

무영이 허겁지겁 물었다.

미향은 여전히 태평스러운 표정으로 왼쪽 검지를 느릿느릿 관자놀이에 가져갔다.

"치올콥스키클럽……. 아마 다들 그쪽에 갔을 거예요."

"다들?"

"의천화성연구학회 사람들요."

"오늘 모임이 있니?"

"아마 다들 건물 옥상에 올라가서 개처럼 달 보고 짖고 있겠죠."

그녀의 말이 채 끝나기도 전에 두 대의 택시가 요란한 경적을 울리며 지나갔다. 미향의 외투가 요란하게 바람에 날렸지만 아이는 돌처럼 꿈쩍도 하지 않았다.

"주변이 조금 달라졌다는 느낌이 들지 않아요?"

미향이 물었다.

"조금? 너한테는 이게 조금이니? 이 도시 사람들이 전부 미쳐버린 것 같아!"

"아, 역시 잘못 볼 줄 알았다니까. 정작 미친 '사람'은 그렇게 많지 않아요."

미향은 무영의 팔을 끌고 공원 밖으로 빠져나갔다. 공원 밖은 아까보다 조용했지만 여전히 그 불안한 난장판의 느낌이 남아 있었다.

"조금도 위험하지 않아요. 균형만 잘 잡으면 돼요. 그리고 그거야 내 전문이죠. 잊지 않았겠죠? 내가 학교에서 배운 게 그것뿐인걸요."

"이곳 사람들도 너네 학교 아이들처럼 미쳤다는 거니?"

"아까 내가 하는 말 못 들었어요? 미친 사람은 아직 없어요. 우리 학교 애들도 마찬가지예요."

"저 사람들도?"

무영은 공원 담장 앞에 모여 담배를 피우고 있는, 까만 스판덱스 옷을 입고 카우보이모자를 쓴 남자들을 가리키며 외쳤다.

미향은 킬킬거리며 고개를 흔들었다.

"물론 아니죠. 저 사람들은 스캐빈저모창클럽 회원들이에요. 오늘 정기 모임이 있어요. 저기 봐요. 수위 아저씨도 있잖아요."

말이 끝나기가 무섭게 미향은 무영을 끌고 모창클럽 사람들에게 달려갔다.

"안녕, 아저씨."

미향은 맨 앞에 서서 악보를 들여다보고 있는 뚱뚱한 중년 남자에게 말을 걸었다. 남자는 미향을 알아보자 싱긋 웃었다.

"안녕."

"오늘 모임에서는 무슨 노래를 부를 거예요?"

"〈그대 때문에〉야."

"그 오소리 춤 나오는 것 말이에요?"

"맞아."

수위는 우스꽝스러운 표정을 지으며 양손을 얼굴 앞에 모으고 성미 고약한 육식동물 흉내를 냈다.

"참, 아저씨, 오소리가 사냥꾼을 만나면 어떻게 하는지 아세요?"

미향은 장난기 어린 미소를 지으면서 수위에게 물었다.

"모르겠는데?"

"이렇게 하죠!"

미향은 지휘하듯 오른손을 허공에 대고 휘저으며 이상한 주문을 외쳤다.

"헤이레카 미칼레티!"

그 순간 스캐빈저모창클럽 회원들은 모두 벼락이라도 맞은 것처럼 비명을 질러댔다. 그들은 고래고래 고함을 지르며 담장을 넘어 공원으로 순식간에 달아났다. 그들이 있었던 자리에는 이제 손때 묻은 악보만 뒹굴고 있었다.

"네, 인정해요. 여기서부터는 그렇게 정상적이지 않네요."

미향이 말했다.

"하지만 이걸 잊지 말아요. 이상하게 변한 건 사람이 아니에요. '사람들'이지요."

"어떻게 한 거니?"

무영이 물었다.

"주문이죠. 마술 주문요. 헤이레카 미칼레티! 로브레시 콜리브리! 비오마노아로 리오라노!"

"무슨 뜻이니?"

"아무 뜻도 없어요. 그냥 멋대로 조립한 헛소리들이에요. 제가 헌책방에서 중세 마술책이라도 발견한 줄 알아요?"

미향의 어투에 슬슬 강연조가 섞이기 시작했다.

"마법사들이 왜 주문을 사용하는지 알 것 같아요. 내가 춤을 추어야 한다면 난 각 단계를 몸으로 기억할 수 있어요.

왼팔을 올리고, 발끝을 들고, 180도 회전을 하는 식으로 말이에요.

하지만 육체를 쓰지 않고 두뇌만을 움직일 때는 사정이 달라요. 수학 계산이나 시 암기 따위를 이야기하는 게 아니에요. 그런 건 모두 언어화되어 있으니까. 전 제가 어디로 가야 하는지, 무엇을 해야 하는지 알죠. 하지만 초능력으로 저 쓰레기통을 뜨게 하려면?"

"정말 그렇게 할 수 있니?"

"아뇨. 못 해요. 그건 그냥 예일 뿐이에요. 자, 초능력으로 쓰레기통을 들어 올린다고 생각해봐요. 그 경우 머릿속에서 가상의 근육을 만들어 쓰게 되지요. 보이지도 않고 어떻게 움직이는지 감도 잡을 수 없는 그런 가짜 근육을요. 물론 말만 근육이지 진짜로 그런 근육 따위가 있는 건 아니에요. 이 모든 건 기억하기 힘들고 제대로 통제할 수도 없어요. 무엇이 어디에 있는지도 모르고 제가 한 행위를 언어로 기술할 수도 없으니까요.

주문이 이럴 때 도움을 줘요. 주문과 이런 초능력을 결합하면 기억하고 통제하기가 훨씬 쉽거든요. 주문은 일종의 청사진이나 지도 역할을 해요. 제가 '헤이레카'라고 말하는 동안 두뇌는 스캐빈저 패거리를 기겁하게 하는 그 특정 동작에 아주 가까워져요. 그러니까 전 주문을 읊으면서 어느 정도 엉성하게 이전의 초능력을 재현하는 두뇌를 좀 더 섬세하게 통제하면 되지요. 결국 아브라카다브라나 수리수리마수리 같은 주문들도 이런 역할을 하는 게 아닌가 싶어요. 진짜로 마법사 같은 사람들이 있다면 하는 말이지만."

"쓰레기통을 들 수 없다면 네가 할 수 있는 게 뭐지?"

"사람들을 움직일 수 있어요. 그것도 많을수록 쉬워요."

"어떻게?"

"내가 모든 걸 다 안다면 동화 속에나 나올 주문을 만들어 보조 도구로 쓰지는 않았겠죠. 하지만 지금 하는 것만 해도 굉장히 쓸 만해요. 볼래요?"

무영은 다시 팔이 잡혀 끌려갔다. 두 사람은 공원에서 벗어나 백화점가로 접어들었다. 지나가는 사람들은 비교적 멀쩡해 보였지만 무영은 여전히 사람들과 눈이 마주칠 때마다 소름이 쫙 끼쳤다.

"우선 사람들을 구별해야 해요."

미향이 조용히 설명했다.

"대부분 사람들은 여러 개 그룹에 동시에 속해 있어요. 우선 저 아저씨를 보세요. 일단 한국인이고, 남자이고, 알코올 중독자인 데다가, 축구광이지요. 벌써 넷이에요. 몸과 정신은 하나지만 네 개의 그룹은 저 아저씨를 각자 다른 방식으로 동시에 지배해요. 특히 지금처럼 많은 사람이 쏘다니는 노출된 공간에 나와 있을 때는 더욱 그렇지요.

일단 각자를 보지 말고 전체를 보는 방법을 익혀야 해요.

꼭 초능력 같은 게 필요하지도 않아요. 눈에 보이거든요. 사람들을 거대한 군무로 보고 패턴을 익혀봐요. 사람들이 그냥 섞여 있는 게 아니라 몇 개의 그룹을 지어 같은 리듬으로 움직이는 게 보일 거예요. 그리고 사람들은 대부분 서너 개 이상의 그룹이 섞여 있는 교집합 안에 있고요.

일단 그룹을 가려내면 일이 반은 끝난 거예요. 자, 이걸 봐요. 브라마타 브라이바나 샤카라하!"

그 순간 갑자기 풍신백화점 옆을 지나가던 100여 명의 사람들이 갑자기 멈추어 섰다. 그들의 행동은 아주 자연스러웠다. 하지만 주변 사람들이 동시에 이유 없이 멈추어 섰다는 걸 알아차리자 그들은 조금 놀란 모양이었다. 그들은 겁먹은 듯 서로를 쳐다보다 조심스럽게 그 자리를 떠났다.

"제가 무얼 했는지 정확하게 설명할 수는 없어요. 커다란 가짜 손을 만들어서 저 사람들의 등을 두드리는 것과 비슷해요. 하지만 세부사항은 완전히 달라요. 저 정도로 사람들을 움직이게 하려면 자전거를 조종하는 것과 비슷한 수준의 섬세함이 필요해요. 물론 더 복잡한 행동을 하게 조작할 수도 있지요. 이틀 전이었다면 저 사람들을 4열 종대로 세울 수도 있었어요."

"왜 지금은 못 해?"

미향은 얼굴을 찡그렸다.

"그룹이 흐려졌어요. 갈수록 그런 경향이 심해져가요. 몇 개월 전만 해도 이 도시에선 그룹 분포가 뚜렷했어요. 대부분 원래 출신 국가로 분류되었죠. 하지만 며칠 전부터 그 경계가 흐려졌어요. 너무나도 많은 그룹이 서로를 내세우며 사람들을 이리 끌고 저리 끌다 보니 사람들이 갈팡질팡하기 시작한 거예요. 사람들이 정신 나간 행동을 하는 것처럼 보이는 것도 그 때문일 거예요. 사람들은 멀쩡해요. 하지만 각 그룹이 통제력을 잃기 시작하고 있어요."

스물다섯

살인자는 러시아구와 중국구 경계선에 위치한 허름한 수마트라 음식점에서 건축 노동자들과 함께 생선 요리를 먹고 있었다. 그의 무릎 위에는 하숙집에서 가져온 슈트케이스가 얌전히 놓여 있었다. 가끔 옆 테이블의 사람들이 수상쩍다는 듯이 살인자를 째려보았지만 오래가지는 않았다. 이 식당 사람들은 남의 일에 그렇게까지 적극적으로 참견하지 않았다.

식사가 끝나자 살인자는 마지막 남은 잔돈을 탈탈 털어 음식값을 지불한 뒤 슈트케이스를 들고 식당을 떠났다. 아직 네 시간 반이나 남아 있었다.

그는 가까운 지하철로 내려가 적당히 비어 있는 순환선 전동차에 탔다. 그는 문가에 자리를 잡고 앉은 뒤 《아기 고양이와 삼나무》 그림책을 꺼냈다. 그는 지나가는 사람들이 쳐다보는 것 따위는 신경 쓰지도 않았다. 그는《아기 고양이와 삼나무》를 좋아했다. 그 책은 그가 '혼자서' 읽을 수 있는 몇 안 되는 책이었다. 그리고 그는 낡은 삼베 조각처럼 그려진 아기 고양이 나디아를 정말 좋아했다. 그는 언제나 고양이를 한 마리 기르고 싶었다. 하지만 지금까지 그에게 애완동물을 허락해주는 공간은 없었다. 집에서도, 수용소에서도, 병원에서도……. 물론 지금도 마찬가지다. 그는 언제나 빨리 움직여야 했으므로, 잔손 가는 애완동물을 키울 여유는 없었다.

그도 언젠가 나디아 같은 고양이를 키울 것이다.

살인자는 몇 개월 전부터 '은퇴' 뒤의 일을 생각해오고 있었다. 이미 약간의 돈도 저축해두었고 앞으로 살 집에 대해서도 생각해두었다. 가끔 그는 그들에게 그의 장래 계획에 대해 이야기하곤 했다. 그들은 언제나 친절하게 대답했지만, 그들의 지나치게 예절 바른 답변은 오히려 미심쩍었다. 그러나 살인자는 그들의 심중을 읽을 만큼 똑똑하지 못했다. 아니, 그들을 의심한다는 것 자체를 상상할 수 없었다.

전동차는 두 시간 32분 동안 순환선을 타고 도시를 한 바퀴 돌았다. 그가 탔던 역에 이르자, 살인자는《아기 고양이와 삼나무》를 조심스럽게 외투 주머니에 넣고 슈트케이스를 든 채 역에 내렸다.

역에서 빠져나온 그는 그가 일주일 전부터 점찍어두었던 295번지의 4층 건물로 걸어갔다. 295번지는 철거 지역에 위치했지만, 아직도 노숙자들이 살고 있었다. 하지만 미신 때문인지 4층만은 비어 있었다.

4층에 도착한 그는 사방으로 난 창문을 통해 도시를 내려다보았다. 295번지는 러시아구 빈민가의 경계선에 있었다. 도시 계획의 제1목적은 낡은 건물들을 철거하고 빈민가를 강 반대쪽으로 밀어버리는 것이었다. 동부 지역의 상업 지구가 갑자기 성장하면서 기존의 빈민가와 상류층의 아파트는 늘 위태로운 경계선에서 어깨를 맞대고 있었다. 이제 그 균형이 깨질 때가 된 것이었다.

그는 슈트케이스를 열고 안에 든 기계들을 조립했다. 조립 중의 기계는 뉴턴식 천체망원경을 짊어진 개구리를 닮아 있었다. 망원경 밑에 두 개의 가드레일을 달고 작은 새처럼 생긴 발사체들을 끼워 넣자, 기계는 무기의 모습을 갖추었다.

기계는 최근에 러시아 황실 암살 부대의 엔지니어가 발명한 최신작이었다. 12센티미터를 간신히 넘는 발사체는 작은 유도탄이라고 할 수 있었다. 이 기계에 대한 정보를 입수하기 위해 그들도 꽤 애를 먹었으리라. 하지만 기계는 애먹은 만큼 일을 했다. 지금까지 살인자는 다섯 건의 암살을 이 작은 기계로 성사시켰다. 살인자는 좀 더 복잡한 트릭의 살인을 좋아했지만 지금은 예술가적 야심을 따를 여유가 없었다. 간결하고 신속한 살인이 필수적이었다.

그가 노리는 대상은 막 50줄에 접어든 뚱뚱한 남자였다. 지금 그 남자는 부하들을 거느리고 펜트하우스에 위치한 그의 임시 아파트로 올라가는 중이었다. 커튼에 가려져 망원경으로 보이지는 않았지만 상관없었다. 이미 그는 이틀 전에 그의 몸에 추적 장치를 심어두었다. 남자가 즐겨 먹는 굴 요리 안에 작은 기계를 넣은 것이다. 남자가 굴을 삼키자마자 숨어 있던 추적 장치는 굴에서 뛰쳐나와 위벽에 달라붙었다. 그 과정이야말로 예술이었다. 발사체를 쏘아 올리는 마지막 처리는 군더더기에 불과했다.

아파트 주변과 복도에 다른 사람들의 존재가 감지되었다. 아마 통경 패거리들인 모양이었다. 이상한 일은 아니었다. 그들도 이미 그 남자가 암살 대상이라는 것을 알고 있을 테니까. 그러나 그들이라고 앞으로 다가올 그 남자의 운명을 막을 수 있는 것은 아니었다.

남자가 소파에 앉자, 살인자는 기계의 버튼을 눌렀다. 두 대의 발사체들이 0.5초의 사이를 두고 날아올랐다. 발사체는 우아한 곡선을 그리며 펜트하우스로 날아갔다. 12초 뒤, 첫 번째 발사체가 펜트하우스의 유리창을 박살냈다. 0.5초 뒤, 두 번째 발사체가 날아들어 목표물인 남자의 심장에 박혔다. 작은 폭발과 함께 남자의 몸은 두 동강 났다.

작업이 끝난 걸 확인하자, 그는 기계를 분해해 다시 슈트케이스 안에 넣었다. 그는 수건으로 남아 있던 흔적을 대충 지운 뒤 계단을 타고 아래로 내려갔다.

뭔가 잘못되었다는 걸 알게 된 건 2층에 이르렀을 때였다. 그는 통경 패거리들이 그가 있는 건물로 몰려오고 있다는 걸 눈치챘다. 어떻게 알았을까? 그의 둔한 머리는 입출력되는 정보들을 다루기 위해 필사적으로 돌아갔다. 답은 순식간에 튀어나왔다. 바보 같으니. 왜 통경이 신디케이트 간부의 생명에 신경을 쓰겠는가. 그들에게 중요한 건 살인을 막는 게 아니었다. 이 살인을 통해 그를 잡으려고 하는 것이었다. 하지만 어떻게? 잠시 뒤 새로운 답이 떨어졌다. 열선탐지기. 놀랍게도 통경은 그와 그들이 생각했던 것보다 훨씬 영리하게 움직이고 있었다. 그가 암살용 발사체를 사용한 것도 우연이 아니었다. 통경은 완벽하게 살인을 막는 대신 발사체를 이용한 암살만 가능하도록 커버했던 것이다. 아파트 주변엔 수많은 열선탐지기가 살인 발사체의 궤도를 추적하고 있었을 것이다.

그는 창밖을 내려다보았다. 이미 중무장한 제복 경관들이 건물 주변에 진을 치고 있었다. 그들은 이미 그의 얼굴을 알고 있다. 그의 무기로는 그들을 모두 해치울 수 없었다. 그는 복도에 우두커니 서서 천장을 바라보며 계시를 기다렸다.

10초 뒤에 내려온 계시는 다소 실망스러웠다. '주변에 다른 사람들이 모를 만한 탈출구는 있는가?'

'없어요.' 그가 대답했다.

'그럼 만들어.'

순식간에 그는 건물을 3차원적으로 볼 수 있었다. 3층 화장실 옆의 창고 벽이 보기보다 얇았다. 게다가 그 옆은 이웃 건물의 비상용 계단과 아슬아슬하게 닿아 있었다. 그는 통경 사람들이 폭발을 알아차리고 그를 잡으러 올 때까지의 시간을 계산했다. 쉽지는 않겠지만 가능했다.

그는 화장실로 뛰어가 슈트케이스를 열고 2번 폭탄을 장치했다. 그가 복도로 뛰어나오자마자 폭발과 함께 벽이 날아가버렸다. 그는 연기를 무릅쓰고 다시 안으로 뛰어들었다. 이웃 건물의 비상계단으로 몸을 날렸을 때, 그는 눈도 뜨고 있지 않았다.

간신히 비상계단에서 뛰어내렸을 때 벽에 뚫린 구멍을 통해 제복 경찰들의 모습이 드러났다. 그들은 가스탄을 쏘아댔지만 그 정도 따위는 이겨낼 수 있었다. 그는 잽싸게 골목으로 모습을 감추었다.

골목을 통해 번화가의 군중들 사이에 숨어든 살인자는 다시 3차원 시각을 활용했다. 거리도 이제 안심할 수 없었다. 본부에서 그의 얼굴을 익힌 경관들이 사방에 득실거렸다.

사람이 몰려 있는 곳을 찾아라, 사람이 몰려 있는 곳을 찾아라……. 그의 육체는 거의 본능적으로 소음과 흥분을 찾아 흘러갔다.

그가 도착한 곳은 서부 제1상업광장이었다. 수많은 흥분한 러시아인이 기다란 나무 기둥을 흔들며 고함을 질러대고 있었다. 기둥 위에는 말레이 노동자 시체가 두 구가 매달려 있었다. 그는 서서히 군중의 흥분과 고함을 흉내 내며 그들 사이로 녹아들었다.

그 순간 갑자기 박하 향처럼 무언가 상쾌하고 날카로운 것이 그의 머리를 찔러댔다. 그는 뒤를 돌아보았다. 교복 차림의 여자아이와 언니나 이모 정도로 보이는 여자가 군중들에 둘러싸여 있었다. 소녀가 계속 이상한 제스처를 할 때마다 사람들은 웅웅거리는 소리를 내며 서너 발짝 뒤로 물러섰지만 곧 다시 노기를 회복하고 두 사람을 을러댔다.

하지만 박하 향과 같은 느낌은 그 언니로 보이는 여자에게서 흘러나오고 있었다. 그리고 그는 그 사람이 누구인지 알고 있었다. 그녀는 이무혁의 동생이었다.

군중이 고함을 질러대기 시작했지만 살인자는 신경 쓰지 않았다. 그의 몸은 당연하다는 듯이 그 두 사람 쪽으로 흘러갔다. 간신히 그들 옆으로 뛰어든 살인자는 아직 탄약이 남은 격발총을 들어 공중에 쐈다. 사람들이 우르르 물러나자 작은 틈이 생겼다. 그는 두 사람을 양팔로 끌어안고 뛰었다. 하지만 틈은 곧 좁혀졌고 군중은 다시 그들을 벽 구석으로 밀어 넣었다. 살인자는 바닥에 떨어진 쇠 파이프를 휘두르며 그들을 막아냈다. 여섯 명쯤 되는 남자들이 그의 파이프에 맞아 쓰러졌다. 하지만 군중은 거대한 검은 아메바처럼 그들에게 달려들었다.

그 순간 경찰 자이로플레인의 푸른 몸체가 그들의 머리 위로 떠올랐다. 거기서 쏟아진 하얀 가스가 그들의 머리 위를 덮었고, 방독면을 쓴 한 무리의 통경 요원들이 정신없이 기침을 해대는 사람들 사이에서 튀어나왔다.

살인자는 조용히 두 손을 들었다.

스물여섯

나는 대기실 벤치에 쪼그리고 앉아 있는 무영과 미향을 번갈아 내려다보았다. 무영은 반쯤 넋이 나간 듯한 표정이었고 아이는 화가 좀 나 있었다. 옷이 피와 흙먼지로 더럽혀져 있었지만 둘 다 크게 다친 구석은 없어 보였다.

"어떻게 된 거야?"

내가 물었다.

무영은 눈을 내리깔았고, 미향은 외투 주머니에 손을 쑥 집어넣고 뭐라고 하는지 알아들을 수 없는 소리를 중얼거렸다.

"도대체 거긴 왜 갔었어?"

나는 질문을 바꾸었다.

"할아버지를 찾으려요."

미향이 대답했다.

"할아버지는 왜 거기 가셨는데?"

"치올콥스키클럽에서 모임이 있었어요."

무영이 쉰 목소리로 토를 달았다.

"의천화성연구학회 사람들이 클럽 건물 옥상에 모여 있었어. 그 사람들이 뭐 하고 있었는지 아니? 옥상 한가운데 서서 하늘을 바라보며 늑대처럼 짖어댔어. 어떻게든 노인네를 데려오려고 했는데, 옥상에 올라가는 방법이 있어야지. 한참 관리인을 찾아 헤매다가 차라리 그냥 놔두는 게 낫다고 생각했어. 노인네들이 미친 짓을 하고 있기는 해도 요새 이 동네에서 그건 그렇게 튀는 일도 아니잖아. 어디 있는지도 아니까 걱정도 덜 되고."

"그래서?"

"우선 애를 집에 데려다주려고 했어. 택시를 타려 했지만 요새 택시 잡기가 그렇게 쉽지 않잖아."

"그래?"

"요새 여기 택시 운전사들이 불법 레이서로 직업을 바꾸었다는 거 몰라?"

"그래? 어제저녁까지만 해도 그런 것 같지 않던데?"

"그래? 난 또 꽤 오래된 줄 알았다. 한동안 여길 떠나 있었으니까. 하여간 택시를 잡지 못해서 공원까지 걸어야 했어. 그러다 우연히 러시아구로 접어들었는데, 갑자기 그 사람들이 시체가 매달린 십자가를 들고 광장으로 밀려온 거야. 처음에는 그냥 조용히 빠져나오려고 했어. 그런데 누군가가 우리를 보고 이상한 비명을 질러대잖아. 그때부터 수백 명이나 되는 사람들이 우리한테 와르르 몰려왔어. 의천에도 백인우월주의자들이 그렇게 공공연하게 활동한다고는 상상도 못 했어."

"의천에서? 말이 안 되는 소리지. 뭔가 다른 이유가 있었던 건 아냐?"

"착각 아니야. 내가 아는 얼마 안 되는 러시아어로도 그 사람들이 무슨 소릴 하는지는 충분히 알아들을 수 있었어."

"그래서 어떻게 했는데?"

"미향이가 주문으로 그 사람들을 쫓으려 했는데 잘 안 됐어. 농담하는 게 아니야. 나중에 이야기해줄게. 하지만 저 애가 처리하기엔 사람들이 너무 많았는지, 아니면 다른 이유가 있었는지, 그 사람들은 뒤로 움찔거릴 뿐 물러나질 않는 거야.

그때 그 남자가 나타났어. 마치 괴기영화 속 가고일이라도 된 것처럼 우리한테 뛰어들더니 그 사람들 머리 위로 총을 쏘아댄 거야."

무영은 힘없이 웃어댔다.

"서툴렀어. 삼류 배우 같았어. 아니, 상황 자체가 삼류 연극 같았어. 나와 미향이는 위기에 빠진 여자 주인공인데, 용

감한 남자 주인공이 우리를 구하러 뛰어들어 온 거야. 문제는 그 남자 주인공이 부닌이었다는 거지."

"부닌이 확실해?"

"확실해. 알렉세이 이바노비치 부닌. 내가 어떻게 그 사람 얼굴을 잊겠어."

"그 사람은 지금 어디 있는데?"

"당신 동료들이 끌고 갔어. 지금 취조실에 있을 거야. 우린 여기에 당신 서명 받으려고 기다리고 있었어. 내가 여기 오면 무조건 당신 사무실로 보내라고 했다면서?"

무영은 내 눈앞에 서류를 내밀었다. 내가 서명하는 동안 무영은 무덤덤한 목소리로 계속 중얼거렸다.

"그 사람 왜 그랬는지 몰라. 바보짓이었어. 보기만큼 우린 위험하지도 않았거든. 어차피 그 사람들은 우리한테 2미터 안으로는 접근하지 못했어. 게다가 한 10미터쯤 옆에 지하철역 입구가 있었단 말이야. 뒤로 슬금슬금 빠지면 우리 둘이서도 충분히 빠져나갈 수 있었어."

"맞아요. 그 사람 괜히 잡힌 거예요."

아이가 덧붙였다.

"그게 보기만큼 분명했어?"

내가 물었다.

"그 사람들이 우리를 구타한 것도 아니고, 옆에 지하철 입구가 뻥 뚫려 있었는걸."

무영은 서류를 내 손에서 빼앗았다.

"난 이만 가볼게. 데려다줄 필요는 없어. 아래층의 친절한 형사 아저씨가 퇴근길에 같이 태워준다더라."

무영은 아이의 손을 잡아끌고 엘리베이터 쪽으로 걸어갔다. 나는 잠시 그들의 뒷모습을 바라보고 있다가 취조실로 걸음을 옮겼다.

일방 유리창 너머로 알렉세이 부닌의 옆얼굴이 보였다. 그는 돌부처처럼 꼼짝 않고 의자에 앉아 있었다. 그는 둔하고 멍청해 보였으며 얼굴은 어딘지 모르게 슬쩍 기형으로 느껴졌다. 수개월 동안 의천 경찰이 그처럼 필사적으로 찾아다녔던 남자라고는 믿기 힘들었다.

내가 창문 앞에서 얼쩡거리기 시작하자 옆 책상에서 한참 서류와 씨름하고 있던 이윤겸이 다가왔다.

"저 사람이 맞아요?"

내가 물었다.

"아까 친구분이 신원 확인을 했습니다. 여관 주인도 아까 와서 부닌이 맞다고 했고요. 참, 저 사람의 진짜 이름은 부닌이 아닙니다. 블라디미르 구세프라고 한답니다. 몇 년 전에 시베리아의 우생학 연구소에서 관리하는 수용소에서 탈출했다고 합니다. 막 러시아 경찰 쪽에서 연락이 왔습니다. 얼굴은 뜯어고쳐서 알 수 없었지만 지문은 그대로 남아 있어서 그 사람들에게 지문 사진을 보냈거든요.

본명이 구세프건 부닌이건, 여관에서 나온 증거와 저 사람이 가지고 있던 물건들만으로도 충분히 증거가 됩니다. 문제가 하나 있긴 한데……."

"어떤 문제가요?"

"러시아 경찰 자료에 따르면 저 사람 지능이 평균치의 70퍼센트에 불과합니다. 이런 식의 지능 범죄를 저지를 수 있을 정도는 아닙니다. 심지어 남이 시키는 대로 따라 했을 가능성도 없어요. 저 사람이 지금까지 했던 일이 그렇게 만만한 일입니까?"

"제 친구 말에 따르면 상당히 똑똑한 사람이었다고 하더군요. 영문학에 조예도 깊었다고 하고요."

"지금은 결코 그런 것 같지 않군요. 아까 심문을 했는데, 모국어인 러시아어도 서툴기 그지없습니다. 외교관 영어는 서너 마디밖에 못하고요. 그렇게 똑똑한 사람처럼 보이지 않더군요. 물론 연기일 수도 있지만, 우리가 쓰고 있는 거짓말 탐지기는 꽤 성능이 좋습니다. 그리고 영문학에 조예가 깊다는 지식인 아저씨가 이런 책을 들고 다니겠습니까?"

이윤겸은 정사각형 모양의 작은 그림책을 꺼내 흔들어 보였다.

"《아기 고양이와 삼나무》요? 걸작이잖아요."

이런 대답을 기대하지 못했는지, 이윤겸은 뚱한 얼굴로 다시 그림책을 책상 위에 올려놓았다.

"뭔가 잘못되었다는 생각이 들지 않습니까? 과연 그쪽에서 가져온 정보가 얼마나 확실한 겁니까? 혹시 우리가 댁 정보부가 심어놓은 허수아비를 잡은 게 아닙니까?"

"허수아비를 만들 생각이었다면 좀 더 그럴싸한 사람을 심지 않았을까요? 그리고 지금까지 나온 증거들은 그렇게 쉽게 조작할 수 있는 게 아니잖아요. 게다가 거의 현행범이었다면서요. 다른 사람이 이번 살인을 저질렀을 가능성이 있기나 한가요?"

"하지만 그렇게 똑똑한 남자가 이처럼 멍청한 상황에서 멍청한 짓을 하다 잡힙니까? 말 그대로 우리 손안으로 뛰어든 것이나 다름없었어요. 그렇게 위험하지도 않은 상황에 놓인 여자들을 목숨 걸고 구해주겠다고 뛰어든 것부터가 어리석은 짓인데, 일부러 총을 쏘아대면서 자기를 쫓는 경찰들을 끌어모아요?"

"저 사람은 뭐라고 하던가요? 자기가 범인이라고 하나요?"

"모르겠어요. 질문의 의미를 제대로 이해하고 있는 것 같지도 않습니다. 계속 뭔가 해야만 했다고 중얼거리는데 그게 무슨 뜻인지 모르겠어요. 아직 어느 쪽 살인과도 진술을 연결시키지 못했습니다. 앞으로 고생을 좀 해야겠어요."

스물일곱

다음 날 아침 이윤겸은 성난 황소처럼 으르렁거리며 내 큐비클로 쳐들어왔다. 재미있다는 듯 싱글싱글 웃으며 그에게 윙크하는 천한린에게 욕설 비슷한 걸 던진 그는 내 팔을 움켜쥐고 엘리베이터 앞까지 끌고 갔다.

"이게 뭡니까?"

그는 왼손에 쥐고 있던 종이 뭉치를 나에게 내밀었다. 나는 종이를 펼쳐 읽어보았다. 구세프/부닌의 진술서였다. 세 페이지였고 모두 정중한 외교관 영어로 쓰여 있었다. 나는 오른쪽으로 살짝 기울어진 고풍스러운 필체에 주목했다. 분명히 왼손잡이의 필체였다. 하지만 내가 알기로 구세프/부닌은 오른손잡이였다.

"아직도 이런 필체로 글을 쓰는 사람이 있다니 재미있군요. 당신네가 주는 싸구려 볼펜 가지고는 어림없을 텐데."

내가 말했다.

"내용은 읽지도 않습니까?"

이윤겸이 다시 으르렁거렸다.

나는 천천히 진술서를 읽어 내려갔다. 진술서는 마지막 살인이 일어나던 날 왜 그가 그 빈 건물에 들어갔는지 설명하는 것으로 시작했다. 한마디로 그는 집 없는 뜨내기였는데, 갑작스러운 경찰의 습격에 놀라서 달아났다는 것이다. 경찰이 건물에서 발견한 기계들에 대해서는 아는 게 없었다. 폭도들에게 쏘아댄 권총은 러시아구의 어떤 행상한테서 산 것이었다. 경찰이 자기가 저질렀다고 주장하는 다른 범죄에 관해서도 아는 게 없었다. 게다가 그는 두 살인 사건에 대해 확실한 알리바이가 있었다. 진술서는 자신의 무죄를 증명해 줄 증인들의 이름을 언급하고, 이런 오해가 생긴 것은 유감이나 과중한 업무에 시달리는 공무원들의 고충을 이해하므로 법적 책임을 묻지는 않을 것이라는 말로 끝났다.

"와, 이건 정말 사람 약 올리는 글이네요. 하지만 이 진술서만으로는 풀려날 것 같지 않군요. 우린 이미 증거들이 있잖아요."

나는 그에게 진술서를 돌려주며 말했다.

"없습니다."

그는 신음했다.

"없긴요? 그 사람 하숙집에서 발견한 것들이랑……."

"사라졌습니다. 남은 것들은 이번에 찾은 암살 기계들인데, 지문이 모두 지워져 있었습니다. 지문 감식 보낸 사진도 사라졌고요. 남은 건 하숙집 주인의 증언뿐인데, 그것 가지고는 아무것도 못합니다. 하숙집에 한동안 머물고 있었다는 것밖에 증명할 수 없어요. 거기서 한동안 살다가 돈이 떨어져 빈집을 전전하고 다녔다는 게 죄는 아니지 않습니까?"

"어떻게 그런 일이 일어날 수 있어요?"

"그쪽이 그런 것 아닙니까?"

"제가 어떻게요?"

"모릅니다. 하지만 그쪽 같은 스파이들은……."

복도를 걸어가던 사람들이 모두 이윤겸에게 시선을 돌렸다. 이 동네에도 예의는 있다. 그중 하나는 스파이들을 앞에 두고 그들을 '스파이'라고 부르지 않는 것이다. 이윤겸은 가장 기초적인 규칙을 깨뜨린 것이었다.

나는 굳은 분위기를 깨기 위해 일부러 목소리를 밝게 하고 가볍게 대들었다.

"아하, 제가 마치 F-29 같은 비밀 스파이라도 되는 줄 아시나 보죠? 미안하지만 전 파견 근무 나온 공무원에 불과해요. 의심나면 여기 있는 사람들에게 물어보세요. F-29의 마술 벨트 같은 걸 차고 다니는 사람은 없답니다. 전 그런 것 따위는 못 열어요."

"댁의 '외무부' 동료들은?"

"의심스러우면 조사해봐요. 외부인이 침입했다면 감시 카메라에 잡혔을 테니까."

이윤겸은 툴툴거리며 돌아갔다. 나중에야 나는 그가 왜 대답이 떨렸는지 알 수 있었다. 그는 이미 감시 카메라로 조사해보았다. 침입자가 밖에서 들어오는 건 불가능했다. 자료실 창고의 카메라는 알 수 없는 이유로 고장 나 있었다. 아무래도 내부인 소행이라는 냄새가 풀풀 풍겼다. 하지만 누가 공범인가? 이윤겸은 당연히 이곳을 찾아오게 되었을 거다. 통경의 목살에 달라붙어 피 같은 정보를 빨아가는 스파이를 의심한 것이다.

다행히도 나는 알리바이를 쉽게 댈 수 있었다. 나는 일찍 퇴근해서 병원에 입원한 이윤구 교수를 방문했었다. 꽤 믿음직한 공무원들이 내 증인이 되어주었다. 그리고 척 봐도 이 도난 사건은 나보다 훨씬 실력 있는 도둑의 짓이라는 것이 분명했다.

오후에 구세프/부닌의 변호사라는 여자가 방문하자, 이윤겸은 폭발해버렸다. 더 이상 통경은 구세프/부닌을 붙잡아 둘 이유가 없었다. 이윤겸은 변호사를 협박하고 달래면서 누가 그녀를 고용했는지 알아내려고 했지만 아무 소용 없었다. 사태는 분명해졌다. 몇 개월 동안 고생한 끝에 간신히 붙잡은 살인자를 오늘 오후 5시까지 풀어주어야 한다는 것이었다.

"대안이 하나 있는데 들어보겠어요?"

나는 조심스럽게 이윤겸에게 물었다. 이윤겸은 짜증 난다는 듯 나를 째려보았다. 나는 그의 의심스러운 표정을 무시하고 말을 이었다.

"지금으로서는 구세프를 법정으로 끌고 갈 수는 없어요. 하지만 잠시 동안 당신네 눈앞에 박아둘 수는 있어요. 새로 발표된 〈보건법〉에 대해 들어봤어요? 정부는 잠재적인 위험 대상인 정신병자를 후속 조치가 있을 때까지 사설 기관에 억류할 수 있는 권리가 있어요. 물론 일주일 안에 전문의 세 사람의 증언이 확보되어야 하지만요. 구세프의 정신이 정상이 아니라는 증거는 많아요. 우리도 그 사람의 상태 변화를 봤잖아요. 그 사람이 위험하다는 증거 역시 충분하죠. 사람들 머리 위에 총을 쏘아댔으니까요. 그러니까 일주일, 또는 그 이상의 시간은 벌 수 있는 셈이지요."

이윤겸은 분명한 대답을 하지는 않았지만 그래도 그 아이디어에 흥미가 당기는 모양이었다. 그는 법률 자문을 구하기 위해 아래층의 법제부로 내려갔다. 그동안 나는 그의 빈자리에 앉아 일방 거울 너머에 얌전히 앉아 있는 부닌을 바라보았다.

그는 어제와 다름없었다. 얌전하고 둔해 보였다. 그는 이윤겸한테서 돌려받은 《아기 고양이와 삼나무》 그림책을 유치원생처럼 심각한 표정으로 읽고 있었다. 그의 오른손 검지는 천천히 그가 읽는 문장들을 따라 미끄러져 갔다. 그는 여전히 오른손잡이였다.

"부닌이 언제 진술서를 썼지요?"

나는 구석에 앉아 신문을 읽고 있는 형사에게 물었다.

"아침 7시인가에 썼답니다."

그가 대답했다.

"진술서를 쓰는 동안 같이 있었나요?"

"아뇨, 전 당시 여기 없었습니다. 하지만 녹화 테이프가 있을 겁니다."

"잠시 볼 수 있을까요?"

"2번 시청각실에 문의해보시죠. 아직 남아 있을 겁니다."

시청각실에서 테이프는 쉽게 찾을 수 있었다. 나는 오전 4시부터 8시까지가 녹화되어 있는 테이프를 꺼내 7시로 돌렸다. 부닌은 아까처럼 의자에 단정하게 앉아 있었다. 갑자기 그는 자리에서 로봇처럼 뻣뻣하게 일어나 일방 유리창 옆에 놓인 마이크로 다가갔다. 잠시 뒤 문이 열리고 두 경찰관이 종이와 볼펜을 가지고 들어왔다. 부닌은 다시 얌전히 앉아 글을 쓰기 시작했다. 분명히 펜을 쥔 손은 왼손이었다. 그는 마치 써야 할 글을 암기라도 하고 있는 것처럼 세 페이지를 술술 써 내려간 뒤 경찰관들에게 진술서를 넘겨주었다. 그리고 그는 다시 의자에 앉아 멍한 표정으로 허공을 쳐다보았다.

나는 다시 취조실로 돌아갔다. 여전히 부닌은 아까와 같은 자세로 앉아 그림책을 읽고 있었다. 나는 내 카드로 문을 열고 안으로 들어갔다. 부닌은 상냥한 얼굴로 미소를 지으며 나를 올려다보았다. 나는 외투 주머니에서 수첩과 연필을 꺼내 그림책 위에 던졌다.

"이름을 써주시겠어요?"

부닌은 천천히 수첩을 펼치고 그 위에 키릴 문자로 또박또박 이름을 썼다. 알렉세이 이바노비치 부닌. 펜을 잡은 손은 오른손이었다.

"죄송해요. 전 러시아어는 모른답니다. 로만 알파벳으로 다시 써주시겠어요?"

부닌은 로만 알파벳으로 자기 이름을 다시 썼다. 여전히 오른손이었다. 어린아이처럼 또박또박 쓴 인쇄체 글씨는 진술서의 것과 달라도 한참 달랐다.

"이번에는 왼손으로 써주시겠어요?"

나는 다시 부탁했다.

그는 불평 없이 왼손으로 펜을 잡고 자기 이름을 썼다. 알렉세이 이바노비치 부닌. 아까와는 달리 필기체였다. 필체는 조금 서툴렀지만 진술서의 것과 거의 비슷했다. 나는 몸을 숙이고 글을 쓰고 있는 부닌의 얼굴을 노려보았다. 부닌은 마치 간지럽다는 듯 눈을 깜빡이고 있었다.

"좋아요. 제가 지금부터 하는 말을 받아 적어요. 천천히 말할 테니까 걱정할 필요 없어요. 너무 빠르면 빠르다고 말해요. '적은 지식은 위험한 것이다……. 깊이 마셔라, 그렇지 못하면…….'"

부닌은 거리낌 없이 내가 부르는 포프의 시구를 받아 적었다. 내가 중단하자 그는 조금 당황하는 것 같았다. 수첩을 내려다보고 나는 미소를 지었다. 그는 내가 중단한 두 번째 행의 나머지를 이미 거의 다 쓴 채였다.

"영문학자시군요?"

내가 물었다.

부닌은 다시 정신없이 눈을 깜빡였다. 할 말을 찾지 못한 그는 기계적으로 수첩에 포프의 나머지 시구를 써넣기 시작했다. 점점 필체는 유려해졌고 마지막 연에 이르자 마침내 진술서의 그 유창한 필체가 완벽하게 살아났다.

부닌이 시를 완전히 적자 나는 연필을 꺼내 그 밑에 썼다.

'안녕하세요. 거기 누가 있나요?'

부닌은 조금도 머뭇거리지 않고 그 밑에 이렇게 썼다.

'당신의 노망난 남색꾼이 아니면 누구겠습니까?'

스물여덟

그 순간 이윤겸이 문을 쾅 열고 들어왔다. 나는 허겁지겁 수첩을 접어 호주머니 안에 숨겼다. 부닌은 여전히 멍한 표정으로 책상을 내려보고 있었다. 나는 조심스럽게 그의 손가락 사이에 낀 연필을 빼앗았다.

"법제부에서 가능하답니다."

이윤겸이 말했다.

"적당한 정신병원을 알아봐야겠습니다. 괜찮은 곳 알고 있습니까?"

"산호병원은 어때요? 아는 친구 친척 할아버지가 거기 입원 중이지요. 여기서 가깝고 건물 구조상 감시 요원을 붙이기도 좋아요."

이윤겸은 별 의심 없이 덜컥 내 미끼를 물었다.

"삼화빌딩 옆에 새로 세운 병원인가요? 좋습니다. 그쪽으로 하기로 합시다."

이게 바로 몇 시간 전까지만 해도 나를 스파이라고 몰아붙였던 남자의 입에서 나온 소리였다.

이윤겸과 그의 부하들이 산호병원에 자리를 알아보고 있는 동안 나는 다시 취조실에 부닌과 함께 남았다. 나는 수첩을 꺼내 책상 위에 올려놓고 연필을 그의 왼손 검지와 장지 사이에 꽂아주었다. 흠……. 이런 식으로 연필을 쥐는 법은 오를로프 교수의 습관이 아니었던가? 누구의 습관이건 그의 왼손은 다시 달리기 시작했다.

'지금은 대화할 수 없습니다. 보는 눈이 너무 많습니다.'

나는 취조실 문을 열고 문틈으로 밖을 바라보았다. 따분한 표정의 형사 둘이 십자말풀이를 풀고 있었다. 나는 다시 책상 앞에 돌아와 수첩에 썼다.

'저 사람들이 스파이라고 생각해요?'

답변은 모호했다.

'분명한 경계는 없습니다.'

나는 부닌을 얼굴을 쳐다보았다. 그는 친절한 얼굴로 나를 잠시 바라보다 이렇게 말했다.

"제 그림책도 병원에 가져갈 수 있습니까?"

잠시 헷갈렸다. 과연 이 말을 하는 게 누구인가. 진짜 부닌인가, 아니면 오를로프 교수인가. 만약 부닌이라면 어떤 부닌인가, 유창하게 영문학 강좌를 늘어놓았던 살인마인가, 아니면 수용소에서 탈출한 지적장애인인가.

"네, 가져가도 돼요."

나는 간신히 대답했다.

부닌은 안심이 된다는 듯 그림책 위에 앉은 먼지를 얌전히 털더니 품 안에 꼭 안았다. 그 자세는 이상할 정도로 섬세해서 그의 둔한 외모와 어울리지 않았다.

이윤겸이 부하들과 함께 다시 들어왔다. 그는 장황한 설교를 늘어놓으며 부닌을 취조실 밖으로 끌어냈다. 이제 그는 건물 곳곳을 돌며 각 부서에 부닌의 사인과 지문 날인을 남겨야 할 판이었다.

나는 사무실로 돌아가 이전에 오를로프 교수가 남겨놓았던 통신 기록들을 찾았다. 대부분 파기했지만 그래도 몇 장은 남겨두었다. 중요한 건 내용이 아니라 끝에 붙은 날짜였다. 나는 이윤겸의 자료를 바탕으로 부닌의 행적과 자칭 오를로프 교수의 통화 일자를 비교해보았다. 몇 개는 맞아떨어졌지만 몇 개는 맞지 않았다. 몸이 두 개가 아닌 이상 살인 준비를 하면서 동시에 나와 문자 전화기로 통화를 했을 수는 없었다. 물론 이윤겸의 정보가 완전히 맞지 않을 수도 있었다. 그는 끝끝내 부닌의 알리바이를 깨지 못했으니까.

나는 통신 기록들을 들고 1층의 서류 파기실로 내려갔다. 쓸데없는 자료들을 파기하기 위해 수많은 스파이가 급한 일을 억지로 참으며 화장실 앞에 서 있는 사람들처럼 발을 동동 구르고 있었다. 나는 그 줄에서 종이 뭉치를 안고 있는 천한린을 발견하고 조금 당황했다.

“왜 여기까지 내려왔어요? 그 대단한 난로는 어떻게 하고?”

내가 물었다.

천한린의 얼굴은 해독 불가능한 표정으로 일그러졌다. 그는 한참 동안 대답을 찾으려 기를 쓰다가 간신히 대답했다.

“가끔 운동도 해야 하니까?”

마치 학교 선생한테서 받은 복잡한 질문에 필사적으로 답을 짜내는 학생 같았다.

그 순간 서서히 주변의 분위기가 수상쩍게 변화하기 시작했다. 마치 연극이 상연 중인 무대에 뛰어든 느낌이었다. 나는 조심스럽게 주변을 둘러보았다. 스파이들은 모두 다른 사람들에게 신경 따위는 쓰지 않는다는 듯 자기 서류에만 시선을 두고 있었지만 그게 오히려 더 이상했다. 서류에 시선을 두지 않는 사람은 단 한 명도 없었다.

서서히 다른 공통점도 눈에 들어오기 시작했다. 서류를 뒤적거리는 손의 움직임, 성급하게 발로 바닥을 치는 조급한 모습…….

그러다 누군가가 휘파람으로 〈밀러 대위의 장례식〉을 불었다. 휘파람 소리는 곧 사그라들었지만 그들은 곧 하나의 리듬에 맞추어 발을 구르기 시작했다. 쿵쿵쿵쿵…….

나는 조심스럽게 이 미친 제식 훈련에서 빠져나왔다. 다행히 아무도 내가 나가는 것 따위는 신경 쓰지 않는 듯했다.

사무실로 올라온 나는 내 큐비클로 숨기 전에 천한린의 큐비클을 검사해보았다. 그의 난로는 멀쩡했다. 서류 파기 장치는 최근 며칠 동안 쓴 흔적이 없었지만, 아무런 문제 없이 작동했다. 나는 그의 난로에 내 서류를 밀어 넣었다. 서류가 다 재로 변하자 나는 내 쓰레기통을 끌고 와 그 안에 재를 부어 넣었다.

서류를 처리한 뒤, 나는 천천히 건물 안을 산책했다. 최근 들어 늘어난 폭력 사태나 시위 때문에 통경 건물은 분주하기 짝이 없었다. 하지만 그 분주함에는 어딘지 모르게 불쾌한 리듬이 숨어 있었다. 총기 관련 서류를 들고 계단을 뛰어 내려가는 남자들의 발소리는 신경질적으로 자판을 두드려대는 타자수의 리듬과 일치했다. 언제나처럼 파견자들과 본토박이 경관들은 말싸움을 벌이고 있었지만 그들의 말싸움은 수개월 동안 같이 연습한 배우들처럼 완벽하게 타이밍이 맞았다. 그 리듬감은 누군가가 규칙적인 소리를 내기라도 하면 곧 표층으로 떠올라 순식간에 복도로 퍼져갔다. 그건 볼펜으로 벽을 툭툭거리는 소리일 수도 있고, 타자기의 자판을 두드리는 소리일 수도 있었으며 손가락을 꺾는 소리일 수도 있었다. 서너 번의 시도 끝에, 곧 이 미치광이 같은 타악기

합주는 건물 전체를 장악했다. 쾅쾅쾅쾅…….

놀랍게도 사람들은 그런 소리에 신경이 쓰이지도 않는 모양이었다. 그들은 박자를 맞추어가면서도 여전히 자신의 업무에 몰두해 있었다. 나는 박자를 맞추어 타자를 치는 타자수를 슬쩍 훔쳐보았다. 그가 작성하는 문서는 오타 하나 없이 완벽했다.

나는 다시 취조실로 내려왔다. 건물 순람을 마친 부닌은 언제나처럼 얌전히 앉아 벽을 바라보고 있었다. 내 시선은 그의 얼굴보다는 자꾸 그의 왼손에 쏠렸다.

내가 부닌의 손을 노려보는 동안 서류 작업을 마친 이윤겸이 돌아왔다. 그는 형사들을 시켜 부닌을 병원으로 데려갔다. 그와 형사들의 발소리는 건물 전체에 울리는 쾅쾅거리는 소리와 완벽히 일치했다. 오로지 부닌과 나만이 이 합주 속에서 엇박자로 존재하고 있었다.

스물아홉

오후 4시 28분, 부닌은 두 명의 통경 형사들과 이윤겸, 나를 끌고 산호병원에 도착했다. 1층 휴게실에서 인스턴트 녹차가 든 종이컵을 들고 벤치에 앉아 있던 무영은 부닌의 얼굴을 보자 돌처럼 굳어버렸다. 부닌은 무영의 태도를 알아차리지 못했는지, 그녀를 보자 정중하게 허리를 숙였다. 엘리베이터가 우리를 7층 정신병동으로 데려가기 전까지 무영과 부닌은 어정쩡한 침묵 속에서 서로를 바라보고만 있었다.

입원 수속이 끝나자 우리는 부닌과 형사 둘을 병동에 내려놓고 다시 내려왔다. 이윤겸은 허겁지겁 통경 본부로 돌아갔고 나는 휴게실에 남았다. 무영은 아직도 종이컵을 들고 벤치에 돌부처처럼 앉아 있었다. 종이컵의 차는 조금도 줄어들지 않았다.

"그 사람은 왜 여기로 데려왔어?"

이윤겸의 뒷모습이 사라지자마자 그녀는 다짜고짜 나에게 물었다.

"시간을 벌어야 하니까."

"하지만 왜?"

"더 좋은 곳을 추천해줄 수 있어?"

"하지만 왜?"

무영의 마지막 말은 마치 앞말의 메아리처럼 공허하게 들렸다.

나는 그녀의 잔뜩 긴장한 눈을 바라보았다. 그제야 나는 무영의 오빠에 대한 기억을 떠올렸다. 무혁의 살인범은 부닌이었음이 거의 확실했다. 부닌과 그들 사이의 관계가 워낙 별났기 때문에 나는 그들의 관계가 어떻게 끝났는지 거의 잊고 있었다. 아마 무영 역시 한동안은 잊고 있었으리라. 특히 부닌이 어설픈 주인공처럼 그들을 구하기 위해 뛰어들었을 때에는 더욱더.

"오히려 여기 있는 게 더 유리할 수도 있어."

내가 말했다.

"여기선 이윤겸 허락 없이 그 사람을 방문할 수 있어. 특별히 요구하지 않으면 녹음 자료도 안 남아. 그 사람이 과연 그 일을 저질렀는지 물어볼 수도 있어. 그래줄까?"

"그 사람이 이번 일은 자백도 안 했다면서."

"하지만 다른 식으로 물을 수도 있어."

나는 잽싸게 지금까지 내가 부닌의 왼손과 나눈 대화에 대해 들려주었다. 그녀는 별로 놀라지도 않았다. 하긴 중급 학교에 다니는 꼬마가 수백 명의 군중들을 지휘하듯 조종하는 것만큼 놀라운 일은 아니었다.

"그게 오를로프 교수인 게 확실해?"

"적어도 그 사람처럼 이야기했어."

"하지만 부닌도 오를로프를 당신만큼 잘 알고 있었다면? 아니, 오를로프도 부닌이 죽였다면?"

"물론 부닌도 오를로프를 알고 있었어. 아빌라가 두 사람이 같이 있는 걸 봤었대. 하지만 그것만으로 이 모든 게 부닌이 조작한 짓이라고 우길 수는 없어. 뭔가 더 있단 말이야."

"당신은 지금 부닌이 영매라고 믿고 있어."

"아니, 난 그보다 더 어처구니없는 것이라고 생각해. 주변을 둘러봐. 뭔가 거대한 일이 일어나고 있어. 아까 나온 석간을 읽었어? 더 이상 의천만 이런 것도 아니야."

"러시아에서 집단 학살극이 일어났다고 라디오에서 듣긴 했어."

"자랑스러운 우리 조국에서는 군부대가 허가도 받지 않고 멋대로 탐라도를 침공했단다. 사상자가 벌써 몇천이래."

"화성인의 침공일지도 몰라."

무영이 갑자기 엉뚱한 소리를 했다.

"뭐?"

"그 마약 말이야. 생각해봤어. 화성인들이 지구를 정복하려 한다고 생각해봐. 어떻게든 지구인들을 몰아내야겠지만, 전쟁은 싫어. 그래서 특별히 조작한 미생물을 지구에서 온 우주선에 몰래 실어 보내는 거야. 미생물이 퍼지면 지구인들은 모두 미쳐서 서로를 죽여. 상황이 끝나면 화성인들이 와서 시체들을 치우고 자기들 세상을 세우는 거야. 어때?"

"화성인들은 모두 죽었어."

"그걸 어떻게 알아?"

"그렇지 않다면 어디에 숨었겠어?"

"땅속에. 왜 모두 위에서만 살아야 해? 우리가 폐허밖에 보지 못한 건 그동안 화성인들이 모두 지하로 이주했기 때문일지도 몰라. 아직 위를 청소하지 않은 거겠지."

무영의 목소리는 심각하기 그지없었다. 농담 같지 않았다.

"근거라도 있어?"

내가 물었다.

"따라와. 보여줄게."

무영은 녹차 잔을 쓰레기통에 집어 던지고 나를 엘리베이터 안으로 끌어당겼다. 엘리베이터는 다시 7층 정신병동에 섰다. 그녀는 이윤구 교수가 머물고 있는 단독 병실 7012호의 문을 열었다.

교수는 잠옷 차림으로 침대에 쪼그리고 앉아 무언가 열심히 쓰고 있었다. 침대는 화성 탐사선이 보내온 사진들과 무언가 빽빽하게 쓰인 종이들로 가득했다. 무영은 그중 한 장을 들고 읽기 시작했다.

"태양을 경멸하는 법을 배우라. 하늘에서 오는 것 중 성스러운 건 없다. 두 발굽 동물들의 유혹을 무시하는 법을 배우라. 그들은 독이 든 가죽 통이다. 푸른색 남자들과 성교하지 말아라. 그것은 추잡한 짓이다. 금빛 과실들을 멀리하라. 너의 정신을 빨아먹을 것이다……."

"제3화성어 경전이라네."

교수가 끼어들었다.

"제2제국 시대의 글이라는 것은 스타일로 알 수 있지. 당시에는 고유명사를 추악한 것이라고 생각했다네. 일종의 화성 버전《레위기》라네."

"번역 중이신가요?"

내가 물었다.

"맞아. 이제는 모든 것들이 눈에 들어와. 아주 바쁘다네."

나는 다른 종이를 한 장 들고 읽어보았다.

"'나는 베로스테 반디마르 스토임의 생일을 축하하며 그녀가 대지와 하늘에 남긴 흔적들을 예찬합니다. 나는 죽음으로 끝이 난 그녀의 흔적이…….' 묘비명인가 보죠? 고유명사의 발음 표기는 어떻게 알아내셨어요? 전 화성어에 대해선 잘 모르지만, 이건 밀턴 라이스의 음역과는 다른 것 같은

데요?"

"아, 그런 건 다 알아내는 법이 있지."

"표기법에 대한 새로운 자료가 발견되었나요?"

"아니. 난 그냥 알아."

"언제부터요?"

"지난주부터. 영감이 머리를 확 쳤지. 미안하지만 난 일해야 하네. 학회에서는 더 이상 기다릴 수 없다고 판단했지. 어떻게든 이 모든 걸 시간 내에 번역해야 해."

"마감이 있나요?"

"언제인지는 모르지만 곧 오지."

교수는 다시 머리를 원고에 묻었다. 무영은 나를 병실 밖으로 끌어냈다.

"봤어?"

"저게 화성연구학회 사람들이 건물 위에서 늑대처럼 달 보고 짖어대던 이유였어?"

"나도 몰라. 하지만 학회의 다른 사람들도 마찬가지야. 몇몇 사람에게 전화해봤어. 다들 정신없이 원고를 번역하고 있대."

"갑자기 화성에서 메시지를 받아 번역을 한다고 해서 그게 지구 정복의 음모라고 할 수는 없잖아."

"하지만 '마감'은?"

할 말이 없었다. 나는 제정신이 아닌 노인네의 말에 지나치게 신경 쓸 필요 없다고 말하며 무영을 달랬다. 생각해보면 그들이 진짜로 화성에서 메시지를 받고 있다는 근거도 없다. 과연 이윤구 교수가 쓰고 있는 게 제대로 된 번역인지 누가 알겠는가? 어쩌다 보니 나는 교수를 정신병자로 몰고 가고 있었지만, 무영은 그래도 차라리 그편이 조금 더 안심이 되는 모양이었다.

나는 무영을 아파트까지 데려다주었다. 그녀의 방은 엉망이었다. 최근 며칠 동안 청소를 안 한 모양이었다. 그녀답지 않았다. 무영은 외투도 벗지 않은 채 침대 위에 털썩 쓰러졌다. 나는 우물우물 작별 인사를 던지고 문을 닫았다.

나는 다시 병원으로 돌아왔다. 7012호 병실에서는 여전히 교수가 화성어 비석들을 번역하고 있었다. 열이 오른 그의 모습을 한참 보고 있자니, 무영을 진정시키기 위해 만든 내 이론들이 오히려 어설프게 느껴졌다. 교수의 정신이 위태로울지는 몰라도 지금 그가 하고 있는 작업이나 그의 논리는 모두 그럴싸하게 앞뒤가 맞는 것이었다.

내가 어쩔 수 있는 일이 아니었다. 나는 해결책이 보다 가까이 있는 미스터리를 풀기 위해 부닌의 병실로 걸음을 옮겼다.

서른

학교 운동장은 텅 비어 있었다. 미향은 잠시 주저하며 정문 앞에서 얼쩡거리다가 용기를 내어 안으로 들어갔다. 바다에서 밀려온 안개 때문에 도시는 해가 진 것처럼 어두웠지만 학교 건물의 불은 모두 꺼져 있었다.

미향은 건물 안으로 들어갔다. 복도는 텅 비어 있었지만 가끔 다른 층에서 들려오는 듯한 발소리가 쿵쿵거리며 빈 공간을 울렸다. 아이는 교실을 찾아갔다. 역시 안에는 아무도 없었다. 가방과 책을 개인 사물함 안에 넣고 책상에 앉았다. 양손을 나팔처럼 오므려 양쪽 귓바퀴에 붙이고 귀를 기울였다. 학교 건물은 희미한 속삭임과 자잘한 발자국으로 가득 차 있었다.

3층으로 올라갔다. 과학 실험실을 지나칠 때, 굉장히 빠른

속도로 지껄이는 여자 목소리와 분필이 칠판에 부딪히며 내는 잡음이 들렸다. 아이는 문을 열고 안으로 들어갔다.

자그만 몸집의 한국인 화학 교사가 발돋움하고 칠판에 빽빽하게 글을 쓰고 있었다. 그녀의 얼굴은 흥분으로 상기되어 있었고 바짝 마른 입술은 쓰고 있는 문장을 소리 내어 읊고 있었다. 미향이 등 뒤로 다가왔지만 그녀는 신경도 쓰지 않았다.

미향은 칠판에 쓰인 글을 읽어보았다.

> 나는 평생 개성의 중요성에 대한 설교를 끝도 없이 들어왔다. 하지만 나는 지금 그 모든 것들이 허상임을 깨달았다. 사람들은 개성을 용납하지 않는다. 독창적인 개인은 집단의 암이다. 그들은 암세포처럼 집단에 스며들어 그들을 오염시킨다. 만약 집단이 개인의 개성에 의해 이전의 성격을 잃어버린다면 그들이 이전과 같은 집단이라고 할 수 있을까? 그들이 자기 항상성을 위해 독창적인 개인을 거부하고 따돌리고 학살한다고 해서 그들의 잘못이라고 할 수 있을까?
>
> 그럼에도 불구하고 사람들은 개성에 대해 이야기한다. 그러나 그들이 이야기하는 개성이란 위스커스 춤의 새로운 스텝이나, 그들의 기성복을 위장하기 위한 또 다른 기성품 깃털 모자에 불과하다. 그들은 독창적이 되기

를 원하지 않는다. 그들은 집단의 상층부로 올라가기 위해 개성이라는 단어를 빌릴 뿐이다.

나는 지난 2년 동안 중등학교 교사라는 무시무시한 직업에 종사해왔다. 나는 시의 봉급을 받으며 10대 아이들을 규격화된 지식으로 못 박거나 반대로 그들을 쫓아내 그만큼이나 진부한 다른 규격화된 문제아들의 집단으로 내몰았다. 아이로니컬한 것은 그런 내가 이 학교의 유일한…….

그녀는 마지막 문장이 맘에 들지 않았는지 손가락에 침을 묻혀 글자들을 마구 문질러댔다. 미향은 바닥에 떨어진 지우개를 발견하고 집어 올렸다. 지우개는 칼로 마구 찢겨 나가 있었다.

"지우개란 끔찍한 물건이야."

갑자기 화학 교사가 말했다. 그녀는 미향을 바라보며 분필 투성이 얼굴을 소매로 닦았다. 검은 재킷이 분홍색 분필 가루로 엉망이 되었다.

"나는 고무지우개에 대해 이야기하는 게 아니야. 바로 이 칠판지우개에 대해 이야기하는 거지. 이게 얼마나 끔찍한 물건인지 알아? 난 지우개에서 끔찍한 은유를 읽는단다. 생각해보렴. 지우개는 글자를 지우는 게 아니야. 칠판 사방에 분필 가루를 퍼뜨리는 것뿐이지."

화학 교사는 이 정도로 설명이 끝났다고 생각했는지, 잠시 말없이 서 있다가 갑자기 미향에게 달려들어 그녀를 끌어안았다.

"네가 아직까지 살아 있어서 다행이야. 하지만 만약 누군가가 살아남는다면 너뿐이라고 생각했어!"

"왜요?"

갑작스러운 포옹과 사방에 날리는 분필 가루로 숨이 막힌 미향은 캑캑거리면서 간신히 물었다.

"너니까. 너는 언제나 특별한 아이였어."

"저희 나이 또래에는 누구나 자길 특별하다고 생각하지요."

화학 교사는 황급히 뒤로 물러섰다.

"너는 그런 아이들과는 달라! 하지만 여기는 위험해! 당장 달아나! 언젠가 학교가 너를 먹어버릴지도 몰라! 난 이미 늦었지만 넌 살 수 있어!"

이제 그녀는 분필과 지우개를 마구 미향에게 집어 던지기 시작했다.

"시청으로 가! 거기엔 아직 멀쩡한 사람들이 있어!"

미향은 분필 가루를 털며 밖으로 걸어 나갔다. 그녀가 막 현관을 빠져나가려고 할 때 피가 잔뜩 묻은 주머니칼을 횃불처럼 든 체육 교사가 2층에서 뛰어 내려왔다. 미향이 제대로 반응하기도 전에 그는 로비 커튼을 칼로 찢어댔다.

미향은 시청으로 걸어갔다. 거리에 가득한 안개 때문에 주변에 어떤 일이 일어나고 있는지는 정확히 알 수 없었다. 가게는 돌아가고 있었고 가끔 전차와 버스가 지나갔다. 그러나 거리는 이상하게 비어 있었다. 그녀가 음료수를 사러 작은 구멍가게에 들어갔을 때, 점원은 쓰레기통 옆에 쪼그리고 앉아 강아지처럼 낑낑거렸다. 그녀는 계피맛 소다수를 한 병 들고 돈도 내지 않고 나왔다.

시청은 다른 건물에 비해 살아 있는 듯했다. 불은 모두 켜져 있었고 적당히 시끄러웠다. 사람들은 모두 약간씩 정신이 나간 것 같았지만 그래도 그 정도면 정상이라고 할 만했다. 미향은 복도를 지나가다 문 하나를 열어보았다. 쉰 명쯤 되는 할머니들이 얌전히 앉아 파란 털실로 뜨개질을 하고 있었다. 다른 문을 열자 스무 명쯤 되는 남자들이 탁구공을 서로에게 집어 던지고 있었다. 미향은 복도 벽에 붙어 있는 붉은 화살표 그림을 발견했다. 화살표 밑에는 다음과 같이 쓰여 있었다. '강당으로!'

미향은 화살표들을 따라 강당으로 들어갔다. 한 100여 명쯤 되는 사람들이 드문드문 의자에 앉아 있었다. 강연대에는 작은 키에 머리가 벗겨지기 시작한 남자가 서서 중얼거리듯 무언가 이야기를 하고 있었다. 미향이 자리를 잡고 앉자마자 그는 이야기를 멈추었다. 그가 강연대에서 내려오자 정장을 차려입은 러시아 여자가 올라왔다. 그녀는 차랑차랑한 외교관 영어로 이야기를 시작했다.

"사랑하는 사람의 마음속을 들여다보고 싶다는 생각을 해본 적 있습니까? 그들이 우리한테 품고 있는 감정이 얼마나 진실한지 확인하고 싶다는 생각을 해본 적 있습니까?

이런 것들은 백일몽으로 끝나야 합니다. 하지만 일주일 전 저에게 이 모든 것들은 현실이 되었습니다.

저는 반년 전 7년 동안 사귀던 남자와 결혼했습니다. 우린 아직까지 신혼이며 서로를 깊이 사랑한다고 생각했습니다. 일주일 전까지만 해도요.

일주일 전 저녁 식사 때 모든 것이 바뀌었습니다. 그날 저희는 일찍 직장에서 돌아와 함께 저녁을 먹고 있었습니다. 남편이 막 제가 만든 굴라시에 후추를 치려고 손을 뻗었을 때 이상한 일이 일어났습니다. 팔이 제 손을 스치는 순간 그가 무슨 생각을 하고 있는지 알게 되었던 것입니다.

처음에는 단순한 착각이라고 생각했습니다. 하지만 그 순간 이후로 저희의 생각은 서서히 얽히기 시작했습니다. 저희는 서로의 생각과 상대방의 감정을 손바닥처럼 들여다볼 수 있었습니다.

그건 악몽이었습니다. 지금까지 반년 동안 저와 함께 살았던 남자가 제가 생각하는 그런 사람이 전혀 아니었다는 것은 비교적 하찮은 문제였습니다. 더 큰 문제는 우리의 육체적 갈망이 뒤섞이며 만들어내는 혼란이었습니다. 여러분은 자기 자신의 육체를 성적 대상으로 보고 욕구한 적 있습니까? 그와 함께 배우자가 자신의 육체에 대해 품고 있는 반발심을 깨달은 적 있습니까? 그의 숨은 욕구가 얼마나 지저분한지 알게 되고 구역질 난 적 있습니까?

어제 나는 남편을 칼로 찔러 죽였습니다. 그에게 어떤 유감이 있어서가 아니라 더 이상 그의 육체가 존재할 필요가 없기 때문입니다. 이미 그는 일주일 동안 내 몸속에 들어와 있습니다. 유감스럽게도 그의 육체가 죽은 뒤에도 그의 정신은 내 몸에 남아 육체의 절반을 지배합니다. 그리고 나는 그를 죽도록 혐오합니다."

여자가 강단에서 내려오자 이번엔 쉰 살쯤 된 중국인 남자가 올라왔다.

"나는 일곱 마리 개와 살고 있습니다. 그리고 얼마 전부터 개가 되어가고 있습니다. 나는 암캐를 보면 흥분해서 꽁무니의 냄새를 맡습니다. 나는 더 이상 개 사료밖에는 먹지 않습니다. 나는 개들이 하는 말을 이해하고 개처럼 생각합니다. 하지만 내 개들은 나를 아직 사람 취급하고 그 때문에 나는 슬픕니다."

남자는 말을 끝내기가 무섭게 늑대처럼 짖어댔다. 아무도 그를 제지하지 않았고 그도 1분쯤 지나자 정신이 들었는지 자기 발로 내려왔다. 그의 뒤를 이어 피곤해 보이는 젊은 중국인 여자가 올라왔다.

"나는 사흘 동안 잠을 자지 못했습니다. 우리 집 사람들은 모두 자다가 죽었습니다. 잠이 들자마자 심장이 멎고 숨을 쉬지 않았습니다. 나는 지금까지 두 번 졸았는데, 그때마다 심장이 멎는 것 같아 허겁지겁 잠에서 깨어났습니다. 나는 여전히 겁이 나서 잠에 들 수 없습니다. 하지만 이렇게 깨어 있다가는 미칠 것 같습니다. 이미 나는 유령을 보고 있습니다. 유령들은 어디에나 있습니다. 바로 저기도 한 명 있군요."

그녀는 손가락으로 미향을 가리켰다.

서른하나

구석 자리에 앉은 키 작은 남자 한 명이 고개를 돌려 미향을 바라보더니 갑자기 여자처럼 꺅, 하고 비명을 질렀다. 순식간에 강당에 모인 사람들은 대여섯 개의 겹쳐진 그룹을 형성했다. 미향은 실망했다. 아까까지만 해도 이 강당에 모인 사람들은 서로에게서 독립적인 존재들로 보였다.

"유령이 아닙니다, 마담."

허수아비처럼 마르고 작은 콧수염을 단 러시아인 노인이 말했다.

"저 아이는 살아 있는 사람입니다. 제 눈에도 보이니까요. 하지만 이 아이의 얼굴은 낯이 익군요."

노인은 성큼성큼 미향에게 다가와 양가죽 장갑을 낀 손으로 미향의 얼굴을 쓰다듬었다. 그는 다시 기다리고 있는 사람들을 향해 돌아섰다.

“기억나는군요. 꿈에서 보았습니다. 저는 최근 들어 이상할 정도로 생생한 꿈들을 연달아 꿉니다.

사흘 전 꿈에서 저는 제가 어린 시절을 보낸 모스크바의 한 정교회 성당 안에서 누군가를 기다리고 있었습니다. 그때 문이 열리고 무장한 로마 병사들이 이 아이를 끌고 성당 안으로 들어왔습니다. 아이는 구식 성화의 성모 마리아 같은 파란색 옷을 입고 있었습니다. 병사 중 한 명이 저에게 말했습니다. ‘너는 너의 구세주인 이 여인을 부인하겠는가?’ 저는 무슨 말을 해야 할지 몰라 망설였습니다. 그러자 병사들은 창끝으로 이 아이를 찌르기 시작했습니다. 아이가 비명을 지르자 전 눈과 귀를 막고 성당 밖으로 빠져나왔습니다.

성당 밖에서 저는 다시 이 아이를 만났습니다. 아이는 피투성이였지만 더 이상 고통받지 않았고 30센티미터쯤 땅 위에 떠 있었습니다. 아이는 유창한 러시아어로 저에게 이렇게 말했습니다. ‘너는 시험을 통과하지 못했어. 너와 네 아이들은 잊힐 것이다.’ 저는 비명을 지르며 어떻게 해야만 제 실수를 만회할 수 있는지 물었습니다. 이 아이는 대답했습니다. ‘시간은 언제나 같은 자리로 돌아온단다.’ 나는 그게 무슨 소리인지 물어보려 했지만 잠에서 깨어나고 말았습니다.”

미향이 성모 마리아 역할을 하는 자기 모습을 상상하는 동안 째진 목소리의 한국인 여자가 입을 열었다.

"저는 어제 저 아이가 나오는 전혀 다른 꿈을 꾸었습니다. 저는 어제 꿈속에서 제가 일하는 유치원의 쉬는 시간 동안 실내 놀이터에서 노는 아이들을 지도하고 있었습니다. 그런데 어느 순간부터 아이들이 장난감들을 마구 부수면서 바닥에 던지기 시작했습니다. 순식간에 유치원 바닥은 부서진 장난감들로 가득 찼습니다. 저는 아이들을 진정시키려고 했지만 말을 듣지 않았습니다.

그때 저 아이가 나타났습니다. 지금 모습보다 훨씬 어려 보였지만 저 아이가 분명했어요. 아이는 잠시 실내 놀이터를 돌아다니다가 바닥에서 장난감 조각 몇 개를 집어 들더니 갑자기 작은 용 모양의 인형을 만들었습니다. 아이는 그 인형을 저에게 내밀었습니다. 조각들로 만든 인형이었지만 이음새는 전혀 없었습니다.

저는 갑자기 뜬금없이 물었습니다. '앞으로 나에게 무슨 일이 생기겠니, 미향아?' 아이는 말없이 미소 지으면서 하늘을 가리켰습니다. 그리고 그 아이와 함께 세상 모든 것이 사라져버렸습니다. 남은 건 허공에 떠 있는 저와 용 인형뿐이었습니다."

"제 꿈속에서도 저 아이 이름은 미향이었습니다!"

아까 비명을 질렀던 남자가 귀에 거슬리는 고음으로 외쳤다.

"전 어떤 내용의 꿈을 꾸었는지는 기억할 수 없습니다. 하지만 그 꿈을 통해 얻은 몇 가지 정보를 기억하고 있습니다.

저 아이는 무영이라고 하는, 고모인지 언니인지 하는 사람과 함께 공원 근처의 아파트에 삽니다. 고모는 뚱뚱한 러시아인으로 위장한 화성인과 애인 사이입니다. 저 아이는 화성인의 바이러스를 막을 수 있는 유일한 사람입니다."

"당신 꿈은 틀렸어요!"

이제 미향의 주변에 빽빽하게 들어찬 사람들의 머리 뒤로 여자 목소리가 들려왔다.

"저 아이 이름이 미향인 건 맞아요. 하지만 저 아이는 할아버지와 함께 살아요. 그 아이 고모라는 여자는 저도 봤습니다. 하지만 그 여자의 애인은 뚱뚱한 러시아인이 아니라 심술궂은 얼굴을 한 키 작은 여자였어요. 화성인에게 연락을 취하는 사람도 그 여자입니다."

강당 안은 시끄러워졌다. 더 이상 사람들은 자기 차례를 기다리지 않았다. 미향은 몸을 편하게 하고 앉아 사람들이 자기에 대해 뭐라고 말하는지 귀를 기울였다. 미향은 성모 마리아였고, 흡혈귀였으며, 구세주였고, 만화에 나오는 비련의 여자 주인공이었고, 화성인이 보낸 메신저였고, 저승사자였고, 공룡 길들이는 조련사였고, 용이었고, 러시아 인형이었고, 아마존이었고, 지구의 영(靈)이었다. 가끔 등장하는 무영은 사피스트 종교 교주였거나 화성 대사였다. '심술궂은 얼굴을 한 키 작은 여자'인 나는 언제나 화성인의 첩자였다.

사람들이 목청을 높일수록 그들의 개성은 사라져갔다. 대여섯 그룹으로 나뉘어져 있던 사람들은 서서히 하나의 그룹으로 합쳐졌다. 각기 다른 목소리를 내고 있던 그들은 서서히 입을 맞추기 시작했다. 그건 마치 존재하지 않는 종교의 기도문과 같았다. 그들은 갈망하는 듯한 눈으로 미향을 바라보며 그 기도문을 〈그레고리안 성가〉 비슷한 곡조에 담아 낭송했다.

"우리를 혼돈에서 구원하소서, 우리를 혼돈에서 구원하소서, 우리를 혼돈에서 구원하소서……."

이건 좀 심하다고 미향은 생각했다. 더 이상 강당에 머물 생각이 없어진 그녀는 자리에서 일어났다. 사람들이 그녀의 앞길을 가로막았지만 이제 치즈처럼 한 덩이로 엉겨 붙어 있어서 조종하기도 쉬웠다. 그녀는 손을 한 번 휘저어 그들을 연단 쪽으로 내쫓았다. 그들은 연단 주변에 몰려서서 강당을 떠나는 미향의 등을 바라보며 절규했다.

미향은 시청 건물을 떠났다. 하지만 그녀는 이제 어디로 가야 할지 알 수 없었다. 강당 사람들이 그녀를 알아본 뒤로 길에서 만난 사람들이 모두 이상한 눈으로 바라보고 있었기 때문이다.

도대체 저들은 왜들 그러는 걸까? 미향은 생각했다. 내가 능력을 너무 많이 쓴 것일까? 능력을 남용하는 동안 저들이 내 얼굴을 익혀버린 걸까? 도대체 왜 나만 이런 힘을 가진 거지?

불안함을 참을 수 없어진 미향은 능력을 남용하기 시작했다. 사람들이 그녀를 숭배하는 듯한 눈초리로 바라보기만 해도 미향은 그들을 밀쳐내고 집어 던졌다. 맘이 안정되자 그녀는 조금 복잡한 장난을 시도했다. 이제 사람들은 미향의 명령에 따라 거리에서 왈츠를 추고 처음 보는 사람에게 키스를 하고 걸어가다 갑자기 물구나무를 섰다. 미향은 심지어 길 가는 사람들을 세워놓고 〈스페인의 비극〉의 무언극 버전을 시도해보기도 했다. 3막에 이르자 지루해져서 그만두었지만.

"싫증 났나요?"

갑자기 정중한 한국어로 누군가가 물었다. 쪼글쪼글한 얼굴의 러시아인 노파가 싱글싱글 웃으며 미향을 바라보고 있었다. 그녀의 얼굴에는 다른 사람들의 얼굴에 새겨진 그 숭배의 표정이 없었다. 미향은 노파의 팔을 움직여보려 했다. 그녀의 팔은 살짝 흔들렸지만 그뿐이었다. 노파는 분명히 미향이 자기를 조종하려고 하는 것을 알고 있었고 그 힘을 느꼈으며 저항하고 있었다. 미향은 안도의 한숨을 내쉬었다.

"세상이 왜 이렇게 변한 거죠?"

미향이 물었다.

노파는 미향을 근처 벤치로 데려갔다. 둘 다 자리에 앉자 노파는 웃음을 지우고 말했다.

"언젠간 찾아올 자연스러운 현상이에요. 단지 종말이 조금 더 빨리 왔을 뿐이랍니다."

"세상이 멸망해가나요?"

미향은 놀라 외쳤다.

"잘하면 막을 수도 있어요. 그리고 여기 구원자도 한 명 있지요."

"저요? 왜요? 그리고……."

"그리고 내가 그걸 어떻게 아느냐는 거겠죠?"

미향은 고개를 끄덕였다.

"생각해봐요."

미향은 노파의 눈을 노려보았다. 싱글거리는 얼굴과는 달리, 노파의 탁한 눈은 유리로 만든 것처럼 무표정했고 굳어 있었다. 미향은 그 눈에서 어떤 것도 읽을 수 없었다.

그러나 그 순간부터 그녀는 노파의 정체에 대해 알 수 있을 것 같았다. 그녀 앞에 싱글거리며 앉아 있는 할머니의 육체는 아무런 의미가 없었다. 그녀 앞에 앉은 이 사람은 길을 지나가는 그 어떤 사람일 수도 있었다. 중요한 건 이 육체를 빌려 그녀와 의사소통을 시도하려는 어떤 존재였다.

"이제 알았어요."

미향이 말했다.

"당신이 그 불쌍한 러시아인 아저씨에게 그 사람들의 머리를 자르라고 시켰군요?"

서른둘

미향은 주변을 둘러보았다. 물에 휩쓸린 듯 무리 지어 움직이는 사람들 중 다섯 명 정도가 집단의 영향을 받지 않고 제자리에 서서 미향과 노파 쪽을 바라보고 있었다. 미향은 그들을 머릿속으로 쓸어보았다. 그들은 아까 노파가 그랬던 것처럼 잠시 휘청거렸지만, 다시 원래 자세로 돌아왔다.

"악마야, 물러가라."

미향은 건조하고 맥 빠지는 목소리로 노파에게 말했다. 노파는 픽 웃더니 어울리지 않게 손가락 두 개를 입에 넣고 요란하게 휘파람을 불었다. 미향이 아까 가려낸 다섯 남자들이 느긋하게 걸어왔다. 다섯 명 모두 서른 안쪽의 잘생긴 젊은 남자들이었다. 모두 운동선수 같은 근육질 체격에 억센 턱을 한 비슷한 외모여서 구별하기가 힘들었다. 심지어 인종간의 구분도 어려웠다. 아프가니스탄계에서부터 한국인까지 다양한 인종이 섞여 있었는데도.

“우린 아가씨를 도우러 왔어요.”

노파가 말했다.

“어떻게요?”

미향이 물었다.

“지금 세상이 어떻게 돌아가고 있는지 알고 있는 사람들은 우리뿐이니까.”

“저를 돕는다는 건, 제가 그쪽을 도와야 한다는 말이겠지요?”

“당연하죠.”

“그 불쌍한 러시아 아저씨처럼요?”

“아, 부닌.”

노파는 혀를 찼다.

“설마 자신을 부닌에 비교하는 건 아니겠지요? 부닌은 백치예요. 우리가 없었다면 옛날에 시베리아에서 얼어 죽었을 친구예요. 부닌이 발이라면 아가씨는 머리죠. 우리가 필요한 건 아가씨의 두뇌고요.”

“설명해봐요.”

노파는 잠시 미향의 눈을 응시하다 한숨을 내쉬고 말을 이었다.

“아가씨의 피에는 어떤 특별한 유전적 질병이 모계를 통해 유전되고 있어요. 질병이라는 표현이 맘에 안 드는군요. 이건 재능이에요. 단지 아주 섬세한 것이어서 조금이라도 환경이 나쁘면 정신병으로 오인받기 딱 좋죠. 어리석은 의사들은 지금도 아가씨 같은 사람들을 분열성광증에서 유전적 치매에 이르기까지 멋대로 병칭을 붙여 정신병원에 집어넣고 있지요."

"저 말고 다른 사람들도 저 같은 일을 할 수 있나요?"

"아뇨, 아가씨만이 특별해요. 왜 그런지는 모르겠어요. 아가씨의 정신적 능력이 유달리 강했거나 지금 이 상황이 아가씨의 능력을 강화했거나 둘 중 하나겠지요.

일반적으로 개인과 개인 사이의 경계는 그렇게 뚜렷하지 않아요. 특히 집단 안에서 그 경계는 더욱 흐려지지요. 정상적인 상태에서 완전히 독립된 개인은 존재하지 않아요.

하지만 아가씨는 그럴 수 있지요. 늘 그걸 출신 성분 때문이라고 생각했겠지요? 천만에. 한번 생각해봐요. 언제나 아가씨는 혼자였어요. 아주 가까운 여자 친척 몇 명만 제외하면 정상적인 감정적 교류 같은 것도 불가능했을걸요.

아가씨가 다른 사람들을 쉽게 조종할 수 있는 것도 그 때문이에요. 아가씨는 독자적으로 세상을 볼 수 있기 때문에 집단의 흐름도 읽을 수 있어요. 다른 사람들에게 영향을 주는 것도 가능하고요."

미향은 노파의 말을 가로막았다.

"집단의 흐름을 읽는 건 이해가 가요. 하지만 그게 어떻게 능력의 원인이 되지요?"

노파는 고개를 저었다.

"우리도 잘 몰라요. 그래서 그걸 연구하려고 하는 거죠. 단지 그게 아가씨 능력의 원천이라는 것은 알고 있어요. 다른 원인은 있을 수가 없어요."

"그럼 사람들은요? 저것도 자연스러운 현상인가요?"

미향은 이제 웅성거리며 그들에게 다가오고 있는 사람들을 가리켰다.

노파는 미향의 손가락이 가리키는 쪽을 바라보더니 늙은 러시아 할머니에게는 전혀 어울리지 않는 거친 욕을 퍼부었다.

"너무 일렀다! 세묜! 정우! 당장 차를 준비시켜!"

지금까지 노파 주변에 보디가드처럼 서 있던 남자 둘이 허겁지겁 뛰어나갔다. 노파는 미향의 손을 잡고 일어나 천천히 걷기 시작했다. 남은 세 명의 남자들은 군인처럼 절도 있는 걸음걸이로 그들의 뒤를 따랐다. 걸으면서 노파는 외교관 영어로 계속 툴툴거렸다.

"뭐가 잘못되었을까? 왜 내 계산이 틀렸지? 왜들 저렇게 빨리 움직이는 거야? 빌어먹을 간섭파! 빌어먹을 구두! 빌어먹을 핸드백!"

미향은 눈을 가늘게 뜨고 노파를 바라보았다. 노파는 핸드백을 마치 권총이라도 되는 것처럼 움켜쥐고 있었다. 구두가 불편한지 열 걸음에 한 번씩은 휘청거렸다. 성큼성큼 걷는 걸음걸이는 노파보다 훨씬 키가 큰 사람에게나 어울렸다.

미향은 표정을 바꾸지 않고 천천히 말했다.

"여자가 되신 지 얼마 되지 않았군요?"

노파는 당황한 표정으로 미향의 얼굴을 쳐다보았다. 미향은 의기양양한 미소를 지으며 덧붙였다.

"왜 하필이면 그 몸을 골랐지요? 아저씨 취향에 더 잘 맞는 몸도 있었을 텐데?"

"선택의 여지가 있었다고 생각하나요?"

노파가 말했다. 목소리는 그대로였지만 일부러 여성적으로 꾸미려는 듯한 어투는 사라졌다. 미향은 뭔가 그럴싸한 말로 대답하려 했지만 그러기 전에 세폰과 정우가 끌고 온 검은 스카라베 3단 승용차가 그들의 앞을 가로막았다. 세 보디가드는 주저하는 미향의 몸을 차 안에 쑤셔 넣었다. 노파는 천천히 맞은편 문으로 돌아가 미향의 옆자리에 앉았다.

차는 출발했지만 곧 웅성거리며 몰려드는 사람들 때문에 멈출 수밖에 없었다. 노파는 짜증이 난다는 듯 보디가드들에게 고함을 질렀다.

"당장 어떻게든 해봐! 내가 뭐 하러 너희들을 여기까지 끌고 왔다고 생각하니?"

보디가드 중 한 명이 창문을 열고 폭탄 비슷한 것을 창밖으로 집어 던졌다. 퍽 하는 둔탁한 소리와 함께 누런 연기가 차 주변을 둘러쌌다. 보디가드가 창을 허겁지겁 닫기 전에 연기 일부가 안으로 들어왔다. 차 안의 모두가 눈물을 흘리기 시작했다.

연기가 사람들을 쫓아내자 차는 다시 질주하기 시작했다. 쫓아오는 사람들이 사라지자 노파는 허겁지겁 다시 창문을 열었다.

"보통 때 같으면 저런 녀석들은 우리 그룹 근처에 올 수도 없었지요."

노파가 투덜거렸다.

"하지만 상황이 이러니 우리로서도 어쩔 수 없습니다. 뇌가 필요해요. 그리고 내 경험에 따르면 뭔가 생각이 있는 녀석들보다는 텅 빈 머리가 더 유용하고요."

"아하, 그래서 동네 체육관에서 괜찮은 외모의 골 빈 남자애들을 골라 왔나요?"

"동네 체육관에 저렇게 생긴 녀석들이 흔하다고 생각하나요?"

"아하, 그럼 뭐예요. 다들 패션모델들이라도 되나요?"

노파는 대답하지 않았다. 사실인 모양이었다.

미향은 보디가드들을 다시 관찰했다. 모두들 이상할 정도로 비슷한 이유를 알 것 같았다. 생김새도 비슷했지만 그보다는 태도와 동작의 유사성이 더 컸다. 그들은 마치 다섯 개로 쪼개진 한 몸 같았다.

"천치 같은 발가락들."

노파는 한심하다는 듯 신음했다.

갑자기 앞좌석에 앉아 있던 보디가드 한 명이 고개를 돌렸다. 놀랍게도 이제 개성적인 표정이 그 얼굴을 덮고 있었다.

"그래도 몸은 괜찮은데."

그가 노파에게 말했다.

"너한테나 맞겠지. 이 음탕한 영감아."

"적어도 자네 몸보다는 낫지. 와, 이 팔 근육 좀 봐. 난 지금 내 몸이랑 한탕 할 수도 있겠어. 거울만 봐도 흥분되는걸."

"더러운 농담은 집어치워. 지금 미성년자와 함께 있는 걸 몰라?"

보디가드는 갑자기 조용해졌다. 그는 미향에게 정중하게 고개를 숙여 사과했다. 그가 고개를 들었을 때 잠시 살아났던 표정은 사라지고 다시 아까의 그 무표정한 인형으로 돌아갔다.

노파도 그 사실을 알아차린 모양이지만 계속 말을 이었다.

"도대체 뭐가 잘못되었을까, 동지들? 어떻게 저 녀석들이 이 아가씨의 존재를 알아차린 거지? 그들에겐 그럴 지능이 없어."

"우리도 예전과 같지는 않아."

다른 보디가드가 말했다. 하지만 어투는 아까 거울 보고도 흥분된다는 남자와 같았다.

"이미 경계가 흐려지고 있네. 어디선가 정보가 노출되었을 거야. 게다가 우리가 누군가를 찾고 있다는 것을 저쪽도 알고 있었잖아. 아마 자세히는 모를 거야. 우리에게 귀중하다는 것을 알았으니 그쪽에게도 필요할 거라고 생각했겠지."

목소리는 혀를 찼다.

"우리도 언제까지 순수성을 유지할 수는 없어. 나중에는 타협해야 할지도 모르지. 저쪽에 괜찮은 녀석이 있으면 받아들이자고. 우선 어떤 모습으로라도 살아남는 것이 중요해. 지금으로서는 그것 자체도 힘든 것 같지만 말이네."

서른셋

차는 한국구 중산층 주택가 구석에 위치한 4층 상가 건물에서 멈추었다. 미향이 낡아빠진 회색 원피스를 입은 1층 쇼윈도의 마네킹을 멍한 표정으로 바라보는 동안 보디가드들은 쇠사슬과 자물쇠로 잠긴 1층 현관문을 열었다. 문이 열리자 노파와 보디가드들은 미향을 끌어내 허겁지겁 안으로 들어갔다.

그들은 건물의 반지하실로 내려갔다. 지하실이라고는 했지만 뜻밖에 아늑한 곳이었다. 가구들은 중저가 공장 생산품이었지만 고상했고, 벽에 걸린 그림들은 포스터였지만 방 분위기와 잘 어울렸다.

노파가 보디가드들을 을러대는 동안 미향은 거실에 놓인 동그란 안락의자에 앉았다. 그녀는 텔레비전을 켜고 보는 척하면서 노파를 관찰했다.

이제 미향은 왜 노파가 그렇게 쉽게 그녀한테 저항할 수 있었는지 알 것 같았다. 노파 역시 집단에 통합되어 있는 것은 다른 사람들과 다를 게 없었다. 하지만 노파의 정신은 그 집단 정신의 중요한 일부분이었다. 노파가 속한 집단은 다른 것들과 달랐다. 다른 무리들은 경계도 질서도 없이 마구 뒤섞여 있는 사람들의 무리였지만 노파가 속해 있는 집단은 엄격하게 조직화되어 있었으며 서로 평등했다. 이들의 조직은 계급 체계가 없는 군대를 연상시켰다.

보디가드들을 밖으로 쫓아버린 뒤, 노파는 미향을 향해 돌아섰다. 미향은 그 순간 강한 쾌락주의의 향기를 느꼈다. 미향은 잽싸게 군대 비유를 지워버렸다. 노파는 원래 모습이 무엇이건 군인 따위는 절대로 아니었다. 아마 고생 모르고 자란 부잣집 아들쯤 아닐까? 부모가 물려준 돈으로 고상한 취향을 쌓아 올리고 넘치지 않은 범위에서 적당한 쾌락을 즐기며 지금까지 살아온 독신 남자. 아마 중국인일 것이다. 의천으로 도망쳐온 상하이서클의 잔존자일지도 모른다.

"나이에 비해 많은 걸 알고 있군요."

노파는 마치 미향의 마음을 읽은 것처럼 말했다.

"전 책을 많이 읽어요."

미향이 대답했다.

"대충 맞았어요."

노파는 미향의 맞은편에 앉으며 말했다.

"상하이서클의 멤버였지요. 중국인일지도 모른다는 말도 반은 맞았어요. 아버지가 포르투갈인이었지만 그게 그렇게 대단한 차이는 아니니까."

"어쩌다가 그 몸에 들어가셨나요?"

미향이 물었다.

"아까도 말하지 않았나요? 몸이 부족했어요. 허겁지겁 몸을 마련하기는 해야 했는데, 하필 근처에 쓸 만한 건 이 노파밖에 없었지요. 팔다리 없는 몸보다야 좀 덜컥거리고 늙어도 온전한 게 낫지."

"남의 몸에 들어가는 걸 아주 당연하게 생각하시네요."

"나도 이번이 처음입니다. 하지만 하나의 육체에 하나의 정신이라는 선입견을 넘어선 지 오래되었습니다. 이렇게 살다 보면 자신의 몸에 그렇게 특별한 애정을 두지 않게 됩니다."

노파는 텔레비전을 껐다.

"자, 이제 우리가 아가씨를 어떻게 할 건지 말해주죠. 우린 약간의 실험을 할 겁니다. 실험 기구는 몇 분 내에 저 바보들이 가져오기로 되어 있어요. 우린 아가씨 몸에서 약간의 샘플을 뽑고 뇌의 반응을 측정할 겁니다. 우리의 가설과 실험 결과가 일치하면 우린 아가씨의 도움을 요청할 겁니다. 특별히 어려운 일은 아닙니다. 이미 아가씨는 며칠 동안 이 일을 해왔어요. 사람들을 조종하고 정리하는 일 말이죠. 단지 이번엔 멍청한 군중을 이용해 무언극을 시키는 것보다 훨씬 복잡하고 중요한 작업입니다. 우린 아가씨의 도움을 받아 우리 정신을 재정비해야 합니다."

"어쩌다 그렇게 되셨는데요?"

"언젠가 이렇게 될 수밖에 없었어요. 바보같이 우리가 그 사실을 예측하지 못했을 뿐입니다. 우린 어떻게 보면 옛 특권을 수호하려는 반혁명군입니다. 이런 말을 내 입으로 하다니 어이가 없군요. 난 5년 동안이나 혁명대기당의 일원이었으니까요. 하지만 내가 하는 일은 완벽하게 정당화될 수 있습니다. 지금 우리의 특권을 나누어 가진 대중들은 자신의 능력을 어떻게 써야 할지 모릅니다. 자칫하면 인류 최대의 기회가 인류 멸종과 연결됩니다."

"저한테는 어떤 이득이 돌아오죠? 할머니가 속한 그룹의 특별 회원권 같은 것인가요?"

"지구를 구했다는 만족감만으로도 충분하지 않습니까?"

미향은 노파의 얼굴을 바라보았다. 노파는 허풍스러운 말에 어울리지 않게 진지해 보였다.

"가족들에게 전화할 수 있나요?"

"산호병원에 말입니까? 이미 산호병원은 우리 관리하에 있습니다. 지금은 연락할 수 없습니다. 아가씨에게 무슨 일이라도 생기면 이무영 씨의 도움을 받아야 하니까요. 이무영 씨는 아가씨만큼 통제력이 강하지는 않고 나이도 많지만 그래도 우리에겐 선택의 여지가 없습니다."

"하지만 왜 저만 이런 게 가능하죠? 왜 저만 이런 병에 걸린 건데요?"

"그건 설명하기 어렵습니다. 하지만 우린 대충 알고 있다고 생각합니다. 그건 화성병이라는 것입니다."

"하지만 제가 앓는 정신 질환은 화성 탐사 훨씬 이전부터 있었는 걸요."

"병원균이 꼭 공기로 전파되는 건 아닙니다. 우리가 알 수 있는……."

그 순간 노파는 갑자기 말을 멈추었다. 그녀는 미라처럼 뻣뻣하게 일어나 눈을 커다랗게 뜨고 천장을 올려다보았다. 그다음 순간 노파의 작은 몸은 털썩하는 소리와 함께 바닥에 쓰러졌다. 미향은 허겁지겁 달려가 노파의 맥을 짚어보았다. 노파는 죽어 있었다.

미향의 손에서 빠져나온 노파의 손목이 다시 바닥으로 떨어지는 순간, 쿵쿵거리는 발소리가 들려왔다. 미향은 문구멍으로 밖을 내다보았다. 보디가드들이었다. 그러나 미향은 안심하고 문을 열 수 없었다. 그들의 행동과 표정은 노파가 그들을 끌고 다닐 때와는 전혀 달랐다. 당연하지, 보디가드들은 노파의 꼭두각시들이었다. 노파가 정말로 죽었고 보디가드들이 여전히 통제되고 있다면 새 주인이 생긴 것이다. 혹시 잠시 보디가드의 몸을 빌렸던 그 남색가 노인일 수도 있을까? 미향은 고개를 저었다. 보디가드들에게서는 그 남자가 풍겼던 나른한 분위기가 느껴지지 않았다. 미향은 주저하지 않고 문을 걸어 잠그고 빗장을 질렀다.

보디가드들은 노크 따위는 하지 않았다. 그들은 총을 꺼내 자물쇠에 쏘아대기 시작했다. 미향은 귀를 막고 탈출로를 찾아보았다. 화장실 창문이 가장 시도할 만했다. 화장실로 달려갔다. 창문에는 철창이 쳐 있었지만 화재 대비 비상 탈출 장치 역시 되어 있었다. 미향은 안쪽으로 잠기게 되어 있는 자물쇠를 풀고 철창을 열었다. 창문은 좁았지만 미향은 나이에 비해 몸집이 작은 편이었다.

간신히 빠져나오긴 했지만 아직 안심하긴 일렀다. 보디가드들과 비슷한 분위기의 사람들이 건물 주변에 가득했다. 그들을 밀쳐버리고 싶은 생각으로 가득했지만 미향은 시도하지 않았다. 지금 새로 나타난 그룹은 미향을 숭배할 생각 따위가 없는 게 분명했다.

미향은 될 수 있는 한 그들의 리듬에 몸을 맞추며 걷기 시작했다. 몸을 맞추자 그들의 감정도 자연스럽게 그녀의 뇌 속으로 들어왔다. 그들은 절실했고 겁에 질려 있었고 무언가를 쫓고 있었다. 그리고 그 무언가는 분명히 미향이었다.

그들은 정말 많았다. 열린 길 끝까지 2킬로미터는 덮고 있는 것 같았다. 지금처럼 리듬에 맞추어 걷다가는 영원히 못 빠져나올지도 모른다. 게다가 그들은 언제라도 미향을 덮칠 준비를 하고 있는 것이다.

다른 출구가 있을까? 미향은 골목길을 시도해볼까 생각해봤지만 그런 식으로 길을 잃고 싶지는 않았다. 무언가 탈 것이 필요했다. 하지만 버스는 더 이상 다니지 않았고 지하철역도 멀었다. 그리고 그런 대중교통 수단은 걷는 것보다 위험할 수 있었다. 자전거는 어림없었다.

그때 그녀는 정차되어 있는 갈색 소형차를 발견했다. 그룹에 속한 듯한 여자 한 명이 막 차에서 내리려는 중이었다. 미향은 생각 없이 그녀의 차에 뛰어들었다.

"운전해요!"

미향은 문을 닫자마자 외쳤다. 여자는 미향에게 분노의 시선을 돌렸지만 쉽게 굴복했다. 차는 천천히 움직이기 시작했다. 여자는 비명을 지르려 했지만 그럴 때마다 미향은 그녀의 입을 막았다.

30분 뒤, 차는 새 그룹의 패거리 사이에서 빠져나왔다.

서른넷

미향은 고장 난 차와 그 안에서 비명을 질러대는 여자를 길가에 버려두고 뛰었다. 산호병원까지는 버스 두 정거장 거리밖에 되지 않았다. 사람들은 여자를 무표정한 얼굴로 바라보았지만 그녀를 돕지도 공격하지도 않았다. 대부분 사람들이 미향을 숭배의 표정으로 쳐다보았고 한 명은 엎어져 절까지 했지만 그녀를 잡으려 하는 사람도 없었다. 미향은 마치 엘레오노라 두세라도 된 기분이었다. 그녀는 이제 이 도시의 스타였다. 일이 제대로 풀리면 어디서 선글라스라도 구해야 할지 모른다.

산호병원으로 들어가는 데엔 꽤 용기가 필요했다. 병원 앞은 이미 군중들로 인산인해를 이루고 있었다. 모두 두리번거리면서 누군가를 찾고 있었다. 그 누군가가 미향임은 말할 필요도 없었다.

미향은 우회로를 찾아보았지만 허사였다. 어느 구석에건 사람들이 한둘씩 문을 막고 있었다.

미향은 생각을 가다듬으려 벤치에 앉았다. 고개를 숙이자 눈이 녹아 생긴 작은 웅덩이에 아이의 얼굴이 비쳤다. 갑자기 궁금해졌다. 저들은 어떻게 나를 알아볼까? 텔레파시로? 아니, 그렇지는 않다. 그랬다면 능력을 휘두르지 않아도 알아챈 사람들을 설명할 수 없다. 해답은 간단했다. 그들은 얼굴과 옷차림을 알고 있는 것이다!

미향의 걱정은 조금 사그라들었다. 그들의 감별법이 겨우 그 정도라면 충분히 따돌릴 수 있다. 아이는 근처 저가 쇼핑센터로 들어갔다. 아동복 매장에서 외투와 교복을 벗고 비슷한 사이즈의 남자아이 정장으로 갈아입었다. 긴 머리칼은 베레모 안에 밀어 넣었다. 미향은 얼굴을 숙이고 새 걸음걸이를 연습했다.

쇼핑센터에서 빠져나온 미향은 산호병원으로 걷기 시작했다. 마음은 될 수 있는 한 굳게 닫고 몸은 그들의 리듬에 맡겼다. 성공이었다. 그들은 알아차리지 못했다. 심지어 출입문을 열고 안으로 들어갈 때까지도.

산호병원에서 첫 번째로 마주친 것은 뚱뚱한 중년 남자의 시체였다. 그는 배에 기다란 칼이 꽂힌 채 큰대자로 바닥에 뻗어 있었다. 그 그림이 너무 완벽해서 마치 만화 같았다.

"러시아 스파이야."

익숙한 목소리가 위에서 들렸다. 무영이었다. 그녀는 수술실로 이어지는 나선 계단 중간에 웅크리고 앉아 있었다. 그렇지 않아도 창백한 얼굴은 핏기가 너무 없어서 거의 푸른색으로 보였다.

"들어오렴. 밖은 위험해."

비틀거리며 일어난 무영은 미향에게 손을 뻗었다. 미향은 말없이 그녀의 손을 잡았다.

나선 계단을 타고 올라가는 동안 다른 사람들도 눈에 띄기 시작했다. 대부분 병원 환자 같았는데, 모두 개별자들처럼 보였다. 정장 차림의 남자 대여섯이 얼쩡거리고 있었는데, 그들은 조금 구별하기가 힘들었다. 다들 바빠 보였다. 복도를 돌아다니는 사람들 절반이 상자 같은 것들을 들고 있었다. 의사들은 보이지 않았다.

"할아버지께서 위독하셔."

무영이 담담한 어조로 말했다.

"오늘을 못 넘길지도 모른대. 어떻게 보면 다행이야. 노인네까지 그 고생을 함께 겪게 할 수는 없어."

"무슨 고생을요?"

"나도 모르겠어……."

무영은 천장을 올려다보며 잠시 말을 멈추었다.

"우린 네가 오자마자 이 도시를 탈출할 생각이었어. 하지만 항구며 비행장은 모두 점령당했어. 길도 곧 막힐 거야. 과연 탈출한다고 해서 다른 곳에서 우리를 받아줄지도 모르겠고. 들었니? 조차지 변경에서는 안으로 들어오려는 사람들을 무차별 학살한대.

저 사람들은 여길 요새화하기로 결정했어. 여긴 자가발전 시설도 완벽하고 수도가 끊겨도 지하수를 쓸 수 있어. 비상시를 대비한 자기 정화 시스템도 있고. 다 너를 지키기 위해서야."

"그럼 일이 풀릴 때까지 이 자리에 그냥 앉아만 있어야 하나요?"

"그동안 어떻게든 해결책을 마련해야겠지. 오늘 석간신문 봤니?"

미향은 고개를 저었다. 무영은 복도 바닥에 흩어져 있는 신문지 한 장을 집어 들고 먼지를 털어 미향에게 넘겨주었다. 네 페이지가 모두 똑같이 인쇄되어 있었다. 중앙에는 학교 앨범에서 뽑아 확대한 미향의 사진이 커다랗게 실려 있었고 주변은 일종의 기도문으로 채워져 있었다. '우리를 버리지 마시옵소서, 우리를 버리지 마시옵소서…….'

"다른 환자들은 어디 있지요?"

"정신병동 사람들을 제외하면 모두 다른 곳으로 옮겼어. 정신병동 사람들은 우리한테 필요하대. 특히 분열성광증 환자들은."

"왜요?"

"정신적인 울타리 역할을 한다고 하나 봐."

"인간 방어막이군요."

"네가 더 중요하다니까."

미향은 더 이상 참을 수 없었다.

"도대체 세상이 지금 어떻게 돌아가고 있는 거죠? 왜 아무도 제대로 설명해주지 않는 거예요?"

"이미 그 사람들이 너에게 설명해주었다고 했어. 화성병이라고."

"하지만 왜요? 어떻게요? 언제부터요? 왜 제가 저 사람들의 구세주가 되어야 해요? 옛날 추리소설 여자 주인공처럼 앵앵거렸다면 미안해요. 하지만 이 상황에서 어쩌란 말이에요?"

그때 뒤에서 헛기침 소리가 들렸다. 정장 차림의 작은 필리핀 남자가 지팡이를 짚고 뒤에 서 있었다. 아빌라였다.

"왜 벌써 나왔어요? 몸은 괜찮아요?"

무영이 물었다.

"괜찮습니다."

그가 대답했다.

"그 사람들이 저는 나갈 수 있다고 했습니다. 교수도 제 도움이 더 이상 필요 없답니다. 어떻게든 탈출로를 뚫어볼 생각입니다."

"어떻게요?"

"24번 국도로 빠져나가면 베이징행 열차를 탈 수 있습니다. 아직 그쪽 열차는 정상적으로 운영되고 있답니다. 베이징까지 제대로 갈 수 있다면 신대륙으로 날아갈 생각입니다. 어떻게든 이 징그러운 곳에서 빠져나가고 싶어요."

"그쪽에서 받아줄까요?"

아빌라는 미소를 지었다.

"전 아직 꽤 괜찮은 사기꾼입니다. 게다가 전 필리핀인이고요. 저랑 이곳을 연결시킬 사람들은 그렇게 많지 않을 겁니다. 프랑스령 캐나다가 어떨까 싶군요. 저 같은 사람들이 살기에 좋답니다. 도착하면 엽서라도 보내드리겠습니다."

무영은 아빌라가 정중하게 내민 장갑 낀 손을 잡고 가볍게 흔들었다. 아빌라는 아쉬운 듯 그녀를 바라보더니 가볍게 지팡이를 휘둘렀다.

"그럼 행운을 빌어주십시오! 상서빌딩 모퉁이로 돌아갈 때까지만 지켜봐주시겠습니까? 뒤에서 누군가가 보고 있다면 용기가 날 것 같습니다."

무영이 고개를 끄덕이자 그는 씩 웃으며 계단을 내려갔다. 무영과 미향은 상서빌딩 쪽으로 나 있는 창가로 걸어갔다.

잠시 뒤 지팡이를 휘두르며 걸어 나오는 아빌라의 작은 모습이 병원 뒷문 바깥에 보였다. 그가 나오자, 병원 주변에 하나둘씩 모여들던 사람들이 갑자기 긴장하는 듯했다. 그가 손을 휘두르자 그들은 잠시 뒤로 물러났고 아빌라는 뛰기 시작했다. 어느 순간부터 사람들도 그를 쫓기 시작했다. 아빌라는 간신히 그가 점 찍어둔 차에 올라탔다. 시동 거는 데 시간이 조금 걸리긴 했지만 덜컹거리면서 질주하기 시작했다. 사람들은 비명을 질러대며 차를 쫓았다. 아빌라의 차는 사람들을 끌고 곧 모퉁이를 돌아 사라졌다.

"저런 식으로는 24번 국도까지 갈 수 없어요."

미향이 말했다.

"모르지. 저 사람은 지금까지 꽤 용하게 버텨왔어. 저들도 어느 정도까지는 도와줄 거야."

"저 아저씨를 도울 수 있다면 우린 왜 못 돕죠?"

"넌 이미 이 도시에 알려질 대로 알려져 있어. 저들은 기껏해야 몇십 명이고 상대는 도시 전체야. 아무리 저들이 분열되어 있다고 해도 상대가 되지 않긴 마찬가지야."

무영은 미향의 어깨에 팔을 올려놓았다.

"자, 가자. 우리한테 무슨 일이 일어났는지 우리가 아는 한도 내에서 모두 설명해줄게."

서른다섯

"우선 기초적인 역사부터 시작하자."

나는 미향에게 말했다.

"1987년부터 1995년까지 러시아 황실 우주군에서는 일곱 대의 아킬라우주선을 화성에 쏘아 올렸다. 아킬라 계획에서 가장 중요한 것은 생물학 표본을 지구로 가져오는 것이었어. 화성에서 기기 고장을 일으킨 5호를 제외한 여섯 대의 귀환선이 지구로 돌아왔다. 네 종류나 되는 작은 동물과 화성인 미라의 피부, 그리고 서른다섯 종의 미생물을 가지고 말이야. 여기까지는 내가 말하지 않아도 알고 있겠지? 학교에서 배웠을 테니까."

미향이 고개를 끄덕이자 나는 말을 이었다.

"그렇다면 이제 학교에서 가르치지 않은 걸 알려줄게. 황실 우주군은 세상에 자기들의 발견을 완전히 공표하지 않았어. 그들이 가져온 미생물은 마흔세 종이었지. 여덟 종의 미생물들은 보안에 부쳐지고 비밀 연구실의 캐비닛으로 들어갔다고 해. 효용가치 때문이었지. 카자흐스탄 전쟁 때 발생한 전염병은 황실 우주군이 화성 미생물을 개량한 생물학 병기 때문이었어.

그러나 더욱 흥미로운 것은 '미생물 42호'라고 명명된 종이었어.

처음에 42호는 이상한 성질 때문에 눈에 띄었어. 이상하게도 42호와 관련된 실험에서는 무균 처리가 힘들었어. 아무리 밀폐된 용기로 작업을 해도 42호의 일부는 언제나 용기 밖으로 빠져나갔단다. 42호는 순식간에 연구실 전체를 오염시키고 말았어.

어쩔 수 없이 생물학 처리반이 도착해서 연구실을 소독해야 했단다. 그런데 그때 더욱 이상한 일이 생겼어. 샘플용으로 제2연구실에 보관해두었던 42호의 샘플이 갑작스럽게 증식하기 시작한 거야. 제1연구실은 소독되었지만 제2연구실은 제1연구실이 당한 오염 문제를 안게 되었지.

러시아 과학자들은 이때부터 42호에 아주 특수한 능력이 있다는 것을 알게 되었어. 한마디로 42호는 공간 이동이 가능한 미생물이었어."

미향은 웃었지만, 나는 설명을 멈추지 않았다.

"알아, 어처구니없게 들리지. 하지만 사실이었어. 서로 완전히 격리된 양쪽에 일정한 인원으로 이뤄진 집단이 존재한다면 42호는 한쪽 집단에서 다른 집단으로 공간 이동을 할 수 있었어. 무균 처리가 그처럼 어려웠던 것도 그 때문이었지.

더 재미있는 건 이 단순한 미생물이 텔레파시 능력까지 있는 듯했다는 거야. 적어도 그들은 완전히 격리된 개체로부터 화학적 정보를 받아들일 수 있었어. 그 때문에 42호는 종종 완벽한 규율하에 움직이는 군대처럼 행동하기도 했어. 개체가 많으면 많을수록 이런 능력은 커져만 갔지.

42호 연구팀은 둘로 나눠졌어. 한쪽에서는 어떻게든 42호의 초능력을 규명하려고 했고, 다른 한쪽에서는 도대체 어떤 생물학적 환경이 42호에게 그런 능력을 안겨주었는지 알아내려고 했지.

첫 번째 팀은 성공하지 못했지만 두 번째 팀은 원인을 알아낸 것 같았어. 화성쥐 12호라고 알려진 종의 뇌를 해부하던 도중 뇌에서 이상한 망상 조직의 흔적을 발견한 거야. 그건 42호가 특정한 조건 때만 만들어내던 망상 조직과 아주 유사했어.

호기심이 당긴 연구소 사람들은 쥐 두 마리의 뇌에 42호를 이식했어. 어떻게 되었는지 아니? 두 마리의 쥐는 서로에게 텔레파시로 감정과 감각을 전달하기 시작했어. 간단히 미생물을 뇌에 주입하는 것으로 그 사람들은 초능력을 가진 쥐를 만들어낼 수 있었던 거야. 두 번째 연구팀은 해답에 가까운 것을 얻은 셈이지. 42호의 초능력은 이런 기생 과정을 통해 진화했을 가능성이 높았어.

순식간에 이 능력은 연구 대상이 되었어. 굉장한 가능성이 열려 있었어. 42호의 텔레파시는 광속을 초월했어. 달 연구소의 쥐와 시베리아의 쥐는 모두 둘 사이를 가로막고 있는 천문학적 거리는 문제도 안 된다는 듯이 동시에 정보를 주고받았어. 우리가 알고 있는 모든 물리법칙을 무시하면서 말이야. 어떻게든 42호의 비밀을 밝힌다면 우리가 알던 세상은 완전히 바뀔 수도 있었어.

하지만 문제는 42호를 완벽하게 통제할 수 있는 방법이 없다는 것이었어. 일단 이들에겐 밀폐라는 단어가 별다른 의미가 없었으니까. 아무리 꽉 막힌 용기에 넣어도 42호는 탈출했어. 심지어 녀석들은 달 기지와 시베리아 사이도 소풍 가듯 오갔거든.

더욱 심각한 문제는 42호가 자기 동료들이 쥐의 뇌에 이식되어 망상 조직을 이룬 뒤부터는 어떻게 지구 생물의 뇌에 숨어들 수 있는지 알아냈다는 거야. 첫 번째 실험을 한 뒤로 시베리아 연구 단지에 있는 아홉 종의 실험용 동물들의 뇌에서 42호의 흔적이 발견되었어.

42호의 능력은 점점 뻗어만 갔어. 42호에 감염된 동물들이 늘어나면서 지적 능력까지 향상되는 것 같았지. 이제 생쥐들은 영장류와 같은 문제 해결 능력을 갖게 되었어. 마치 몇백 미터 떨어져 있는 우리에 갇힌 침팬지한테서 슬쩍 해답을 들은 것처럼 말이야.

그러다 결국 탈출 사건이 일어나고 말았어. 연구실에 갇혀 있던 동물들이 우리를 빠져나왔던 거야. 마치 만화책이나 동화에나 나올 이야기 같았어. 네 마리의 소, 열두 마리의 양, 다섯 마리의 셰퍼드, 두 마리의 침팬지, 네 마리의 긴팔원숭이, 사백열세 마리의 실험용 흰쥐가 치밀한 계획을 통해 자물쇠를 열고 빠져나갔던 거야. 허겁지겁 뒤를 쫓은 연구소 직원들이 탈출한 몇몇 동물을 다시 잡아오거나 죽였지만 실험용 흰쥐들이나 셰퍼드들은 도저히 잡을 수가 없었어.

이 탈출 사건에는 특별한 점이 있었어. 탈출한 동물들은 임무를 배분하고 정보를 교류하는 수준을 넘어서 마치 인간들이 하는 말을 이해하고 벽에 쓰인 글을 읽을 수 있는 것처럼 행동했어. 그렇지 않았다면 그들이 변경된 임무 교대 시간을 알아낼 수 있는 방법은 없었으니까. 그렇다면 그들이 과연 그동안 글을 읽을 수 있는 능력을 개발한 것일까?

아니면 인간의 말을 이해하고 글을 읽을 줄 아는 누군가가 42호에 감염되어 다른 동물들에게 정보를 전달해준 것일까?

순식간에 사람들은 연구소를 뒤집어엎었어. 그러다 군인 한 명이 창고에 숨어 있던 수염 덥수룩한 노인을 발견했지.

그 노인은 광적인 톨스토이주의자이며 동물애호가로, 종종 연구소 앞에서 동물 학대 반대 시위를 하던 사람이었어. 노인은 달아나다 군인들이 쏜 총에 맞아 죽었어.

연구소 사람들은 노인의 뇌를 해부해보았어. 뇌는 42호가 남긴 망상 조직으로 허옇게 변색되어 있었단다.

연구소 사람들은 겁에 질렸어. 이제 그들은 42호를 어떻게든 연구해볼 생각은 포기해버렸어. 어떻게든 지금 사태에서 다치지 않고 빠져나가는 것이 무엇보다 중요하다고 판단했어. 연구소 사람들은 42호와 관련된 모든 서류를 태워버리고 그들이 할 수 있는 한 완벽한 방법으로 42호 샘플들을 파괴했어. 달아난 동물들은 어쩔 수 없었어. 하지만 그런 것 따위에 신경을 쓰고 싶지는 않았지. 이런 위기에 빠진 사람들은 종종 이상할 정도로 낙관적이 되기 마련이야. 몇 달이 가고 몇 년이 가도 아무 문제가 들려오지 않자 그들은 안심했어.

그러나 그들이 모르고 있었던 건 샘플 중 일부가 그들의 동료 한 명에 의해 빼돌려져 연구되고 있었다는 것이었어. 그 사람은 표트르 레오노프라는 생물학자로, 자신이 42호를 통제할 수 있는 방법을 안다고 생각했어. 그건 42호의 번식 사이클을 이용하는 것이었지. 보통 때 42호는 그냥 이분법으로 번식한다. 하지만 이들에게 어떤 화학적 조건을 부여하면 그들은 뭉쳐서 포자 번식을 해. 이 과정을 적당히 조종하면 42호의 공간 이동 능력을 없애고 텔레파시 능력 역시 기생 상태에서만 발휘하게 할 수 있지. 42호를 안정시키는 방법을 알아냈다고 확신한 그는 몰래 샘플을 훔쳐내어 집으로 부친 뒤 연구소를 그만두었어. 그에게는 원대한 계획이 있었지. 물론 거기엔 부자가 되는 것도 포함되어 있었고."

서른여섯

"지금으로서는 레오노프가 42호를 어떻게 이용해서 한몫 잡으려고 했는지 분명히 알 수 없어. 꼭 알 필요도 없을 거야. 통제된 42호의 이용 가능성은 무궁무진했지만 레오노프는 그중 단 한 가지도 현실화하지 못했거든. 죽기 전에 레오노프는 전혀 다른 분야에 종사하는 일곱 군데나 되는 단체에 연락을 취했지만 확답을 받은 곳은 한 군데도 없었어.

그러던 어느 날, 레오노프는 같은 학교 동창인 이반 바시킨이라는 남자를 만났어. 너도 그 사람에 대해서는 알고 있을 거야. 꽤 잘 팔리는 책을 여러 권 냈으니까.

레오노프는 바시킨에게 42호의 가능성에 대해 이야기했지만, 바시킨은 42호의 부작용에 더 관심 있었어. 특히 42호에 감염된 동물들에 대해서 말이야.

바시킨은 42호가 인류 진화에 중대한 역할을 할지도 모른다고 생각했어. 지금까지 인간은 모래섬처럼 단명하고 고립된 존재니까. 자신만의 지성으로 무언가를 쌓아 올리기가 무섭게 조수에 밀려 사라지고 마는 그런 딱한 존재 말이야. 아, 물론 언어 같은 것들이 있기는 하지. 하지만 그게 그렇게까지 효율적인 커뮤니케이션의 수단은 아니지 않니?

바시킨은 지식의 종합과 응용이라는 주제에 집착하고 있었어. 개별자로서의 인간은 그가 추구하는 발전을 이룩할 가능성은 거의 없었지만 42호를 이용한다면 사정은 달라질지도 모른다고 기대했지.

처음에 바시킨은 42호를 일종의 교육 수단으로 활용할 생각이었던 것 같아. 그는 레오노프가 훔쳐 온 연구 자료들을 검토하면서 42호를 뇌에 감염시키고도 화학적으로 통제하는 방법을 알아내려 했어. 그 연구를 위해 그의 추종자들과 레오노프가 동원되었고.

그러다 사고가 일어났어. 실험용 생쥐에게 42호를 주입하는 실험을 반복하는 동안 그만 42호가 탈출하고 만 것이지. 순식간에 레오노프와 바시킨을 포함한 연구원들 모두가 감염되고 말았어. 이게 과연 사고였는지 아니면 의도된 일인지는 아무도 몰라. 결과에 집착한 바시킨이 일부러 42호를 풀어주었을지도 모르지.

일단 그들이 감염되자 연구는 순식간에 엄청난 도약을 했어. 하긴 이런 걸 실험하는 데 실험용 생쥐 따위는 도움이 되지 않지. 자신이 어떤 경험을 하는지 말해줄 수 있는 지적 생물체가 필요했던 거야.

가장 중요한 발견은 42호에 감염된 사람들 전원이 서로와 텔레파시를 주고받을 수 있게 되었다는 거야. 처음 42호가 제공하는 텔레파시는 아주 실용적인 것이었어. 그건 일종의 초자연적인 전화와 같았어. 42호에 감염된 사람들은 서로에게 전화를 걸듯이 정보를 주고받을 수 있었어. 정보 교환을 위해서는 상대방의 동의가 필요했으니 각자의 프라이버시는 안전했어.

바시킨은 만족했어. 그가 원하던 거의 모든 것들을 42호가 제공해주었으니까. 단 일주일 동안 그는 연구원들과 레오노프의 전문 분야를 그들과 비슷한 수준으로 꿰뚫을 수 있었어. 만약 42호가 본격적인 '교육 도구'로 활용될 수 있다면 결과는 엄청나지 않을까? 이제 더 이상 비능률적인 학교 따위는 필요 없어. 교육 불평등도 사라질 것이고 무능한 바보들에 의해 훌륭한 생각들이 묻히는 일도 없겠지. 무엇보다 자신만의 분야에 갇혀 좁은 우물만 파는 전문가들로 구성된 현대의 과학 세계가 완전히 달라질지도 몰라.

그런데 시간이 지나면서 바시킨의 연구팀은 42호의 텔레파시에 그 이상의 것이 있을지도 모른다는 생각을 하게 되었어. 이유는 알 수 없지만 연구팀의 사람들은 이전과는 다른 식으로 생각하고 행동하고 있었어.

처음에는 다들 그게 갑작스러운 정보 습득 때문에 생긴 자연스러운 행동 변화라고 생각했지. 하지만 시간이 갈수록 그런 변화가 그런 식으로 간단하게 설명될 수 있는 게 아니라는 게 분명해졌어. 그들이 새로 얻은 정보 습득 방법에 집착하고 그 습득 과정을 더 윤활하게 하려는 것 자체는 이상한 게 아니야. 하지만 왜 그들이 42호의 엄격한 통제에 대한 주의성이 부족해지고 일부러 방치하려고까지 했던 걸까?

바시킨은 곧 제3의 존재를 알게 되었어. 42호에 감염된 사람들은 더 편리한 정보 공유 능력을 제외한 것을 빼면 분명한 개별자였어. 하지만 이들의 정보를 모두 공유하고 이들의 생각과 행동에 간섭하는 다른 존재가 있었어.

알겠니? 42호는 감염된 사람들을 서로 연결시켜주는 것 이상의 역할을 하고 있었던 거야. 감염된 사람들의 두뇌는 42호라는 네트워크로 연결되어 전체적인 하나의 지성을 창조해냈던 거야. 연구팀의 사람들은 여전히 개별자로 남아 있었지만 그들이 합친 결과는 달랐어. 사람들이 조금씩 이상하게 행동했던 것도 고유의 개성을 잃어버리고 조종당했기 때문이 아니라 그 지성체가 개별자와는 독립적으로 그들의 육체를 조종했기 때문이었어.

곧 연구팀은 새로 탄생한 지성체와 의사소통이 가능하게 되었어. 그건 그냥 1대 1의 대화와는 달랐어. 새로 태어난 지성체는 모르는 것을 알기 위해 그들과 이야기할 필요가 없었어. 그들에 대해 모든 것을 알았으니까. 지성체는 일방적인 신탁을 내리고 있었어.

연구팀은 곧 지금까지 추구하던 실용적인 연구에 대한 열의를 상실했어. 그보다 더 중요한 것이 있었던 거야. 그들이 일부가 된 지성체를 좀 더 거대하고 효율적이며 훌륭한 존재로 성장시키는 것 말이야. 순식간에 주종 관계가 성립되었어. 사람들은 그 지성체를 '주인'이라고 부르기 시작했어.

주인을 성장시키기 위해서는 그냥 아무나 끌어와서는 안 되었어. 두뇌들은 엄격하게 선정되어야 했지. 사고 능력이 뛰어나고 지식이 풍부하며 자신만의 독창적인 방식으로 사고할 줄 알아야 했어. 무엇보다 주인의 일부가 되는 데 불만이 없어야만 했지.

하지만 레오노프는 아니었어. 주인을 통해 새로운 지식을 얻는 것 정도는 나쁘지 않았지. 하지만 전체의 일부가 된다는 아이디어 자체가 레오노프를 계속 괴롭혔어. 문제는 그가 절대로 이런 상황에서는 살아남을 수 없었다는 거야.

결국 그는 자살하고 말았어. 모스크바에 있는 15층 건물에서 뛰어내렸다고 하더라.

슬프게도 레오노프의 자살은 반만 성공이었어. 이제 연구팀의 두뇌는 그들만의 것이 아니었어. 이미 주인이 총체적으로 관리하고 있었던 거야. 레오노프의 육체는 죽었지만, 그의 정신 중 쓸 만한 부분은 42호의 네트워크를 통해 다른 두뇌에 백업되었어. 레오노프는 여전히 존재했어. 단지 주인에게 보다 충실하고 쓸 만한 존재로서 말이야. 그의 반항심은 제거된 채로.

이제 주인의 음모는 더욱 조직적이 되었어. 연구팀은 순식간에 영혼을 파는 외판원으로 행세했어. 정 갖고 싶은 두뇌가 있으면 몰래 감염시키는 것도 서슴지 않았고 말이야.

1년 만에 주인은 백마흔두 명의 지적인 두뇌로 구성된 네트워크를 갖게 되었어. 그들은 엘리트 중 엘리트였어. 하지만 그들은 세상을 바꿀 생각 따위는 하지 않았어. 일단 어느 정도 네트워크가 커지자 그 순수성을 유지하는 것도 중요하게 되었지. 서서히 주인은 배타적이 되기 시작했어."

서른일곱

"여기서 우리가 알아야 할 것은 '주인'이 보편적인 존재가 아니었다는 거야. 아무 데나 42호를 푼다고 해서 바시킨의 주인과 같은 존재가 만들어지지는 않아. 42호는 외계에서 온 지성체 따위는 아니야. 42호가 할 수 있는 것은 다른 생물들의 뇌에 기생하면서 네트워크를 형성하는 것뿐이야. 42호는 번식을 편하게 하기 위해 숙주에게 약간의 자극을 줄 수도 있지만 그것도 늘 먹히는 건 아니지. 다시 말해 주인은 전적으로 바시킨 연구팀의 두뇌가 결합된 결과였을 뿐 특별히 '화성적'이지는 않았어. 만약 시립교도소와 같은 곳에 42호가 떨어진다면 전혀 다른 지성체가 만들어질 수밖에 없어.

바시킨의 주인은 운이 좋았어. 42호의 특성을 명백하게 인식하고 있었고 바탕이 된 두뇌의 질이 아주 좋았으니까. 주인이 그처럼 까다롭게 굴었던 것도 당연했어. 42호의 본능에 따라 쓸데없이 숙주만 늘렸다가는 지금까지 주인이 유지하고 있던 정신의 질이 떨어질 수밖에 없었으니까. 게다가 주인도 독자적인 의견이 있었으므로 자신의 의견과 반대되는 사람들의 뇌까지 받아들일 생각은 없었어. 중요한 것은 자기 항상성을 유지하면서 양적 발전을 이루는 것이었어.

그러나 아무리 바시킨의 주인이 조심한다고 해도 새로 받아들이는 두뇌가 전적으로 바시킨의 주인의 생각과 모든 면에서 일치할 수는 없었어. 당연히 주인의 새 두뇌에 영향을 받기 마련이고 그때마다 주인은 조금씩 변화할 수밖에 없었어. 새로운 지식을 습득하고 새로운 사고방식을 받아들이는 쾌락에 빠진 주인은 항상성 유지에 주의력을 조금씩 잃어 갔어.

42호가 마약으로 돌아다니기 시작한 것도 그때부터였어. 만약 바시킨의 주인이 처음 상태를 그대로 유지했다면 42호는 마약 역할을 할 수 없었을 거야. 하지만 1년 정도 시간이 흐르는 동안 네트워크와 개인, 개인과 주인의 관계는 변화하기 시작했어. 아무것도 모르는 사람들이 환각 상태라고 여길 만한 초감각적인 경험이 이제 당연한 것이 되었어. 경험이 시작되자 그런 경험의 확장을 위해 또 숙주 대상을 넓히기 시작했고 말이야.

42호가 블루서클의 사치스러운 사람들 사이를 돌아다닐 때까지는 또 괜찮았어. 여전히 두뇌의 질은 좋았고 받아들이는 정보 역시 수준이 높았으니까. 그러나 일단 경계가 느슨해지자 사고가 일어났어. 블루서클의 폐쇄적인 그룹 안에서 벗어나 기준에 맞지 않는 사람들 사이에서 희귀한 마약으로 유행하기 시작한 거야.

바시킨의 주인이 첫 번째 행동을 한 것도 그때였어. 기준에 맞지 않는 두뇌들을 제거하기 시작한 거야. 당연히 희생자들은 모두 머리가 잘렸어. 필요하다면 척추 역시 제거되었고 말이야. 어떻게든 대중에게 전염되지 않게 하는 게 중요했어. 학살은 대충 성공이었어.

하지만 그게 내가 아는 어떤 바보를 통해 신디케이트로 넘어가면서 사정은 또 바뀌었어. 신디케이트에서는 당연히 마약을 실험했고 그 과정을 통해 바시킨의 주인이 관여할 수 없는 지성체가 만들어졌어. 신디케이트 일당들의 두뇌에 기반을 둔 전혀 새로운 존재가 말이야.

신디케이트도 42호를 마약으로 판매할 생각이 없었어. 신디케이트의 결속에 주인이 얼마나 대단한 역할을 할 수 있는지 알고 있었으니까. 신디케이트의 두뇌로 만들어진 주인 역시 자신의 항상성을 유지하기 위해 노력 중이었고.

바시킨의 주인은 이제 신디케이트의 주인이라는 새로운 적수를 만났어. 처음에 바시킨 쪽에서는 신디케이트에 대해 그렇게 큰 위기감을 느끼지 않았어. 신디케이트 역시 자기 항상성에 노력을 기울이고 있었으니까 바시킨 쪽을 쉽게 오염시킬 가능성은 많지 않았고. 계속 그쪽을 관심 갖고 관찰하는 정도였지.

신디케이트의 내전이 일어나자 걱정은 시작되었어. 바시킨 쪽과는 달리 신디케이트 쪽은 42호의 정체에 대해 아는 것이 별로 없었어. 당연히 보안에 상대적으로 약했고 통제하는 방법도 잘 몰랐지. 내전은 42호에 감염된 쪽과 감염되지 않은 쪽으로 나뉘어졌는데, 당연히 감염되지 않은 쪽은 42호의 비밀을 알아내려 혈안이 되어 있었지. 42호와의 관계를 모르니까 장래성 있는 마약을 상대편에서 빼내 팔아넘길 생각이었고 말이야.

결국 탈취된 42호는 대중에 노출될 판이었어. 바시킨 쪽에서는 다시 행동을 시작했어. 이제는 감염된 사람들의 목을 잘라내는 것만으로는 해결할 수 없었지. 42호의 유통과 관련된 사람들을 제거해서 판로를 막아버리고 42호를 회수해야 하는 거야. 다시 연쇄살인이 시작되었어. 이번 살인은 머리를 잘라낼 필요가 비교적 적었지. 감염되지 않은 사람들이 대부분을 차지했으니까.

하지만 바시킨 쪽의 필사적인 노력에도 불구하고 42호는 점점 활동 영역을 넓혀갔어. 수가 많아지자 바시킨이나 신디케이트에서 독립된 새로운 정신들이 생겨났고 자신이 어떤 존재인지도 모르는 그들은 자기 항상성 따위엔 신경도 쓰지 않고 도시를 먹어갔지. 결과는 대혼란이었어. 정신들이 서로를 먹고 먹어가며 혼탁한 새로운 정신을 만들어갔어. 바시킨의 주인과 개인들이 맺고 있던 명백한 계약 관계 따위는 존재하지 않았어. 존재하는 것은 질서 없는 카오스였어. 이제 42호가 만들어낸 정신들은 자신의 무게를 버텨내지 못했어. 서서히 정신적으로 붕괴되기 시작한 거야.

더 큰 문제가 시작되었어. 42호가 감염 대상을 인간뿐 아니라 다른 동물로 넓혀가기 시작한 거야. 개, 고양이, 쥐, 뱀, 카나리아……. 생각해봐, 이 도시에 쥐들이 몇천만 마리나 있을지. 그것들이 모두 42호에 오염되어 자신의 지분을 주장한다고 생각해봐. 더 이상 도시를 떠도는 사람들은 인간이라고 할 수도 없어. 그들의 정신 상당 부분은 쥐나 고양이인 거야.

오염 범위는 점점 확장되어가고 있어. 이미 한반도 절반이 먹혔고 중국 대륙도 3분의 1은 먹혔어. 러시아도 아시아 쪽의 4분의 1이 오염되어 있어. 알겠니? 여기서 우리가 손가락 하나라도 잘못 놀리면 인류는 멸망해. 적어도 우리가 알고 있는 인간이라는 생명체들은 살아남을 수 없어."

서른여덟

"어떻게 이런 걸 다 알 수 있어요?"

미향이 물었다.

"바시킨 패거리가 답해줬지."

내가 대답했다.

"저 러시아 아저씨가요?"

"아니, 그 사람은 수족에 불과해. 하지만 그 사람의 두뇌는 바시킨의 두뇌와 연결되어 있지. 그리고 최근에 죽은 내 친구 한 명이 죽기 전에 바시킨의 두뇌에 가입했어. 그 사람의 몸은 죽었지만 정신의 대부분은 여전히 그들의 두뇌에 묻혀 살아 있지. 오를로프 교수라는 사람이야. 나는 지금까지 부닌의 손을 빌려서 그와 필담을 했어."

"하지만 그 모든 게 사실이라는 걸 어떻게 알아요?"

"뒷받침해주는 증거들이 있어. 난 42호 연구와 관련된 초기 서류들을 입수했어. 그리고 얼마 전에 싸움으로 죽은 시체를 몇 끌어와서 뇌를 해부해봤어. 42호 콜로니는 분명 존재했어. 그리고 아마 난 그 콜로니들이 공간 이동을 하는 광경까지 목격한 것 같아. 바라보는 동안 3분의 1 정도가 서서히 사라졌거든. 물론 다른 현상을 착각한 것일 수도 있지. 난 이 방면에 전문가가 아니니까."

미향은 잠시 고개를 떨구고 바닥을 바라보다가 갑자기 얼굴을 들고 물었다.

"왜 저죠?"

"네 두뇌는 42호를 통제할 능력이 있으니까."

내가 대답했다.

"그건 알아요. 하지만 왜요?"

"그건 쉽게 설명할 수 없어. 우리도 이유는 모르니까. 하지만 추측은 할 수 있어. 우린 42호가 유출되기 한참 전부터 네가 화성 미생물에 감염되었다고 믿고 있어. 모계 혈통을 따라 꾸준히 미생물을 물려받은 거지."

"하지만 어떻게요? 화성에 우주선이 간 건 겨우 몇십 년 전 일이잖아요. 미생물을 묻혀 온 건 더 최근 일이고요."

"42호는 워낙 특별한 존재니까. 생각해봐. 이 괴물은 공간 도약이 가능해. 화성과 지구 사이의 거리는 우리가 생각하는 것만큼 대단한 것이 아닐 수도 있어. 아니면 화성인들이 멸망하기 전에 일부러 지구에 이런 미생물을 쏘아 보냈을지도 모르지. 그 정도의 기술은 그들도 가지고 있었어."

"하지만 왜요?"

"자꾸 왜냐고 묻는구나. 하지만 그건 아직까지는 우선적으로 답변해야 할 질문이 아니야. 중요한 것은 '어떻게'야. 만물이 존재하는 이유가 무엇인지 과학자들이 어떻게 알겠니. 과학자들이 해야 할 일은 '이미 존재하는 만물이 어떻게 움직이고 서로에게 영향을 끼치는가'를 알아내는 거야. 마찬가지로 우리가 할 수 있고 또 해야 하는 일은 너의 능력을 이용해 이 사태를 바로 잡는 거야."

"좋아요. '어떻게'요?"

"나도 잘은 몰라. 그들이 알고 있지. 일단 네 뇌를 연구해야겠지. 미생물의 샘플을 얻기 위해 척수액도 조금 뽑을 거야. 이미 나도 했어."

"아줌마도요?"

"나도 감염되었거든. 왜 내가 지금까지 이렇게 멀쩡했다고 생각하니?"

"아줌마네 모계 혈통도 미치광이들로 가득했나요?"

"아니, 이 경우는 조금 달라. 나와 무영이가 예전에 어떤 관계였는지 아니?"

"네, 아줌마가 반란군을 잡으려고 언니를 미끼로 썼죠."

"그 정도가 아니었다는 건 너도 알고 있을 거 같은데? 아마 우리 둘을 연결하던 정서적 끈이 감염의 통로가 되었을지도 몰라. 지구에 미생물이 날아올 수 있었던 것도 이런 종류의 미생물들이 지적, 감정적인 요소에 자석처럼 끌리기 때문이라고 할 수 있다니까. 물론 우리는 너만큼 통제력이 강하지는 못해. 간신히 42호의 영향에서 벗어나 있는 정도지. 왜 너만이 그처럼 특별한 존재인지 알아내야 해. 만약 늦기 전에 알아낼 수 있다면 우린 42호에 대항할 수 있는 치료약을 만들 수 있어. 치료 약이 아니라면 백신이라도 말이야. 이미 본국에 연락을 했어."

"본국?"

"우리 혼자만으로는 할 수 없어. 물론 바시킨의 두뇌는 남아서 해결책을 찾을 거야. 하지만 그들에게 모든 걸 맡길 수는 없어. 이미 난 본국에 보고서를 써서 보냈어. 계획대로라면 오늘 밤이나 내일 아침에 그들이 여기로 찾아와 샘플을 가져갈 거야. 우리도 갈 수 있을지는 모르겠어."

나는 아직도 머뭇거리는 아이에게 오를로프 교수와 지금까지 내가 써 갈긴 필담 쪽지들을 넘겨주고 자리를 떴다. 아이에겐 생각이 정리할 시간이 필요했고 나도 그랬다.

무영은 아직도 대기실 벤치에 앉아 멍한 표정으로 병원 브로슈어 조각을 잘라 접고 있었다. 그녀의 습관을 몰랐다면 걱정했을 것이다. 이런 기계적인 동작은 42호 감염의 증거일 수도 있었다.

"애는 어때?"

무영이 물었다.

"나도 모르겠어. 그냥 풀이 죽어 있는 것 같아. 겁도 나겠지. 우리처럼."

무영은 다시 브로슈어 접기로 돌아갔다. 벤치 위에는 작게 접은 종이학들과 종이 오리들로 가득 차 있었다.

나는 아래층으로 내려갔다. 아래층에서는 스무 명쯤 되는 바시킨의 패거리가 부지런히 바리케이트를 치고 있었다. 현관문은 반쯤 무너져 있었고 밖에는 시체가 서넛 뒹굴고 있었다. 다들 불안해 보였으며 자기가 하는 일에 확신이 없어 보였다.

나는 계단을 반쯤 올라가 바리케이트 너머의 밖을 바라보았다. 이 동네에 사는 사람들 절반 정도가 병원 근처를 에워싸고 있는 듯했다. 며칠 전까지만 해도 종교와 국적, 인종과 민족으로 분리되어 피 터지게 싸우던 사람들이 이제는 초콜릿바닐라믹스아이스크림처럼 엉겨 있었다.

그래도 아직 그들은 몇몇 패거리로 구별되었다. 다짜고짜 병원으로 쳐들어오려는 사람들, 뒤에 서서 숭배하듯 미향의 사진을 치켜올리는 사람들, 중간 지대에 서서 목청껏 미향의 이름을 불러대는 사람들……. 종종 그들과 동떨어져 행동하는 개인들도 보였다. 뒤에 서서 미향의 사진을 치켜올리는 사람들을 승마용 채찍으로 두들겨 패며 지나가는 저 초라한 남자는 아무래도 독실한 정교회 신자 같았다. 입 모양을 자세히 들여다보니 그는 계속 '우상숭배자들!'이라고 외쳐대고 있었다. 그에게는 안된 일이지만 그가 진실된 신자라고 생각했던 수많은 사람은 어제 즉석에서 생긴 '미향교'의 신자로 바뀌어져 있었다. 하긴 믿음의 차이란 그리 대단한 것이 아니리라. 종교는 사람들을 바꾸지 못한다. 사람들이 종교를 자기에 맞게 바꾸는 것이다.

갑자기 지금 내가 보고 있는 게 역사상 가장 정신 나간 구애 행위일지도 모른다는 생각이 머리를 스치고 지나갔다. 하지만 그들이 안으로 들어온다고 무엇을 할 수 있을까?

"지하실로 자리를 옮겨야겠습니다."

바시킨의 부하 한 명이 말했다.

"왜요?"

"아까 연락을 받았는데, 몇몇 패거리가 조금 위험한 짓을 하려고 하나 봅니다. 중국군 군부대에서 대포를 훔쳐 와 여기로 끌고 온다고 하는군요. 저희가 어떻게 막긴 할 겁니다. 하지만 위에 있으면 아무래도 위험해요. 이미 필요한 장비들도 아래로 끌고 내려오라고 지시했습니다."

그는 잠시 사이를 두고 덧붙였다.

"아이는 괜찮습니까?"

"네."

"과연 늦기 전까지 해결책을 찾아낼 수 있을까요?"

"몰라요. 너무 늦었을지도 모르죠."

나는 엘리베이터를 타고 다시 위로 올라갔다. 무영이 앉아 있던 벤치 위에는 작은 종이 새들만 가득했다. 나는 문을 열고 병실 안으로 들어갔다. 무영과 미향 그리고 부닌이 얌전히 앉아 있었다. 내가 들어오자 부닌은 예의 그 사람 좋은 미소를 짓고 고개를 숙였다.

"아저씨가 옛날이야기를 해주고 있었어요."

미향이 말했다.

"《아기 고양이와 삼나무》?"

내가 물었다.

무영이 대신 대답했다.

"아니, 부상당한 볼셰비키 병사의 영혼을 구해주고 영생을 얻은 한 바보의 이야기야. 당신도 나중에 들어보는 게 좋겠어. 교훈이 될 테니까."

서른아홉

"……그리고 나는 백화점 안으로 들어갔어."

내가 말했다.

"백화점 안은 다른 곳과 마찬가지로 난장판이었어. 이 도시에서 어떤 종류의 생산 행위도 일어나지 않고 있다는 또 다른 증거였지."

"바시킨의 스파이들이 보낸 정보는?"

무영이 물었다.

"모두 주인의 외곽에 배치한 부류들이잖아. 다들 스파이용으로 급조된 사람들이야. 수명은 일주일도 안 되고. 그 사람들이 보낸 정보를 다 믿을 수는 없어. 아마 그 정보는 이전의 기억이나 다른 주인들의 정보로 오염되었을 거야. 의천시의 생산 시스템은 오래전에 죽었어."

나는 금이 간 사기잔에 담긴 미지근한 차로 잠시 입술을 적신 뒤 이야기를 계속했다.

"백화점 5층 약국에서 당신에게 필요한 약들을 찾았어. 그 점에 있어서는 스파이들이 맞았어. 몇 개월 전부터 백화점에서 대량의 약들을 조차지에서 밀수한 게 분명해. 아마 목적은 당신과 같았을 거야. 어떻게든 42호로 감염된 두뇌의 화학적 안정성을 유지하려는 시도였겠지. 어떻게 둘 사이의 연관 관계를 알았을까? 알 수 없는 일이지만 불가능한 일도 아니야. 의천에 과학자들이 바시킨 패거리밖에 없는 것도 아니었으니까."

나는 가방에서 약병들을 꺼내 무영에게 내밀었다.

"의사들이나 과학자들로 구성된 주인들이 또 있다는 말이야?"

"있었어. 지금은 이미 하나로 통합되었을 거야. 적어도 사람들은 모두 하나로 통합되었어. 그 약에 대한 정보를 제대로 활용하고 있을 가능성은 적어. 상당한 양이 남아 있는데도 불구하고 최근엔 손도 대지 않았거든."

"사람들은?"

"응. 쥐나 개들은 아직 사람들의 그룹에 통합된 것 같지 않아. 몇 마리 만났지만 지성체처럼 행동하는 네발 동물들은 거의 없었어. 새들은 예외야. 의천에 사는 새들의 절반은 사람들의 주인에 통합된 것 같아."

"어떻게 알아?"

"생각하는 것처럼 행동했으니까. 새들은 보급 시스템과 정보 수집에 활용되고 있어. 아까도 1,000마리쯤 되는 까치들이 작은 봉지를 들고 종렬로 날아가는 걸 봤어."

"오염되는 것이 두렵지 않을까?"

"지금 와서 어쩌라고? 바시킨의 주인도 급조된 스파이들을 풀고 있는 상황인데. 게다가 밖의 괴물이 오염 따위를 걱정할 여유라도 있겠어? 아마 자기가 무슨 일을 저지르고 있는지도 모를 거야.

하여간 나는 약을 챙겨 들고 백화점을 빠져나왔어. 사거리로 접어들 때까지는 사람들의 흔적 따위는 보이지 않았어. 하지만 지하철 입구에는 지저분한 아이들이 열 명 정도 앉아 있더라. 무시하고 지나치려 했는데, 열두 살쯤 된 남자아이가 등 뒤에서 상용 영어로 묻더군. '언제 여왕님을 돌려주실 거예요?'"

"덤벼들지는 않았어?"

"아니, 그냥 묻기만 했어. 하지만 아이의 표정이 너무 절박해서 뭐라고 답변을 해야 했어. 잠시 망설이다가 나는 이렇게 대답했어. '천사들이 올 때까지 기다리렴.'"

무영은 웃었다.

"무슨 대답이 그래?"

"당신이라면 어떻게 하겠어? 너네는 이제 희망이 없다고?

그렇다고 그냥 '희망을 가져라' 따위의 말을 할 상황이 아닌 것 같지 않아? 고대 예언자들의 심정이 이해가 되더라고. 그 사람들도 무자비한 미래를 그대로 폭로해주고 싶지는 않았겠지. 이제 당신 차례야. 내가 밖에 있는 동안 세상은 어떻게 변했어?"

무영은 꼼꼼하게 연필로 받아 적은 노트를 펼쳤다.

"별일은 없어. 러시아 황실 방송에 따르면 울랴노프 방어선이 100킬로미터 뒤로 후퇴되었대. 우리가 병원에서 지낸 2개월 동안 러시아는 영토의 3분의 1을 잃었어. 중국은 어제 절반을 넘겼고. 우리의 자랑스러운 모국 정부는 사흘 전에 탐라도로 달아났어. 부산에서는 군대에 의한 대량 학살이 일어났대. 4,000명 정도 죽었다고 해. 외신 보도에 따르면 절반은 감염되지 않은 피난민들이었어."

"그 사람들이 가져간 샘플은? 왜 아직 연락이 없지?"

"본국에서는 지금 그런 일을 처리할 만한 여력이 없대. 하지만 정보랑 배양한 샘플의 일부가 조차지를 통해 합중국 정부에 전달된 것은 확실해. 볼더연구소에 물어봤지만 대답해주는 사람은 없었어.

한동안 합중국으로 달아날 꿈을 품고 있었지만 지금 분위기로는 다른 곳을 택하는 편이 좋겠어. 동양인들을 대상으로 한 무차별 폭력 행위가 번지고 있어. 뉴욕주에서는 동양인 이민자들을 분리 수용하는 안이 채택되었어.

아일랜드에서 42호와 관련된 집단 히스테리로 두 명이 죽었어. 아직까지 그쪽에 감염된 사람들이 있다는 증거는 없어."

"프랑스령 캐나다는?"

"그쪽엔 소식이 없어."

"아빌라가 그쪽까지 가기는 했을까?"

"나한테 묻지 마. 그 사람은 당신 친구니까. 난 그 사람 잘 알지도 못해."

병실 문이 열리고 의사 가운을 입은 남자 한 명이 고개를 들이밀었다. 그가 누군지는 분명히 구별할 수 없었다. 2개월 동안 바시킨의 패거리도 서서히 자신만의 개성을 잃어가고 있었기 때문이다. 바시킨의 두뇌가 밖에 있는 거대한 괴물에 저항하는 동안 개개인들은 시스템에 완전히 통합되었다. 두뇌가 통합되면서 그들의 외모도 변화했다. 이제 그들은 다들 비슷해 보였다. 2개월 동안 원래의 모습과 정신을 유지하고 있는 사람은 나, 무영, 미향, 러시아인 백치, 그리고 그의 두뇌 속에 숨어 있는 오를로프 영감뿐이었다. 이윤구 교수는 포위가 시작된 지 일주일째 되던 밤에 죽었다. 우리는 시체를 관에 담아 밖으로 던졌다. 묘지에 묻기에는 위험했고 화장으로 연료를 낭비할 수는 없었다. 밤이 되자 시체 처리반들이 관을 부수고 시체를 꺼내 갔다. 그들이 시체를 가지고 무엇을 하는지는 모르겠다.

"보고서를 가지러 왔습니다."

남자가 말했다.

나는 주머니에서 지난 며칠간의 모험을 기록한 노트를 꺼내 그에게 넘겨주었다. 그는 노트의 내용은 보지도 않고 문을 닫고 나갔다.

"저 사람들은 뭔가 중요한 물건이 생기면 늘 누군가에게 가져가려고 하잖아."

내가 말했다.

"하지만 그 누군가가 누구지? 저들 중에 바시킨의 주인에 더 가까운 사람들이 있을까? 그 사람들이 두목 행세를 하는 걸까?"

"그런 사람들은 없어. 우린 두 달 동안이나 여기에서 저 사람들과 같이 지냈잖아. 그런 사람들이 있다면 알 수 있겠지."

"바시킨은?"

"바시킨은 병원에 오기도 전에 살해당했잖아."

"그래도 첫 번째 감염자였고 명색이 두목이었으니까 어딘가 안전한 곳에 자기 정신을 옮기지 않았을까? 오를로프 교수가 그런 것처럼 말이야."

"저 러시아인의 두뇌는 예외적이라잖아. 다른 사람들은 오를로프처럼 안전한 장소를 찾지 못했을 거야."

"못 찾으면 만들면 되지 않을까? 의천엔 저 사람 말고도 유전성지진아들은 많아."

우리는 잠시 남자가 닫고 사라진 문을 바라보았다. 그러나 그런다고 해답이 생기는 것은 아니었다.

몇 초 뒤 사이렌 소리가 병원 건물 안에 울려 퍼졌다. 사이렌은 미향이 잠자리에 들 준비가 되었다는 경고였다. 미향이 병원에 보호막을 제공해주는 건 그 아이가 깨어 있을 때뿐이었다. 아이가 잠들면 우린 어쩔 수 없이 우리 힘으로 병원을 지킬 수밖에 없었다. 아무리 아이의 통제력이 강해지고 저들이 단순해졌다고 해도 상황은 달라지지 않았다. 병원은 두 배로 늘어난 보초들이 자기 자리를 찾아가는 소리로 시끄러워지기 시작했다.

마흔

한참 단잠에 빠져 있던 나를 흔들어 깨운 사람은 부닌이었다. 그의 얼굴은 언제나처럼 사람 좋은 미소를 짓고 있었지만 자세히 보면 입가는 잔뜩 긴장해 있었다.

"일어나요."

그는 오디션에서 대사를 낭송하는 이류 배우처럼 어색한 어조로 말했다.

"짐은 제가 챙겼습니다. 옷만 입고 나와요. 이제 병원을 탈출할 때가 되었습니다."

그제야 나는 부닌이 대사를 읊고만 있다는 사실을 깨달았다. 뒤에서 불러주는 사람은 오를로프 교수였다.

"무슨 일이에요?"

내가 물었다.

부닌은 고개를 들어 천장을 바라보며 말했다.

"들리지 않습니까?"

나는 귀를 기울였다. 새벽 4시에 건물 전체가 웅성거리는 것 자체는 이상하지 않았다. 하지만 전체적으로 분위기가 붕 떠 있었다. 마치 지금까지 바시킨 패거리를 유지해주었던 규율이 조금씩 무너지는 것 같았다.

부닌은 고개를 끄덕였다. 그의 제스처도 어색했다. 아마 이것도 오를로프가 시키는 모양이다.

"바시킨이 붕괴하고 있습니다."

나는 허겁지겁 옷을 입고 부닌을 따라나섰다.

"지금까지 온전한 정신을 유지하고 있는 사람은 나와 부닌, 당신, 당신 친구 무영, 그리고 우리의 여왕 폐하뿐입니다. 이제 바시킨한테서는 바랄 게 없습니다. 어떻게든 여기서 벗어나야 합니다."

우리는 조심스럽게 계단을 내려갔다. 무영과 미향은 아래층 구석에 숨어 우리를 기다리고 있었다.

"잠시만 여기서 숨어 있읍시다."

부닌/오를로프가 말했다.

"아까 남은 폭탄들을 서쪽 출입구에 설치했습니다. 3분 30초 뒤면 폭발할 겁니다. 문이 뚫리면 사람들이 안으로 밀려들 거고 결국 바시킨 패거리들과 섞일 겁니다. 그때 빠져나가면 됩니다."

"왜 그냥 나가선 안 되지요?"

무영이 물었다.

"아직 바시킨 패거리도 반쯤 자기 정신을 유지하고 있으니까요. 하지만 그들은 이전에 우리가 알고 지냈던 이성적인 패거리가 아닙니다. 우리가 도망간 걸 알면 그냥 두지 않을 겁니다. 어떻게든 그들을 먼저 파괴해야 해요. 건물 안에 사람들이 들어오면 급속도로 그들의 정신이 섞일 겁니다."

"하지만 왜요? 바로 며칠 전까지만 해도 바시킨 패거리의 구조가 어떤 때보다도 강하다고 했잖아요."

내가 말했다.

"제가 틀렸습니다. 자, 이제 조금만 입 다물고 기다립시다."

잠시 뒤 쿵 하는 둔탁한 소리와 함께 건물의 한쪽이 흔들렸다. 웅성거리는 소리가 서쪽으로 사라져갔다. 우리는 조심스럽게 문을 열고 병원을 빠져나갔다.

바리케이트를 벗어나는 건 생각보다 힘들었다. 다들 병원의 감금 생활에 지쳐 있었던 것이다. 그러나 우리는 들키지 않고 병원에서 빠져나올 수 있었다.

우리는 소리 없이 걸었다. 사람들 사이를 지나칠 때 우리는 될 수 있는 한 감정을 죽이고 그들의 집단 리듬에 섞여 들어갔다. 우리는 이제 시내로 접어들고 있었다.

"이제 어디로 가지요?"

내가 물었다.

"시립극장입니다."

부닌/오를로프가 말했다.

"얼마 전에 스파이들을 풀어서 은신처를 마련해두었습니다. 대극장 발코니 좌석 밑입니다."

"바시킨이 붕괴할 줄 알고 있었던 말인가요?"

"아뇨. 하지만 늘 비상사태에 대비해야 하는 법입니다."

시립극장 앞에서 우리를 맞아준 것은 벌써 부패하기 시작한 젊은 남자의 시체였다. 외상은 없어 보였다. 스파이였나 보다. 바시킨이 42호로 감염시켜 급조한 스파이들은 42호가 사라지면 늘 이런 식으로 죽어버렸다.

은신처는 예상외로 아늑했다. 먼지 없이 깔끔했고 침대 대용 매트리스도 준비되어 있었다. 두 번째 방에는 화학 화장실이 있었고 수도꼭지에서는 물도 나왔다. 앞에 난 작은 창문으로 대극장의 무대가 보였다. 부닌과 무영이 출입구를 막는 동안 미향은 피곤한지 매트리스 위에 털썩 엎어지더니 곧 눈을 감았다.

"좋아요. 이제 설명해보시죠."

내가 부닌/오를로프에게 말했다.

"어떻게 바시킨 패거리들이 그렇게 쉽게 붕괴되었다는 거죠? 그 사람들은 몇 달 전부터 완전 자기 무장을 하고 있었다고요."

"바로 그 무장이 문제였습니다."

그가 설명했다.

"바시킨 패거리들의 장점은 개별 구성원들의 개성이었습니다. 그들의 개성이 미묘하게 엇갈리며 걸쇠 역할을 하며 전체 시스템을 지탱해왔던 것입니다. 하지만 그들이 전시 위기를 맞아 개성을 죽이고 단일체의 성격을 강화하면서 그 장점이 사라져버렸습니다. 신속한 행동은 쉬워졌고 직접 마주치는 위협에는 쉽게 대응할 수 있었습니다만, 각 두뇌를 연결해주는 내구성은 약화되었습니다. 전체적으로 바시킨 패거리들은 정신적으로 작아졌습니다. 밖에서 설쳐대는 저 거대한 괴물만큼이나 뻔해진 것이죠. 둘 사이의 차이가 적어지면서 잠입도 쉬워졌습니다. 그러다 어제 결국 붕괴되기 시작한 것이지요."

"어떻게 붕괴를 알아차렸는데요?"

"저도 그들의 일부니까요. 다행히도 전 그동안 이 백치의 몸속에 숨어 있지 않았습니까? 그 때문에 간신히 그들에게 휩쓸려 나가지 않을 수 있었습니다. 부닌은 철저하게 손발 역할을 하는 녀석이기 때문에 바시킨과의 연결 고리가 약했거든요. 다들 오염될까 봐 두려워했기 때문이죠. 그 덕택에 제가 살았습니다. 하지만 언제까지 버틸 수 있을지는 모르겠습니다."

"당신 때문에 우리 위치가 발각될 가능성도 있겠군요."

무영이 말했다.

"아마 당신네 작은 아가씨가 막아줄 겁니다."

그가 대답했다.

나는 왼쪽 조종석에 연결된 계단을 타고 창고용 다락방까지 올라갔다. 다락방에는 작은 창문이 있어 도시 전체를 바라볼 수 있었다. 나는 쌍안경으로 병원 쪽을 바라보았다. 병원은 벌써 불타고 있었다. 총소리와 비명이 들렸지만 천천히 사라지는 중이었다.

나는 다시 아래로 내려왔다. 무영이 부닌/오를로프를 상당히 격양된 목소리로 다그치고 있었다.

"그렇다면 이제 연구는 끝난 건가요? 포기인가요? 저 애가 사람들을 구할 수 없단 말인가요? 여기 숨어서 평생을 지내야 하나요?"

"저도 모릅니다."

그가 말했다.

"아직 통제의 여지가 남아 있을 수 있습니다. 하지만 적어도 의천 사람들을 구출하는 건 틀렸습니다. 희망이 있다면 이들이 통합을 끝내고 안정기에 접어들 때를 기다리는 것입니다. 그렇다면 통제가 쉬워질 겁니다. 우리 작은 아가씨의 힘만으로 그들을 조종할 수 있을지도 모르죠. 그렇다면 전염을 막을 수도 있을 겁니다."

"그러다 전 세계가 넘어가면?"

"우리가 어쩔 수 있는 게 아닙니다. 그동안 맘 편히 기다리는 수밖에요. 시간을 죽이기 위해 카드를 가져왔습니다. 휘핑크림 할 줄 아는 분 있습니까? 캣 체이스는요?"

마흔하나

"자주색 올가미."

부닌이 말했다. 아니, 말한 사람은 오를로프였나? 몇 개월 동안 둘을 구별하는 방법을 익혔다고 착각한 것은 실수였던 모양이다. 나는 지금 방구석에 쪼그리고 앉아 이상한 소리를 내뱉은 남자의 정체를 알아차릴 수 없었다.

"무슨 뜻이죠?"

내가 물었다.

부닌/오를로프는 힘없는 표정으로 나를 바라보더니 씩 웃었다.

"고양이 머리."

그리고 그는 눈을 감았다.

"모두 그 고양이 그림책에 나오는 단어들이야."

무영이 말했다.

“네가 약을 구하러 떠났던 지난 이틀 동안 저 사람은 계속 그 그림책 내용만 중얼거렸어. 어제부터 서서히 문장이 끊어지기 시작하더니 오늘 아침부터는 단어들만 남았어. ‘자주색 올가미’ 자체엔 아무 뜻이 없어. 그림책 어디인가에 있는 단어들을 멋대로 연결한 것에 불과해.”

“더 이상 방벽이 소용없어?”

“소용없죠. 할 필요도 없고요.”

미향이 끼어들었다.

“더 이상 부닌을 지키는 일 따위로 시간을 낭비할 수는 없어요. 극장에 오기 전부터 감염이 시작되었는걸요. 부닌의 두뇌가 아무리 특이하다고 해도 진행을 막을 수는 없었어요. 시간만 좀 끌었을 뿐이죠. 게다가 점점 바깥의 괴물이 통일되고 있어요.”

“하지만 조차지까지 다녀오는 동안에 방해꾼 한 명 만난 적 없었어. 밖에 다니는 사람들도 병에 걸린 것처럼 빌빌거리던걸.”

“바깥 사람들이 어떻게 되었건 괴물의 정신은 통일되고 있어요. 지금 굉장한 일이 벌어지고 있는 중이에요.”

“어떤?”

“생각들이 주권을 찾았어요. 지금 부닌의 머릿속에서 벌어지고 있는 일이 훨씬 대규모로 일어나고 있어요. 괴물의 머릿속에서는 종종 이상할 정도로 어려운 말들이 튀어나오지만 그건 괴물이 의식적으로 생각해낸 게 아니에요. 예를 들어 괴물이 말하는 '무의식적 무형성'이나 '사물의 변화된 양태'라는 말들은 어쩌다가 문법적으로 연결되는 단어들이 그냥 만난 것에 불과해요.

이런 단어들이 문장을 형성하면 진짜 재미있는 일이 일어나요. 문장들의 결합은 단어보다 조금 복잡하거든요. 여기서 규칙은 문장의 내용까지 따져요. 결국 이렇게 좀 더 복잡한 단계까지 올라가면 책 여러 권 길이의, 논리가 정연하지만 작가는 전혀 없는 긴 생각이 태어나게 된답니다. 모두 엄청나게 많은 정보가 단순한 화학 법칙을 따른 결과지요."

"결국 괴물 역시 그런 생각을 하지 않는다는 말이네?"

"그렇지요. 생각의 주체 없이 자연스럽게 만들어진다고 했잖아요."

"그럼 괴물은 지금 무슨 생각을 하고 있어?"

"아무것도요. 그저 정신이 혼미해져 있어요."

"더 이상 우리를 괴롭힐 생각도 하지 않는단 말이야?"

"그런 생각도 떠돌아다니고 있긴 해요. 하지만 그걸 실천에 옮길 수는 없어요. 이제 바깥의 괴물은 수천만의 육체를 각자 다른 식으로 움직일 만한 힘이 없어요. 이건 수백 개의 단추들을 동시에 다른 방향으로 옮기는 것과 마찬가지예요. 우리에겐 손이 두 개밖에 없는 것처럼 그 괴물도 동시에 열 사람 정도밖에 통제하지 못해요. 다행인 건 혼미한 정신 때문에 자기가 움직일 수 있는 사람이 어디에 있는지도 모른다는 거예요."

"그럼 개별적인 사람들은?"

"아, 괴물의 정신이 흐려지자 그 사람들은 어느 정도 독립성을 찾았어요. 하지만 많은 것은 못 해요. 복잡한 정신 활동을 가능케 하는 정보들은 모두 아까 이야기한 거대한 책을 쓰는 데 사용되고 있으니까요. 그래도 몇몇 사람은 그런 책을 옮겨 적고 있는 모양이에요."

"지금 괴물들의 영역은 어디까지 뻗어갔니?"

"어제보다 오히려 줄었어요. 전염된 사람들이 모여 사는 마을에 황실 공군이 폭탄을 터뜨렸으니까요."

나는 잠시 생각했다. 생각보다 일은 쉽게 풀릴지도 모른다. 만약 우리가 괴물이라고 부르는 거대 정신이 자기 무게를 견디지 못하고 붕괴된다면 언젠가 결국 완전히 죽어버리고 말 것이다. 거대 정신이 죽으면 그동안 그 괴물의 먹이였던 정신을 제공해주었던 개별자들은 해방된다. 병이 저절로 치유가 될지도 모르는 것이다.

나는 내 생각을 무영과 미향에게 들려주었다. 둘은 반신반의하는 듯했지만 적극적으로 부정하지는 않았다. 결국 우리가 해야 할 일은 변하지 않았다. 괴물과 필사적으로 의사소통을 시도하며 살아남는 것.

다행히도 두 번째는 쉬웠다. 이제 우리를 공격하려는 사람도, 신처럼 숭앙하려는 사람들도 없었다. 아니, 사람들 자체가 보이지 않았다. 극장 주변에는 쥐 한 마리도 없었다. 며칠 전까지만 해도 질서 정연하게 날아다니던 까마귀들과 참새들마저 보이지 않았다. 우리는 굴러다니는 음식을 축내며 운명의 날이 올 때까지 기다리면 되었다.

우리는 거의 한 달 가까이 기다렸다. 그동안 부닌/오를로프는 서서히 죽어갔다. 거대 정신이 붕괴시키는 것은 그의 정신뿐만이 아닌 모양이었다. 그의 두뇌 전체가 기능 장애를 일으키고 있었다. 종종 그는 아무 이유도 없이 숨을 멈췄고 두 차례나 심장 마비를 일으켰다. 그리고 우리가 모두 잠들어 있던 어느 날 그는 숨을 거두었다.

우리는 시체를 들고 극장에서 내려왔다. 아무도 우리를 막는 사람이 없었다. 무영과 나는 극장 앞 꽃밭에 무덤을 팠다. 봄이 오고 있었고 꽃밭에는 푸릇푸릇한 잡초가 자라나고 있었다.

장례식을 끝내고 우리 세 명은 시내를 탐사하러 떠났다. 우리는 시내 곳곳에서 말라붙은 시체와 마주쳤다. 하지만 살아 있는 동물들은 붕붕거리며 날아다니는 작은 벌레들뿐이었다.

살아 있는 건 우리뿐이었다.

마흔둘

세 대의 자이로플레인이 하나씩 광장 앞 대로에 착륙했다. 첫 번째 자이로플레인에서 내린 사람은 투명한 플라스틱 마스크를 쓴 후리후리한 키의 젊은 아랍 남자였다. 그는 계단에 앉아 착륙을 바라보고 있던 우리에게 손을 흔들며 외쳤다.

"북아시아 비상 대책반의 해리 윈스럽 중위입니다! 모두 무사합니까?"

해리 윈스럽은 결코 강한 불어 악센트의 영어를 쓰는 북아프리카인의 이름에 어울리는 것은 아니었지만 우리는 깊이 따지지 않기로 했다. 나는 엉덩이를 털며 자리에 일어나 우리를 소개했다.

윈스럽 중위는 사람 좋은 미소를 지으며 우리에게 다가왔다. 그는 미향과 눈이 마주치자 주머니에서 작은 초콜릿을 꺼내 내밀었다. 미향은 거절했다. 지난 2개월 동안 과자와 초콜릿은 우리의 주식이었다.

"당신들 셋뿐인가요?"

내가 물었다.

"네, 하지만 우린 선발대입니다. 내일 오후에 비행선이 도착할 겁니다. 아, 여기는 악취가 좀 덜하군요. 아니, 거의 없는 것 같습니다."

"길가의 시체들은 우리가 치웠어요. 건물 안에 들어가면 사정이 다를 거예요. 지하철 안에도 시체들이 가득하죠. 우린 매일 주변을 돌면서 소독약을 뿌려요. 전염병이라도 앓으면 큰일이니까."

"모두 죽은 겁니까?"

"우리가 알기로는 주변의 척추동물들은 모두 죽었어요. 하지만 그건 제가 여러분에게 물어야 할 질문이군요. 우린 지난 몇 개월 동안 이 광장에서 5킬로미터 이상 떨어져본 적 없어요. 어떻게 되었지요?"

"짐작하신 대로입니다. 러시아의 3분의 1, 중국의 2분의 1, 한국의 전 지역이 쑥대밭이 되었습니다. 지금까지 5일 동안 이 지역을 돌아다녔지만 움직이는 생물은 여러분이 처음입니다."

"다들 어떻게 죽었지요?"

"질식사나 심장마비라고 합니다. 전문가들은 소뇌가 무슨 바이러스에 감염되었다고 합니다만, 구체적으로는 잘 모르는 모양입니다."

윈스럽은 바지 주머니에서 비닐에 싼 서류를 내밀었다.

"저희의 임무는 여러분을 진찰해 1차 감염 위험성이 없다는 것을 확인한 뒤 링컨항공모함의 격리 연구소로 데려가는 것입니다. 여기 모턴 장군의 서명이 있는 명령서가 있습니다. 지난 3개월 동안 장군님과 직접 연락하셨다고 들었습니다."

나는 서류를 대충 훑어보고 무영에게 넘겼다. 무영이 서류를 읽는 동안 윈스럽은 자이로플레인에 실려 있던 물건들을 내렸다. 미향은 무영의 어깨 너머로 서류를 들여다보다 갑자기 물었다.

"법적으로 우린 어떻게 되지요?"

"무슨 뜻이니?"

내가 되물었다.

"법적으로 우린 어디 국민이냐고요. 전 자바 혼혈이니까 투표권 없이 주거권만 있는 의천 시민이지요. 하지만 한반도에 있는 모든 사람이 다 죽었다면 대한민국이라는 나라도 없어진 것이잖아요?"

갑자기 현실이 우리의 머리를 쳤다. 지금까지 우리는 거대정신과 싸워 살아남느라 현실적인 문제들을 거의 잊고 있었다. 대한민국은 사라졌다. 우리가 지금까지 의지하고 있던 국가는 화성 미생물과 싸워 이기기엔 너무 작았던 것이다.

"우리 정부는 어떻게 되었지요?"

내가 윈스럽에게 물었다.

"합중국에 외교관들로 구성된 임시 정부가 섰습니다."

"그리고요?"

"그냥 섰습니다. 더 이상은 저도 잘 모르겠습니다."

그리고 그 정부는 우리에게 편지 한 장 보내주지 않았다. 모턴 장군도 2, 3개월의 통신 중 임시정부를 언급한 적이 단 한 번도 없었다. 지금까지 우리가 들었던 라디오 뉴스에도 임시정부에 대한 이야기는 없었다. 과연 임시정부가 한반도에 다시 국가를 세울 수 있을까? 세계에 흩어져 있던 한국인들이 다시 한반도로 돌아와 국가를 재건할까? 나는 고개를 저었다. 그렇게 일이 풀리지는 않을 것이다.

윈스럽이 보고서에 첨부할 사진을 찍는 동안 두 번째 자이로플레인에서 내린 두 명의 의사들이 우리를 검사했다. 검사가 다 끝날 무렵 세 번째 자이로플레인에서 정장 차림의 흑인 남자 한 명이 내렸다. 그의 이름은 윈스턴 블레이크로, 변호사였다.

"변호사?"

무영이 얼굴을 찡그리며 물었다.

"네, 그렇습니다. 한반도의 거주민들이 모두 전멸했기 때문에 대한민국에 남은 모든 물적 재산은 여러분과 외국 거주민들에게 상속되게 되었습니다. 지금까지 국가 하나가 이렇게 전멸한 적은 없었기 때문에……."

"아하, 그러니까 지금 우리를 죽은 사람들의 돈으로 매수하려는 건가요?"

블레이크는 안경을 흔들었다.

"저는 단지 변호사일 뿐입니다."

'변호사들의 선발대일 뿐이겠지'라는 말이 혀끝까지 나왔지만 나는 말을 꺼내지 않았다. 나는 자이로플레인을 신기하게 바라보고 있는 미향에게 다가갔다.

"이제 어때? 아무것도 느껴지지 않아?"

"대한민국이라는 나라가 없어진 거요? 전 상관없어요. 전 예전에도 주거권만 있는 외국인이었잖아요. 의천 밖을 벗어난 적도 없고."

"아니, 거대 정신 말이야. 완전히 죽은 거야?"

"네."

"뭔가 너무 간단하다는 생각이 들지 않니? 어떻게 그렇게 기세등등하게 지구를 정복하려고 했던 존재가 갑자기 정지한 거지?"

"자연 치유를 말했던 사람은 아줌마가 아니었나요?"

"내 이론은 보통 잘 맞지 않거든."

"저도 모르겠어요. 하지만 이론상 살아남을 수 없잖아요. 뇌가 없는걸요. 거대 정신은 초자연적인 공간에 존재하지 않았어요. 살아남기 위해서는 다른 생물들의 뇌가 필요해요."

"달아났을 수도 있잖아. 새나 물고기에 기생해서 말이야."

"그랬다면 제가 느꼈겠죠. 그리고 물고기가 감염된 적은 없어요. 모든 척추동물이 사라졌다지만 물고기는 예외일 거예요. 그 사람들이 물속까지 들여다봤을 리는 없어요."

나는 포기했다. 아마 지금 그런 걸 묻는 것은 부질없는 짓일지도 모른다. 그런 것에 신경 쓰기엔 우리가 처리해야 할 현실적인 문제가 너무 많았다. 국가와 법률, 증언, 거대 정신이 몇 개월 동안 써 갈긴 책들을 찾는 문제들…….

전쟁은 끝났다.

에필로그

2012년 4월 1일, 빌바오호텔, 시애틀

오늘 임시정부의 부통령이었던 이장욱 장군을 호텔 앞에서 만났습니다. 벤치에 앉아 울고 있더군요. 허겁지겁 그 노인네를 잡아끌고 제 호텔 방으로 데려왔습니다. 백발이 성성한 그 할아버지를 길 가는 사람들의 구경거리로 만들 수 없었어요. 아마 그 사람들은 이 장군이 누군지도 몰랐을 거예요. 대한민국 임시정부의 해체는 더 이상 뉴스거리도 아니니까요.

지난 10여 년 동안 저는 필사적으로 한반도에 단일 민족국가를 재건하려는 그의 돈키호테와 같은 시도를 지켜보고만 있었습니다. 저는 아직도 어떻게 그런 계획이 가능할 것이라고 그가 믿었는지 모릅니다. 본국에 돌아오려는 생각이라도 품고 있는 사람은 1만여 명에 불과했습니다. 이미 수백만 명의 외국인들이 한반도를 점령한 뒤였고요. 지금 그 땅 위에 서 있는 것이 과연 국가인지는 확신할 수 없지만 이 장군이 재건하길 바랐던 그 나라는 아닌 것이 확실합니다.

저는 사라진 대한민국에 대해 특별한 향수는 느끼지 않습니다. 그 나라의 국민도 아니었으니까요. 하지만 종종 그 나라 곳곳에 새겨진 고유의 문화를 전혀 이해하지 못하는 사람들이 그 땅덩이를 물려받는다는 것을 생각하면 기분이 이상해집니다. 과연 한강이나 지리산 같은 지명이 그대로 유지될 수 있을까요? 사람들은 명산 곳곳에 숨겨진 전설들을 기억할까요? 음악과 노래는 유지될 수 있을까요?

키이우는 어떤가요? 전 아직도 두 분이 왜 그 불편한 나라에 남기를 고집하는지 모르겠답니다.

2012년 5월 24일, 길크리스트대학, 볼더

일주일 예정으로 길크리스트대학에 머무는 중입니다. 전 이곳에서 열리는 국제언어학회의 게스트입니다. 사라지고 있는 언어의 네이티브 스피커라는 이유만으로도 전 VIP 대접을 받고 있습니다.

여기 와서 보면 과연 제가 그런 자격을 내세워도 되는지 모르겠습니다. 제가 만난 학생들은 모두 징그러울 정도로 한국어를 잘합니다. 그들이 나에게 다가와 발음과 문법을 물어올 때마다 전 당황합니다. 만약 언어를 사용하는 사람들의 머릿수가 표준어를 결정한다면, 제가 쓰는 언어는 결코 한국어의 표준어가 되지 못할 테니까요. 고대 로마나 그리스 문명이 몰락한 뒤에도 라틴어와 그리스어는 결코 성장을 멈추지 않았잖아요?

이곳 일정을 마치면 전 다시 뉴욕으로 돌아갑니다. 정말 난처한 행사가 저를 기다리고 있습니다. 네, 〈구원의 얼굴〉 순회 전시회가 시작됩니다. 거기서 연설을 해야 한답니다.

아무리 키이우가 통신 시설이 나쁘다고 해도 〈구원의 얼굴〉이 무엇인지는 아시겠죠? 바로 제 얼굴입니다. 거대 정신이 몰락하기 전에 붕괴하는 정신을 공유한 수많은 사람은 필사적으로 제 얼굴을 그려대고 조각했습니다. 그들은 죽었지만 미술관 수백 개를 채울 만한 그림들과 조각들이 남았지요.

구원의 얼굴이라니! 쥐구멍에라도 들어가 숨고 싶습니다. 수억이나 되는 사람들이 해바라기처럼 저를 바라보며 그들을 죽음과 광기에서 구원해주길 기다렸습니다. 그런데 저는 그들에게 무엇을 해주었나요? 그들이 죽어가며 그린 그림들에 대한 시답지 않은 연설을 하며 강연료나 챙기고 있습니다.

부탁하셨던 책들을 보내드립니다. 책 리스트를 보면 무척 한가한 나날을 보내시는 것 같군요.

무영 언니에게 안부 전해주세요. 가끔 어떻게 지내는지 편지 보내달라고 해주시고요. 재미있지 않나요? 저는 전 세계 모든 사람의 마음을 흐릿하게라도 읽을 수 있으며 조금만 노력하면 그들을 수족처럼 부릴 수 있습니다. 하지만 무영 언니는 도대체 무슨 생각을 하는지 모르겠답니다. 그리고 우리가 초자연적인 의사소통을 하지 못한다는 사실이야말로 우리를 연결해주는 진짜 고리지요!

2012년 6월 11일, 빌바오호텔, 시애틀

거대 정신이 돌아왔습니다.

농담하고 있는 것도 아닙니다. 그렇다고 제가 미친 것도 아니고요. 지난 2주 동안 전 거대 정신이 분명한 어떤 존재와 의사소통하고 있었습니다. 저 혼자만의 착각이 아님을 증명하는 몇몇 증거가 있습니다. 대부분 제가 지금까지 몰랐던 정보들로, 얼마 전 도서관에서 그 모든 것이 사실임을 확인했습니다.

거대 정신이 대학살에서 살아난 것일까요? 그건 아닙니다. 그렇다면 다른 변종이 좀 더 숨기 쉬운 모습으로 기생하고 있는 것일까요? 역시 아닙니다.

저와 연락하는 거대 정신은 아무래도 화성에 있는 것 같습니다.

네, 압니다. 화성인들은 멸종했습니다. 지금까지 화성에 살아남은 동물들은 벌레 정도지요. 하지만 화성 벌레들도 뇌는 가지고 있습니다. 충분한 네트워크가 형성될 만큼 충분한 수의 벌레들이 화성에 존재하고 거대 정신이 거기에 이주했을 가능성도 있어요.

지금까지 지구에서 벌어진 모든 일이 화성인들의 음모였을지도 모릅니다. 일종의 실험이었겠지요. 42호가 얼마나 지구에 잘 적응하는지, 지구인의 뇌가 42호에 어떻게 반응하는지에 대한 실험 말이에요. 만약 42호가 안정적으로 지구와 지구인에게 적응한다면 그들은 화성을 떠나 지구로 이주할 수도 있겠습니다. 지구인의 육체를 가진 화성인들이 자연스럽게 우리와 같이 살게 되겠지요. 물론 그 화성인은 정상적인 화성인이 아니라 화성 거대 정신의 일부겠지만요.

아니면 이 모든 게 단지 그들도 어쩔 수 없었던 우리의 실수였는지도 모릅니다. 아마 늦게나마 우리가 구원을 받을 수 있었던 것도 그들의 도움 때문이었는지 모르지요.

나는 아무에게도 이 사실을 알리지 않으려 합니다. 거대 정신에 대해 지구인들이 어떻게 생각할지 아니까요. 제가 이 사실을 누설한다면 당장 수천 대의 중성자탄을 화성으로 쏘아 올릴지도 모릅니다.

그들은 어떤 존재일까요? 전 아직 모릅니다. 지금까지 우린 인사를 한 것에 불과하니까요. 더 이상 제대로 된 육체도 지니지 못한 화성의 유령들과 어떤 식으로 이야기해야 할까요? 과연 우리에겐 우정과 미래가 보장되어 있는 것일까요?

2012년 8월 3일, 빌바오호텔, 시애틀

뉴스가 있습니다. 아주 좋은 뉴스는 아닙니다.

화성의 유령들은 말 그대로 유령들에 불과했습니다. 우리가 경험한 거대 정신이 죽기 직전과 비슷한 상태입니다. 자아 없는 생각들이 네트워크를 떠돌아다니고 있을 뿐이에요. 여전히 이들은 프로그래밍된 대로 그럴싸한 생각들을 토해내고 또 저와 대화할 수도 있지만, 진짜 살아 있다고 하기는 어렵습니다. 그저 안정되어 있을 뿐이에요.

어떻게 보면 지구인들에겐 이처럼 잘된 일이 없습니다. 고도로 발달한 외계인 문화가 이웃 행성에 살고 있는 것처럼 불안한 일은 없을 테니까요. 우린 그들의 정신 나간 유령들이 토해내는 대사들을 들어가며 우리가 알고 싶은 정보들만 얻으면 됩니다.

하지만 여기엔 다른 가능성도 있습니다.

며칠 전 저는 미시간주립대학의 물리학자인 캄린 윈즐로와 함께 저녁을 먹었습니다. 윈즐로 박사는 정보 역학이라는 새로운 학문의 개척자로 알려져 있지요. 윈즐로 박사의 최근 연구의 영역은 저의 '초능력'과 '자아'가 있는 컴퓨터까지 포함하고 있습니다.

윈즐로 박사의 이야기를 들으면서 하나의 가능성이 떠오르기 시작했습니다. 만약 제가 화성의 유령들과 본격적으로 접촉하며 윈즐로 박사의 테크닉으로 그들의 정신을 '정리'한다면, 어느 순간 분해된 정보들은 체계를 찾아 자아를 가진 이전의 정신으로 돌아갈지도 모릅니다. 전 이미 방법을 연구하고 있습니다. 거대 정신이 완성되면 그 바탕을 이용해 기존의 화성 문명을 복구할 수도 있을지 모릅니다.

미친 짓이라고 생각할지 모르지만 전 의무감을 느낍니다. 어떤 경우에도 죽어가는 지성체를 방치하는 것은 옳지 않습니다. 처음 기회가 왔을 때 전 실패했습니다. 당시 겁에 질려 있었고 아무것도 모르는 어린아이였으니까요. 하지만 지금은 사정이 다릅니다. 이는 평생에 다시 오기 어려운 두 번째 기회입니다. 전 언제까지 '구원의 얼굴'이라는 말도 안 되는 딱지가 농담처럼 제 인생을 따라다니길 바라지 않습니다.

이 모든 일들이 성공한다면 화성인들이 제 얼굴을 새긴 피라미드를 세울 수도 있겠지요. 세상에 이름을 남기는 방법으로 이만큼 좋은 일이 있을까요?

작가의 말

나는 경력 초기에 "이매진"이라는 이름의 잡지 두 개와 엮인 적 있었다. 단지 철자는 달랐다. 종이 잡지는 *Imazine*, 웹진은 〈Emazine〉이었다. 검색해보니 웹진 〈이매진〉은 2002년에 창간되었던 모양이다. 나는 그곳에서 《몰록》을 연재했고 그건 내가 완성한 첫 번째 장편이었다. 그리고 그 잡지는 내가 그 장편을 허겁지겁 종결할 때까지 어떻게 버텼다. 난 딱 한 번 내 소설 연재란에 들어가보았다. 삽화가 하나씩 있었고 독자 댓글란도 있었던 것 같다. 물론 예나 지금이나 나는 댓글 같은 걸 잘 읽지 않는다.

《몰록》은 장편 연재 의뢰가 들어오기 전부터 굴리던 이야기다. 단지 시작할 무렵엔 근미래를 배경으로 한 사이버펑크물이었다. 그때도 일종의 대체역사소설이었는데, 이미 당시엔 인터넷의 보급으로 폐기된 1980년대 사이버펑크 소설 아이디어를 유지하고 있었던 것이다. 그 버전《몰록》의 주인공은 '각다귀'라는 별명을 달고 정보 암시장을 누비고 다니는 해커였다. 사이버 스페이스와 연결된 고글을 쓰고 전기 바이크로 시내를 질주하면서 가상 세계와 물리 세계를 동시에 누볐다.

당연히 이건 잘 안 먹혔다. 첫 두 챕터를 쓴 나는 차라리 좀 더 확실한 대체역사소설로 고치는 게 낫다고 생각했다.

당시 나에게 아이디어를 제공한 건 일본에서 나온 수많은 종말론 기사였다. 그중 하나가 환태평양대지진으로 대재앙이 일어난 미래를 예언하고 있었다. 일본을 비롯한 태평양 주변의 수많은 나라가 물에 잠겼고 미국의 수도는 볼더로 옮겨져 있었다. 20세기 말엔 이런 게 인기였다. 다들 고도 벤을 읽었고 1999년에 뭔 일이 일어날 거라고 믿는 사람들이 꽤 있었다. 결국 아무 일도 안 일어나긴 했지만.

20세기의 나는 이 소재로 글을 쓸 생각이 없었다. 하지만 21세기가 되고 이 모든 게 허구가 되고 나니 써도 될 거라는 생각이 들었다. 단지 환태평양대지진은 처음 기대했던 것만큼 큰 도구가 되어주지는 않았다. 내가 만들어가는 우주는 하나의 분기점에서 우리가 사는 우주로부터 분리된 곳은 아니었다. 그냥 우리가 사는 세계와 비슷하면서도 다른 곳이었다. 하긴 분기점을 따지기 시작하면 소설에 등장하는 화성인부터가 설명되지 않는다.

의천이라는 도시를 언제 만들었는지는 기억나지 않는다. 나는 많은 걸 잊었고, 내 작품들과 관련된 정보는 내 주변 사람들이 더 잘 안다. 하여간 이 도시는 〈첼로〉, 〈펜타곤〉과 같은 단편들에 등장한다. (분단되지 않은) 한국과 중국, 러시아 사이에 끼어 있는 국제 도시다. 이들은 같은 역사선을 공유하지 않는다. 그 가상의 도시에 사는 가상의 작가가 자기가 사는 곳을 배경으로 한 SF를 쓴다면 이런 이야기가 나올 것이다.

그렇게 해서 완성된 《몰록》은 내가 원래 계획했던 글보다는 조금 짧았다. 아무래도 웹진 종간에 맞추어야 했으니까. 적어도 나는 부닌과 관련된 독립된 단편에 가까운 에피소드 하나를 썼고 그걸 후반에 넣을 생각이었다. 하지만 그 원고는 20여 년의 세월이 흐르는 동안 사라져버렸고 지금은 그걸 다시 쓸 생각도 들지 않는다. 무엇보다 '프롤로그'와 '에필로그'를 빼고 마흔두 개의 챕터로 이룬 지금 구성을 깰 생각이 없다.

〈이매진〉이 죽고, 《몰록》은 방치되어 있었다. 나는 그 소설을 살릴 생각이 없었다. 그러다 보니 《몰록》은 나에게 그 뒤에 세워진 수많은 르네상스 건물에 석재를 제공해준 로마 시대 폐허 비슷한 것이 되었다. 이후 나온 내 소설들을 이루는 수많은 재료가 《몰록》에서 나왔다. 어떤 건 일부러 가져왔고, 어떤 건 그냥 기억 어딘가에 남아 있다가 끌려 나왔다. 어떤 것은 연결되어 있다는 것을 이번 교정 작업 때 알았다. 〈두 번째 유모〉에 나오는 "악마야, 물러가라"와 같은 대사 말이다.

《몰록》을 다시 낼 기회가 왔을 때 나는 선택을 해야 했다. 이 장편을 미완성 원고로 보고 새로 쓸 것인가, 아니면 당시의 원고를 존중할 것인가. 처음엔 전자를 시도했었다. 하지만 쓰다 보니 그런 식으로 작업을 할 수 없다는 걸 알았다. 일단 일이 너무 커진다. 둘째로 이 책은 20여 년 전의 딱 그 시대의 나에 맞추어져 있어서 고칠수록 이상해진다. 지금의 나는 이런 소설을 쓰지 않는다. 나는 천진난만하던 당시의 나를 작정하고 죽일 생각도 없다. 셋째로 수많은 SF소설이 그렇듯 이 책도 어느 정도 미래 예언의 성격이 있는데, 이걸 망칠 생각이 들지 않는다. 그 예언이 꼭 맞을 필요는 없지만 그래도 당시 그런 이야기를 썼다는 것 자체가 중요하니까.

그래도 어느 정도 고치기는 했다. 일단 아이디어의 시작인 환태평양대지진 언급이 여기저기에 조금씩 들어갔다. 그리고 고유명사를 많이 잘라내고 다듬었다. 이 세계가 크리스토퍼 말로가 요절하지 않고 살아남아 셰익스피어의 인기를 누른 곳이라면 이렇게 우리 세계와 닮을 수는 없을 것 같았다. 하지만 세르게이 프로코피예프나 알렉산더 포프가 여전히 존재하는 곳이니 이곳은 아직도 좀 이상한 곳이다. 캐릭터들 이름도 손보았는데, 지금 보니 당시 내가 붙인 러시아계 이름들은 너무 대충 지은 티가 나서 어이가 없다. 여전히 수상쩍은 이름이 여기저기 보이는데 그래도 지금 정도면 너무 이상하지는 않은 것 같다. 무엇보다 내가 지금 읽었을 때 도대체 무슨 뜻인지 이해가 안 가는 부분들을 조금씩 잘라냈다. 그건 내가 당시 갖고 있던 플랜과 연결되어 있을지도 모르지만 내가 지금 그걸 갖고 있지 않으니 어쩔 수 없지.

온갖 자잘한 수정에도 불구하고 《몰록》은 여전히 어리다. 이 이야기를 쓴 작가는 그 뒤 인류를 만신창이로 만든 어처구니없는 퇴행의 역사를 겪지 못했다. 시작부터 끝까지 분노하고 이죽거리지만, 그 대상과 방향은 지금의 나와 다르다. 지금 보니 당시의 나는 그래도 지금의 나보다는 낙천적이었던 것 같다. 나는 그때의 나를 부러움과 연민의 눈으로 본다.

2025년 10월 13일

듀나

옛날 영화와 클래식 음악을 당연하다는 듯 즐기는 사람들이 있고, 그런 사람들을 장난감처럼 실컷 가지고 놀다가 다음 순간 홱 내팽개치는 기묘하고도 심술궂은 현상이 있고, 세상의 혼란을 디딤돌 삼아 더 넓은 우주로 훌쩍 발돋움하는 소녀가 있다. 무슨 설명이 더 필요한가? 2000년대가 시작되던 과거에서 시간 여행자처럼 날아온 이 소설은 어딜 보나 완벽한 듀나 SF다.

—이산화(소설가)

머리 도둑으로부터 시작되는 초국가적 연결과 파괴. 이 이야기는 단순한 광증으로 벌어진 해프닝을 다루지 않는다. 실존자들의 정신은 과연 하나로 연결될 수 있을까? 거대 정신이라는 키워드 아래에서 수많은 머리가 잘리고, 포위망은 좁혀온다. 진득한 읽기로 완성되는 거대한 세밀화같이 이야기의 끝에서 당신은 한 국가를 허물고, 새 시대를 기다리게 될 것이다. 여기, 가상 도시 의천이 있다. 입체시 없이는 정밀히 관측할 수 없는 충격적 사건들과 함께.

—청예(소설가)

몰록

듀나 장편소설

초판1쇄 2026년 1월 21일

지은이 듀나

발행인 문태진
본부장 서금선
책임편집 최지인 **래빗홀** 이은지 김수현

기획편집팀 한성수 임은선 임선아 허문선 이준환 송은하 김광연 송현경 이예림 원지연
마케팅팀 김동준 이재성 박병국 문무현 김은지 이지현 전지혜 조용환 김화정 천윤정
저작권팀 정선주
디자인팀 김현철 강재준
경영지원팀 노강희 윤현성 정헌준 조샘 이지연 조희연 김기현
강연팀 상신항 조은빛 신유리 김수연 송해인

펴낸곳 ㈜인플루엔셜
출판신고 2012년 5월 18일 제300-2012-1043호
주소 (06619) 서울특별시 서초구 서초대로 398 그레이츠 강남 11층
전화 02)720-1034(기획편집) 02)720-1024(마케팅) 02)720-1042(강연섭외)
팩스 02)720-1043
전자우편 books@influential.co.kr
홈페이지 www.influential.co.kr

ISBN 979-11-6834-343-6 (03810)

• 잘못된 책은 구입처에서 바꿔 드립니다.
• 책값은 뒤표지에 있습니다.
• 래빗홀은 ㈜인플루엔셜의 문학 전문 브랜드입니다.
• 래빗홀은 독자를 환상적인 이야기로 초대합니다. 새로운 이야기가 있으신 분은 연락처와 함께 letter@influential.co.kr로 보내주세요.